JEAN-LOUIS

Jean-Louis Fetjaine est né en 1956. Diplômé de philosophie et d'histoire médiévale, il est journaliste et, depuis 1985, éditeur. Il est aussi l'auteur de nombreux ouvrages d'humour cosignés avec Pierre Antilogus, dont plusieurs ont été des best-sellers, notamment *Le Guide du jeune père* (1988), traduit en dix langues et adapté en BD et au théâtre, *Le Guide de survie à l'usage des parents* (1991), *L'Homme expliqué aux femmes* (1995), *Le Guide de survie au bureau* (1996) et *L'École expliquée aux parents* (1997). Tous ont parus aux éditions Hors Collection. *Le Guide du toujours jeune père* a paru en 2010 aux Éditions Michel Lafon.
L'immense succès de sa *Trilogie des Elfes* (Éditions Belfond, puis Pocket) l'a consacré comme un auteur incontournable pour les lecteurs de fantasy. *Le Pas de Merlin* (prix Imaginales 2003) confirme sa popularité. *Les Larmes de Brunehilde*, second volet de la série *Les Reines pourpres*, a paru en 2007 chez Belfond, puis chez Pocket. Il écrit également des livres illustrés de fantasy destinés aux enfants – *La Petite Fée paresseuse*, *Le Lutin qui volait les chaussettes*, *L'Elfe du Père Noël* (Éditions Fetjaine) –, ainsi que des albums *Le Petit Peuple* (Le Pré aux Clercs), et *Le Pays des fées* (Éditions Fetjaine). Il est l'auteur de *Djinn : tome 1, La Maudite* (2017) et de *Djinn : tome 2, Mélisende de Jérusalem* (2020), publiés chez Fleuve Éditions, de *La Fantasy pour les Nuls* (2018), et de *La Science-fiction pour les Nuls* (2019), publiés chez First Éditions.

DJINN

DU MÊME AUTEUR

CHEZ POCKET

LES CHRONIQUES DES ELFES
(existe aussi en 1 volume)

1. LLIANE
2. L'ELFE DES TERRES NOIRES
3. LE SANG DES ELFES

LA TRILOGIE DES ELFES
(en 1 volume)

1. LE CRÉPUSCULE DES ELFES
2. LA NUIT DES ELFES
3. L'HEURE DES ELFES

DJINN

1. LA MAUDITE

IMAGINAIRE

Ouvrage proposé par Stéphane Desa
Collection dirigée par Charlotte Volper

JEAN-LOUIS FETJAINE

DJINN

Tome 1

La Maudite

outrefleuve

Merci à Ali Fares pour les traductions arabes.

FSC
www.fsc.org
MIXTE
Papier issu de sources responsables
FSC® C003309

Pocket, une marque d'Univers Poche,
est un éditeur qui s'engage pour la préservation
de l'environnement et qui utilise du papier fabriqué
à partir de bois provenant de forêts gérées
de manière responsable.

ISBN : 978-2-266-28654-1
ISSN : 2497-7284
Dépôt légal : février 2020

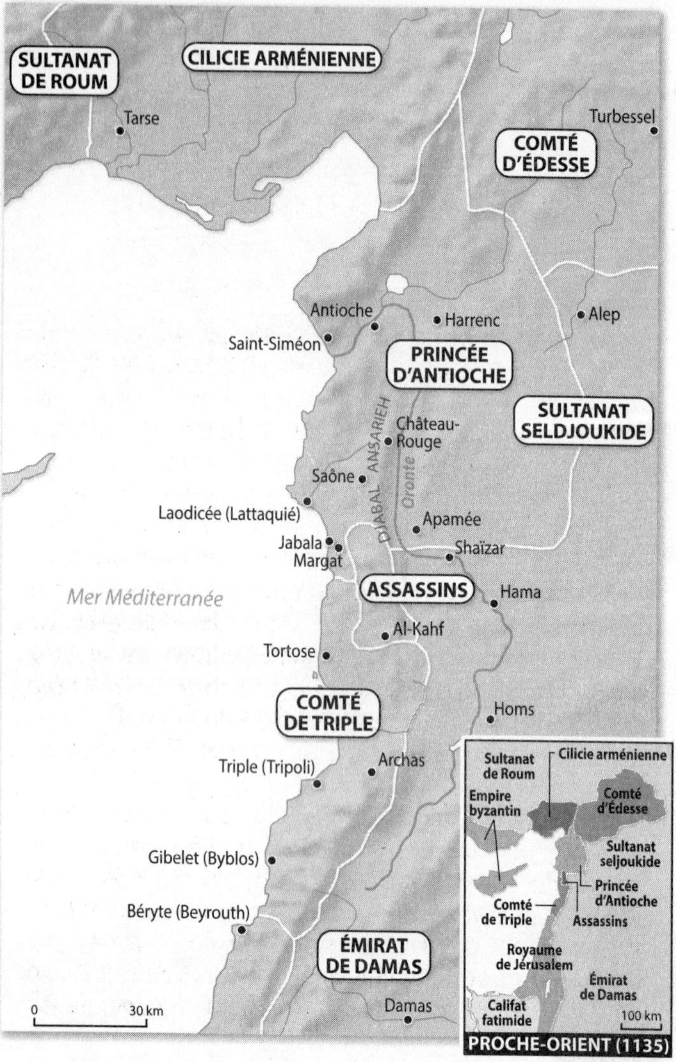

SULTANAT DE ROUM
CILICIE ARMÉNIENNE
Tarse
Turbessel
COMTÉ D'ÉDESSE
Antioche
Harrenc
Alep
Saint-Siméon
PRINCÉE D'ANTIOCHE
SULTANAT SELDJOUKIDE
DJABAL ANSARIEH
Château-Rouge
Oronte
Saône
Laodicée (Lattaquié)
Apamée
Jabala
Margat
Shaïzar
ASSASSINS
Hama
Mer Méditerranée
Al-Kahf
Tortose
COMTÉ DE TRIPLE
Homs
Archas
Triple (Tripoli)
Gibelet (Byblos)
Béryte (Beyrouth)
ÉMIRAT DE DAMAS
Damas
0
30 km
Sultanat de Roum
Cilicie arménienne
Empire byzantin
Comté d'Édesse
Sultanat seljoukide
Princée d'Antioche
Comté de Triple
Assassins
Royaume de Jérusalem
Émirat de Damas
Califat fatimide
100 km
PROCHE-ORIENT (1135)

LES ÉTATS LATINS D'ORIENT

À l'issue de la première croisade et de la prise de Jérusalem, en 1099, quatre États chrétiens sont fondés au Levant : le royaume de Jérusalem, la principauté – on disait alors princée – d'Antioche, le comté de Triple (ou Tripoli) et le comté d'Édesse. Durant cinquante ans, jouant des conflits permanents entre le sultan turc de Bagdad, l'émirat de Damas, les Sarrasins d'Égypte, le royaume de Cilicie arménienne et l'empire grec byzantin, sans oublier de nombreux émirats plus ou moins indépendants et la secte chiite des Assassins, les croisés parviennent à s'implanter solidement le long du rivage méditerranéen, sur un territoire d'environ 700 kilomètres de long et 50 à 100 kilomètres de large, correspondant plus ou moins aux actuels États d'Israël, du Liban et de la côte syrienne.

Ce fragile équilibre est rompu lorsque l'atabeg (gouverneur) de Mossoul et d'Alep, le Turc Zengi, aux ordres du sultan Mahmud II, entreprend vers 1130 d'unifier la Syrie sous son autorité, notamment contre son principal concurrent dans la région, l'émirat de Damas, aux ordres du gouverneur Unur. Damas devient alors l'allié des États francs d'Orient, durant quinze années de guérilla ininterrompue. En 1145, Zengi s'emparera de la ville et du comté d'Édesse, ce qui provoque la deuxième croisade.

1. LA MARQUE DU DJINN

Jabala, princée d'Antioche, mars 1130

Au crépuscule, l'air venu de la mer asséchait leurs visages baignés de sueur. Renaud Mazoir allait à pied, vêtu d'une simple tunique, les jambes et les bras nus, guère différent des trois archers orientaux qui l'accompagnaient et portant comme lui l'arc en sautoir et un carquois à la ceinture. Ç'aurait pu être des villageois revenant de la chasse, n'étaient les chevaux de guerre qu'ils menaient par la bride. Ç'aurait pu être des marchands, n'étaient les longues épées franques fixées à leur selle. Et puis, malgré son turban, son visage parcheminé par le soleil et l'épaisse barbe grise qui lui donnait l'allure d'un mahométan ou d'un Arménien, chacun ici connaissait sire Renaud, connétable d'Antioche et seigneur de Margat, l'une des plus puissantes forteresses de la région. Sans doute était-ce inhabituel de croiser un baron franc escorté par des mercenaires maronites dans les ruelles étroites de Jabala. Pourtant, alors qu'ils s'avançaient entre les bâtisses de terre sèche passées à la chaux, nul ne faisait attention à eux, au moins en apparence. Mais nul n'aurait osé les bousculer, ni s'interposer sur leur chemin.

C'était l'heure où la vie semblait reprendre, quand les pêcheurs échouaient leurs barques sur le rivage pour décharger leurs prises, dans le piaillement des enfants et l'agitation muette des femmes. Ses archers d'escorte allaient en arrière, silencieux et renfrognés, pressés de quitter ce bourg grouillant de monde et d'en finir avec leur journée, mais Renaud ne se hâtait pas. Ils arriveraient bien assez tôt, si toutefois ce que lui avaient dit ses espions était vrai. Et chaque minute perdue dans cette foule indifférente lui permettait de ressasser ce qu'il allait dire quand il se trouverait devant elle, dans une circonstance aussi mortifiante. Pourquoi fallait-il que Dieu le mette ainsi à l'épreuve, une fois de plus, après tant d'années passées à guerroyer en son nom ? Ce n'était après tout que justice, Renaud le savait bien, et cette pensée ne faisait qu'attiser le ressentiment et le dégoût de lui-même qu'il éprouvait en cet instant. Il avait failli à la parole donnée au roi Baudouin, au souvenir de son prince Bohémond, au souvenir de sa propre épouse. Certes, Bohémond avait disparu, quelques mois plus tôt, dans une expédition désastreuse en Cilicie, où son armée s'était laissé surprendre par les Turcomans de l'émir Gümüstekin. Comme le Turc n'avait pas réclamé de rançon, sans doute le prince était-il mort. Certes, sa propre épouse était morte en couches peu de temps après, mais cela n'enlevait rien à sa forfaiture. Par orgueil, par désir, il s'était laissé séduire par celle dont il devait assurer tout à la fois la protection et la surveillance. Et à présent…

Un groupe d'enfants surgis de nulle part s'agglutina soudainement devant lui comme une nuée d'insectes.

— Disparaissez !

Renaud avait pris une grosse voix et un air terrible, mais les gamins s'écartèrent en riant et revinrent aussitôt tourbillonner autour de lui. L'un d'eux glissa sa main dans celle du maître de Margat.

— Qu'est-ce que tu cherches, seigneur ? Je peux te conduire !

— D'accord… Emmène-moi chez la femme Layal…

L'enfant eut un sursaut de frayeur, mais il se reprit aussitôt, serra un peu plus fort la main du vieux chevalier et l'entraîna en avant, tout en criant aux autres de déguerpir, dans une longue phrase à laquelle Renaud ne comprit rien, si ce n'est *el sahera*, la sorcière, et le mot *franj*. Le Franc. Le terme le fit sourire, mais n'était-ce pas ce qu'il était devenu, lui, le Provençal ? Depuis bientôt trente-cinq ans qu'ils avaient débarqué en Terre sainte, les barons qui avaient pris la croix à la suite du prince Bohémond avaient rompu avec leur passé. Il n'y avait plus ici de Provençaux, de Français, de Lorrains ou de Normands d'Italie, mais des *franj*, tous confondus sous ce même terme, répandus comme de maigres semailles dans un territoire immense, entre la mer et les montagnes, depuis la Cilicie arménienne[1] jusqu'aux frontières du califat d'Égypte. Beaucoup étaient morts, sous les flèches des Turcs ou de la fièvre des marais, beaucoup étaient repartis, incapables de s'habituer aux étés étouffants, aux hivers de pluie et de boue, aux combats incessants, à la famine des premières années. Ceux qui étaient restés étaient devenus les maîtres provisoires d'une terre déserte de côtes, de montagnes et de rocaille, une terre qu'on ne pouvait réellement conquérir. À moins que ce ne soit la terre qui les ait conquis.

1. Au sud-est de l'Anatolie, en actuelle Turquie.

À deux cents pas de là, l'enfant s'arrêta au bord d'un ruisseau qui coulait jusqu'à la mer, lâcha sa main et tendit le doigt vers une bâtisse isolée, protégée par un mur bas bordé d'un plessis de figuiers. Renaud lui glissa une pièce de cuivre en s'efforçant de sourire, puis son visage redevint grave dès que l'enfant s'enfuit à toutes jambes. Le soleil bas étirait les ombres, mais il distinguait des silhouettes accroupies contre le muret, ainsi qu'une voiture fermée de voiles blancs attelée devant l'entrée de la cour. Sans un mot, l'un des maronites vint prendre les rênes de sa monture et emmena les chevaux à l'écart. Les deux autres vinrent se poster à ses côtés.

— Ne touchez pas à vos arcs, dit Renaud. Laissez-moi dix pas d'avance et suivez-moi.

Là-bas, les hommes s'étaient levés. Il en apercevait deux, dont l'un au moins avait dégainé son épée courbe. Peut-être y en avait-il d'autres. Le chevalier se mit en marche en levant la main en signe de paix, traversa le ruisseau d'un bond et se dirigea vers eux. Alors qu'il n'était plus qu'à un jet de pierre, un troisième homme sortit de la cour, tenant à la main une courte lame. Le couchant faisait miroiter les écailles de cuir de son haubert. Les deux autres le rejoignirent et Renaud vit qu'ils étaient eux aussi vêtus en guerre, à la mode byzantine, et reconnut les signes embossés sur leurs boucliers. Des Arméniens de Cilicie… Des hommes de la garde rapprochée d'Alix.

— Ne va pas plus loin, vieil homme !

— Je suis Renaud Mazoir, seigneur de Margat, connétable d'Antioche, et je viens voir ta maîtresse, la princesse Alix. Va la prévenir.

L'Arménien eut une sorte de ricanement parfaitement déplaisant, et avant de répondre jeta un coup d'œil amusé vers ses hommes.

— La princesse est occupée, lança-t-il avec une morgue hautaine.

Renaud baissa la main et la posa sur la garde de son épée. Sans qu'il ait besoin de se retourner, il sut à la façon dont le sourire des gardes s'était terni que ses archers s'étaient mis en position et qu'ils avaient encoché. Il s'avança encore, assez près pour étudier le visage de l'Arménien.

— Quel est ton nom, l'ami ?

— Archak, dit l'autre, avec un regard de défi. Archak de Tarse !

— Tu sais qui je suis, Archak. Tu veux vraiment jouer à ça ?

L'homme hésita, lorgna les archers et finit par baisser la tête.

— Je vais prévenir Son Altesse…

L'Arménien tourna les talons et s'engouffra dans la cour, en feignant de ne pas remarquer que le seigneur de Margat l'avait suivi. Au-delà du muret, tout l'espace était occupé par des jardins de simples, protégés du soleil par de grands voiles montés sur des perches et qui exhalaient une odeur citronnée. L'intérieur était plongé dans une pénombre rafraîchissante. Le temps que ses yeux s'y habituent, Renaud ne put qu'apercevoir dans la salle commune une servante accroupie, à laquelle le garde grommela quelques mots avant qu'elle disparaisse par une petite porte. De nouveau, le chevalier n'attendit pas et s'engouffra à sa suite dans l'étroite ouverture, si basse qu'il dut se baisser pour y pénétrer. La pièce était plus sombre encore, tout juste éclairée par des lumignons de lampes à huile, dans une odeur entêtante de fumigations de sauge, de sueur et de graisse de hyène. Mais à peine était-il entré que la servante le repoussa et que des cris de femme lui vrillèrent les oreilles. Le chevalier battit en retraite, en conservant une image bouleversante, fugacement entrevue : Alix accroupie, presque nue, tout juste vêtue d'une chemise troussée jusqu'à sa taille et fermement ceinturée par une vieille femme installée derrière elle, alors qu'une autre officiait entre ses jambes.

Le garde arménien était ressorti dans la cour, et Renaud lui en sut gré. Il put s'adosser au mur de la salle, se laisser glisser jusqu'au sol et reprendre son souffle, tant cette vision l'avait ébranlé.

Ainsi, ce que lui avaient rapporté ses informateurs était vrai… La princesse Alix, deuxième fille du roi Baudouin II de Jérusalem et devenue à vingt ans à peine régente d'Antioche depuis la disparition de son mari le prince Bohémond, était en train de mettre au monde un enfant. Peut-être même *leur* enfant. Mais par le diable, comment était-ce possible ? Il ne se souvenait pas l'avoir vu grosse, pas même ces dernières semaines… Par quels artifices était-elle parvenue à masquer son état jusqu'au dernier moment ? Un gémissement soudain, suivi du marmonnement indistinct des femmes, lui noua la gorge et les tripes. Son front se couvrit de sueur et ses mains se mirent à trembler. Un homme n'avait rien à faire auprès d'une femme en train de donner la vie. Il n'était même pas convenable qu'il reste là, assez près pour entendre ses plaintes, alors qu'il aurait dû sortir, s'éloigner de la maison jusqu'à ce qu'on vienne le chercher, mais le choc était trop grand et il avait besoin de reprendre ses esprits avant de se montrer au-dehors, devant cet Archak et ses hommes.

Deux mois plus tôt, deux mois seulement, sa femme Agnès était morte en donnant naissance à leur premier enfant, auquel selon la tradition il avait donné son propre prénom, Renaud. Par Dieu, et si Alix mourait en couches, comme sa femme ? Le scandale serait épouvantable… Peut-être pire encore si l'enfant vivait. Qui aurait pu comprendre qu'à quarante ans passés, il ait partagé la couche de celle dont Bohémond lui avait confié la garde, avant de chevaucher contre les Turcs de l'émir Gümüstekin en Cilicie ? Comment quiconque pourrait lui pardonner de s'être laissé séduire par sa jeunesse, sa beauté et sa noblesse, lui qui devait tout à Bohémond, ses terres, son titre, sa forteresse de Margat et sa charge de connétable ! Sans doute n'était-il pas le premier auquel Alix avait accordé ses faveurs, elle qui n'avait jamais aimé Bohémond et ne s'en cachait pas, mais pourquoi avait-il fallu qu'elle tombe enceinte ?

Une nouvelle plainte, plus déchirante encore, le dressa sur ses pieds et le chassa enfin hors de la demeure de l'accoucheuse. Les derniers feux d'un soleil rasant teintaient d'une lumière cuivrée les rides de la mer et les murs de la bâtisse. Il aperçut les gardes arméniens, regroupés autour de la voiture et des chevaux. Ses archers demeuraient à distance, près du ruisseau, mais la tension était retombée et les armes avaient été baissées. Il fit quelques pas vers le jardin des simples et n'alla pas plus loin, peu désireux d'affronter le regard de ces hommes. À la réflexion, le fait qu'Alix ait choisi d'enfanter ici, des mains d'une guérisseuse syrienne, hors des murs de la bourgade de Jabala et non dans son palais d'Antioche, montrait assez que la princesse voulait garder cette naissance secrète. Mais alors, que ferait-elle de l'enfant ?

À la nuit tombée, Renaud n'avait pas bougé de là. Une vieille femme sortit, s'appuya au chambranle de la porte, visiblement éprouvée, puis sursauta en le découvrant, adossé au mur de la maison. Renaud n'avait fait que l'entrevoir dans la pièce, mais en pleine lumière, il la reconnut. C'était elle qui enlaçait fermement Alix de ses bras noueux tandis qu'officiait l'accoucheuse. Au creux de son poignet découvert, Renaud distingua le tatouage d'une croix pattée, à la manière de son pays, et à ce détail il se souvint l'avoir déjà vue à Antioche, dans l'entourage de la princesse. Cette vieille femme était une Arménienne de Cilicie, l'une des suivantes de la reine Morfia de Malatya, épouse du roi de Jérusalem Baudouin II, sans doute l'une des anciennes gouvernantes des petites princesses. La reine était morte une dizaine d'années plus tôt, et nombre d'Arméniens s'étaient alors installés à Antioche, près de leurs montagnes natales. D'ailleurs Alix elle-même, comme ses sœurs Mélisende, Hodierne et Yvette, était plus arménienne que franque… La vieille s'était ressaisie et s'avançait vers les gardes, mais Renaud l'attrapa par le bras et la força à s'arrêter.

— Est-ce fini ?

D'un geste lent, elle se dégagea et s'inclina presque imperceptiblement, le visage fermé.

— Oui, messire. Elle va bien…

— Je te connais, n'est-ce pas ? Quel est ton nom ?

— Païtsare, messire. Je suis au service de la princesse depuis des années.

Renaud hocha la tête et elle fit mine de repartir, mais il l'arrêta de nouveau.

— Et l'enfant ?

Païtsare hésita un bref instant, puis désigna l'intérieur de la maison d'un mouvement de menton.

— C'est un garçon, reprit-elle à voix basse, comme si elle craignait qu'on l'entende. Dépêchez-vous, messire.

Le chevalier n'eut pas le temps de lui demander ce qu'elle voulait dire. Les gardes arméniens l'avaient vue, et elle se hâta à leur rencontre. Sans plus attendre, il se glissa à l'intérieur, puis dans la seconde chambre. Alix s'était recouverte, le visage luisant de sueur, encore haletante, allongée sur une natte sanguinolente et calée contre des coussins, tandis que l'accoucheuse et son aide, à la lueur vacillante des lampes à huile, nettoyaient le bébé d'un mélange de pétales de roses pilées, de miel et de sel, censé affermir sa peau. Lorsqu'il se pencha pour apercevoir le visage de l'enfant, la sage-femme s'interposa, et le dévisagea avec intensité, sans un mot. Ses yeux avaient une couleur étrange, presque jaune, qui le mit mal à l'aise.

— C'est toi, la dame Layal ?

La Syrienne lui fit signe de se taire, comme si nul ici ne devait émettre le moindre son. Et il réalisa alors que l'enfant ne pleurait pas. Pas une plainte, pas même ces sortes de gazouillements qu'ont les nouveau-nés. Le petit être le regardait paisiblement, en agitant doucement ses bras et ses jambes, jusqu'à ce que Layal l'emmaillote dans un drap blanc et le dépose dans ses bras, comme s'il ne faisait aucun doute pour elle qu'il fût son père, avant que Renaud ait pu protester. Puis elle ferma les yeux, posa la main droite sur le front du petit être et l'autre, la main impure, sur son propre cœur. Il y avait quelque chose d'étrange et d'impie dans ce geste, dans ce recueillement, et le regard du chevalier se détourna. Durant quelques secondes, ses yeux se fixèrent sur un plat de terre cuite contenant un magma sanguinolent, le temps qu'il comprenne que c'était la secondine[1] prête à être brûlée, selon la coutume mahométane, pour éloigner les démons. À côté, Layal avait soigneusement conservé le ruban visqueux du cordon ombilical qui faisait office de paiement pour ses services. Séché et réduit en poudre, c'était un philtre d'amour puissant, et onéreux…

Et puis, soudain, Layal lança une longue incantation, d'une voix puissante et criarde, qui le fit sursauter.

— *Bismi Allahi arqiika min kulli shayin yu'dhika wa min sharri kulli nafsin aw aynin hassidin*[2] !

— Tu viens voir ton œuvre, Renaud Mazoir ? Profites-en, ça ne va pas durer…

Plus encore que la psalmodie gutturale de la sage-femme, la phrase d'Alix le désarçonna. Tenant toujours l'enfant dans ses bras, il s'agenouilla auprès de la princesse. Malgré l'épreuve endurée, elle était d'une beauté saisissante, plus encore que dans ses souvenirs, lorsqu'elle s'était donnée à lui. Alix ne portait ni bijoux ni fard, ni aucun de ces artifices de voiles et d'or dont elle aimait tant se parer. Son seul luxe était le diamant qu'elle serrait dans sa main selon la coutume pour faciliter le travail, et une ceinture de sainte Marguerite, la Vierge d'Antioche, tissée de racines de courges. Ses cheveux noirs collés à son front, la peau luisante de

1. Le placenta.

2. « Au nom d'Allah, je cherche à te débarrasser de tout ce qui te fait mal, de toute mauvaise âme, de tout œil jaloux. » (Invocation de Gabriel.)

sueur, les yeux cernés et les traits tirés, elle n'avait pas un regard pour le bébé mais le fixait, lui, avec une sorte de rage froide dont il ne comprenait que trop bien la cause. Ainsi, il était bien le père de cet enfant si calme. Père de nouveau, à quelques semaines d'intervalle, par deux mères différentes… Renaud tenta de sourire et chercha ses mots, mais il en était encore à essayer de concevoir ce qu'elle avait voulu dire lorsque la vieille Païtsare revint. Archak et l'un de ses gardes entrèrent derrière elle, le visage fermé, la main sur la garde de leurs courtes épées. Renaud comprit enfin, et se redressa d'un bond, mais les deux Arméniens l'évitèrent et s'emparèrent de l'accoucheuse et de son aide.

— Par Dieu ! lança-t-il en se tournant vers Alix. Tu ne vas pas faire ça !

— Tu préfères que tout le royaume sache que le seigneur de Margat a engrossé la fille du roi ?

Les lumignons posés près de sa couche l'éclairaient à peine, mais Renaud vit les larmes qui brillaient dans ses yeux.

— Et l'enfant ? dit-il en se rapprochant d'elle. Laisse-moi au moins le temps de le faire baptiser…

Alix ne répondit pas. Les femmes avaient compris le sort qu'elle leur réservait et s'étaient mises à hurler. D'une brusque ruade, l'accoucheuse s'arracha de la poigne d'Archak et se précipita vers Renaud et son fils.

— Tu vas prendre soin de lui ? lança-t-clle précipitamment. Tu le jures ?

— Sur ma foi, je le jure.

Le chevalier crut déceler un soulagement dans les yeux jaunes de Layal, mais elle eut un geste rapide et imprévisible qui le prit au dépourvu. Écartant d'une main le drap qui recouvrait le nouveau-né, elle pencha sans ménagement sa tête sur le côté et lui griffa la nuque d'un coup d'ongle profond, qui fit couler le sang. Les pleurs de l'enfant leur vrillèrent aussitôt les oreilles.

— Maintenant, va-t'en ! cria-t-elle tandis qu'un garde la ceinturait. *Erhal fawran !*

Renaud jeta un coup d'œil vers Alix, que la vieille Païtsare protégeait de ses bras.

— Juste le temps qu'il soit baptisé…

La princesse eut un bref hochement de tête. Il n'attendit pas davantage et se rua au-dehors, tandis qu'Archak empoignait de nouveau l'accoucheuse et la forçait à se mettre à genoux.

Le silence retomba aussitôt dans la pièce, tout juste troublé par les pleurs de son assistante.

— Qu'est-ce que c'était ? murmura la princesse Alix. Qu'est-ce que tu as fait à ce pauvre petit ? Tu l'as maudit, c'est ça ?

— Ce « pauvre petit » ? cracha Layal. De qui parles-tu, chienne ? De l'enfant que tu allais égorger ?

Alix ne put répondre. D'un geste bien plus rapide qu'on aurait pu s'y attendre de la part d'une femme de son âge, Païtsare se pencha vers la Syrienne et la gifla à toute volée.

— Comment oses-tu parler ainsi à la princesse, sorcière !

Le coup avait projeté Layal à terre, hors des bras du garde. Elle releva les yeux et examina la vieille Arménienne avec un sourire mauvais.

— Toi, un jour, je te tuerai.

— On doit tous mourir, un jour ou l'autre, murmura Païtsare en se penchant à son oreille. Mais tu seras morte avant moi, pauvre folle…

La Syrienne s'écarta d'elle, souriant toujours.

— Je mourrai avant toi, mais tu mourras bien avant moi, dit-elle.

Avant que la vieille femme ait pu répondre à pareille absurdité, Archak empoigna de nouveau l'accoucheuse par l'épaule pour la remettre à genoux.

— Elle vous fera disparaître également, tous les deux, lança Layal en se tournant vers lui. Et peut-être même le chevalier, et l'enfant !

Archak et son acolyte échangèrent un regard hésitant.

— Cela ne sera pas ! cria l'accoucheuse.

D'une brusque détente, si soudaine et violente qu'elle l'arracha à la poigne du garde, Layal tendit la main pour tremper le bout de ses doigts dans une coupe d'eau claire restée au bord de la couche. Dans le même mouvement, elle en aspergea la princesse.

— Je suis Layal, la Nuit ! cria-t-elle d'une voix effrayante, rauque et d'une puissance telle que chacun s'écarta d'elle avec horreur. Le Très Miséricordieux m'est témoin que je L'ai bien servi en toutes choses ! Prends ce corps, méchante femme ! Je n'en ai plus besoin ! *'Aleana alik ta'arida !*

À ce mot, la sage-femme retomba à terre, sans forces, tandis que la vieille Païtsare poussait un cri d'horreur, arrachait son voile pour essuyer frénétiquement le visage de la princesse, puis plaquait la croix ornant son poignet sur le front de sa maîtresse.

— Qu'est-ce qui te prend ? fit Alix en la repoussant. Arrête ça !

— Tu ne comprends pas ! balbutia la vieille femme. Elle est *Lli ma taytsemmawch* ! De Ceux qu'on ne nomme pas ! L'eau ! Elle t'a lancé un *sihr* ! *La Ta'arida !*

Alix eut un mouvement d'épaules méprisant, mais elle se tamponna le visage et les bras, partout où elle avait été éclaboussée. Ce n'était que de l'eau. Elle n'avait rien senti d'autre que quelques gouttes sur ses joues.

— Tu perds la raison, vieille femme…

— *La Ta'arida !* La Malédiction ! Cette femme était possédée, Altesse, et la chose qui la possédait… Seigneur Dieu !

Bien davantage que ce geste ridicule de l'avoir éclaboussée d'eau ou que les incantations haineuses de Layal, qui était retombée à terre comme un sac vide, ce fut l'affolement soudain de Païtsare qui impressionna la jeune princesse.

— Possédée par qui ? De quelle chose parles-tu ? bredouilla-t-elle en s'écartant de la forme prostrée. Tu veux dire qu'elle était possédée par le diable ?

— Les *mluk* ! Les *djinniya* ! Ceux à qui on appartient ! Ceux qu'on ne nomme pas ! Et maintenant, c'est toi, ma pauvre petite, c'est toi !

— Mais vas-tu te taire ? hurla Alix. Et vous, là ! Ne restez pas à rien faire ! Tuez-les, toutes les deux !

Les gardes dégainèrent leurs courtes épées. Archak saisit l'accoucheuse par les cheveux et lui tira la tête en arrière. Avant qu'il ne l'égorge, Alix croisa son regard. Des yeux vides, sans vie, comme si ce qui l'animait l'avait déjà quittée. Et au même instant, un souffle glacé éteignit soudainement toutes les flammes des lampes à huile, plongeant la pièce dans l'obscurité.

La princesse et sa suivante poussèrent toutes deux un cri d'effroi, mais dans les secondes qui suivirent l'un des gardes ouvrit le volet de bois qui obscurcissait la pièce, et un reste de soleil couchant ramena assez de lumière pour y voir.

— Païtsare, vieille folle, tu aurais fini par me faire peur ! Regarde, elle est morte, ta sorcière !

Le corps sans vie de Layal gisait au pied de la couche. Une flaque de sang noir se répandait sous elle, sur les tapis recouvrant la terre battue.

— Elle est morte, oui, soupira la vieille femme d'une voix à peine audible. Mais le *mluk* l'a quittée avant son dernier souffle de vie. Et il t'a jeté son *sihr* avant de disparaître… *La Ta'arida*…

Il faisait nuit lorsque Renaud atteignit la poterne de son château de Margat, en haut du promontoire qui lui avait valu son nom[1]. Des serviteurs brandissant des torches descendaient à la hâte le large escalier de pierre menant à l'entrée principale, à sa rencontre. Le chevalier mit pied à terre, congédia d'un signe de tête son escorte d'archers et confia les rênes de sa monture à un écuyer avant de gravir lourdement les degrés pavés. Devant lui se dressait le donjon, surplombant la double enceinte de toute sa masse grise, et la porte à double battant que des flambeaux grésillant dans le vent animaient d'un jeu d'ombres fantomatiques. Chaque pas lui était pénible, et même l'enfant niché au creux de son bras lui pesait, après ces heures de chevauchée, tant l'angoisse lui nouait la gorge à l'idée de ce qui avait pu se produire après son départ.

L'angoisse et le remords.

Cette femme, Layal, était sans doute morte, ainsi que son aide, à cette heure. Mortes par sa faute, autant que par la volonté d'Alix… Tout au long du chemin, sur les quelque dix lieues qui séparaient sa forteresse

1. *Markab*, en arabe, signifie lieu de guet.

de Margat du port de Jabala, il n'avait cessé de se dire que des femmes comme elles mouraient tous les jours, d'un bout à l'autre de la Terre sainte, sous les coups des Turcs ou des croisés. Lui-même avait eu son compte de tueries, depuis la prise d'Antioche, son lot d'horreurs et de carnages, alors comment la mort de ces femmes pouvait-elle le troubler à ce point ? Il aurait même dû se sentir soulagé, à vrai dire, qu'Alix ne tente pas de se servir de cet enfant pour faire pression sur lui… Sans doute aurait-il dû l'abandonner, lui aussi, au couteau des gardes arméniens. Mais c'était au-delà de ses forces.

En voyant descendre vers lui Guilhem Le Roux, un compagnon de longue date dont il avait fait son bailli, en charge de sa mesnie de Margat, Renaud Mazoir s'arracha à ses pensées. Guilhem était l'un des seuls, sans doute, à connaître les relations que son seigneur avait entretenues avec la princesse d'Antioche, et c'était lui-même qui avait évoqué les rapports de leurs espions placés à Jabala, dans l'entourage d'Alix. Mais quand il découvrit ce que Renaud tenait dans ses bras, il ne put s'empêcher de le dévisager avec stupeur.

— Cet enfant, dit-il en s'approchant de Renaud pour que lui seul l'entende. Ce n'est tout de même pas…

— Si. Tiens, prends-le.

En d'autres circonstances, la gaucherie de Guilhem et son air perdu quand il se fut débarrassé de son fardeau dans ses bras auraient amusé le seigneur de Margat, mais il se sentait trop fatigué et amer pour avoir envie de rire. Et puis la réaction de son vieil ami en présageait d'autres… Des rumeurs, des ragots parmi la maisonnée, depuis les cuisines jusqu'aux postes de garde, et puis au-delà de Margat, à travers la princée tout entière. Autant y mettre fin tout de suite.

— Eh bien, oui, j'ai un second fils ! lança-t-il à pleine voix, comme s'il poursuivait leur conversation. Et Dieu, pour me punir, a voulu que sa mère, la malheureuse, meure elle aussi en couches ! Mais j'entends que ce petit soit élevé comme Renaud, son aîné ! Tu y vois quelque chose à redire ?

L'hésitation de Guilhem ne dura guère.

— Il sera fait comme tu l'ordonnes, seigneur.

— Bien ! Et à présent qu'on me fasse servir à dîner ! Je meurs de faim… Et lui aussi ! Par Dieu, trouve une nourrice à ce petit !

— Comment allons-nous l'appeler, seigneur ?

Renaud était déjà reparti, mais il revint sur ses pas en souriant, pour la première fois sans doute depuis qu'il avait quitté Jabala. Il souleva un coin du drap qui recouvrait l'enfant et glissa un doigt sur sa joue. Qu'importe ce qu'il avait dit à Alix. L'enfant vivrait.

— Martin, dit-il. Que tous l'appellent Martin Mazoir…

2. ALIX D'ANTIOCHE

Antioche, mars 1130

Une brise venue des montagnes soulevait de fins rideaux de voile, graciles comme des mouettes portées par le vent, révélant dans leur ballet silencieux la terrasse et sa balustrade de porphyre qui dominait la ville, les remparts aux tours innombrables et, au-delà, l'éclat argenté de l'Oronte s'étirant jusqu'à la mer. Alix s'était éveillée aux premières lueurs du jour, le corps lourd et baigné de sueur, épuisée par une nuit de maigre repos, hachée de douleurs stridentes et de rêves obsédants. Sans doute n'aurait-elle pas dû renoncer au lait de pavot que la vieille Païtsare lui faisait boire chaque soir depuis qu'elles avaient quitté Jabala. L'engourdissement provoqué par la décoction la clouait au lit et pesait sur chacun de ses mouvements, mais au moins repoussait-il le bouillonnement confus de pensées qui lui enfiévrait l'âme depuis qu'elle avait cessé d'en boire. Le visage grimaçant et les yeux jaunes de l'accoucheuse syrienne, ses mains noueuses marquées de dessins brunâtres, ses cris, ses gestes de jeteuse de sorts, et la frayeur de Païtsare, ce jour-là, comme si le ciel allait s'abattre sur Antioche, comme si la mer allait les engloutir, tout cela revenait en force dès qu'elle fermait les yeux. Elle s'en voulait de s'être laissé gagner par cette terreur impie et ridicule, d'avoir pu croire qu'une sorcière de village pouvait déchaîner contre elle les djinns et les démons des mahométans !

Dans la quiétude de l'aurore, les songes de la nuit se dissipaient peu à peu, laissant place à une réalité bien moins effrayante. La malédiction de cette Layal n'était qu'une diablerie pathétique et désespérée, tout juste bonne à effrayer les fellahs des villages. Après tout, une semaine s'était écoulée sans nuages de sauterelles ni grêle de feu. Au contraire, son avenir n'avait jamais semblé aussi radieux. Bohémond était mort, sans doute, et les rues de la ville basse résonnaient encore des cris des pleureuses, mais elle, Alix, n'avait pas versé une larme. Bohémond lui avait fait horreur dès le jour où son père l'avait mariée à ce seigneur normand d'Italie, beau et valeureux, mais d'une arrogance sans égale, capable d'emportements soudains, braillard et puant comme tous ceux de sa race. Dans chacun de ses gestes, elle voyait la morgue de son père et de ses semblables, barons vêtus de fer à qui tout était dû, de la terre aux femmes, et jusqu'à leur amour. L'annonce de sa mort n'avait été qu'une délivrance. Elle était désormais princesse d'Antioche, unique souveraine de la ville aux mille fontaines et aux remparts de pierre de taille, protégés par autant de tours qu'il y avait de jours dans l'année, la ville des vergers et des jardins en terrasse, plus riche que n'importe quelle cité franque de Terre sainte. Ici, davantage que nulle part ailleurs, cohabitaient les Francs et les Vénitiens, les Syriens, les Grecs de Byzance et les Arméniens de Cilicie. Depuis sa conquête lors de la croisade, la ville avait vu s'élever ou se relever des dizaines d'églises chrétiennes, mais comptait autant de lieux de culte orthodoxes melchites ou syriaques. Et il en serait ainsi tant qu'elle resterait sur le trône.

Il restait bien sûr un détail à régler. Une faiblesse passagère, dont Renaud Mazoir avait profité. « Le temps de le faire baptiser », avait-il dit. Sur le moment, Alix s'était laissé convaincre, mais elle savait que son amant était incapable d'accomplir ce qui était nécessaire, pour leur bien à tous les deux. Qu'importe. Archak et ses hommes s'en chargeraient bientôt.

Le grincement de la porte l'arracha à ses pensées, et le vieux visage parcheminé de Païtsare s'inscrivit dans le chambranle. Sur un signe de tête de sa maîtresse, sa gouvernante claqua des doigts et une théorie de servantes envahit la chambre, portant du lait, des dattes et des gâteaux au miel, des fleurs fraîches, sa robe du jour. La dernière à entrer tenait par la main une petite fille au pas hésitant, *sa* fille, Constance, vêtue d'une simple toge blanche et de sandales, mais portant dans les cheveux un bandeau d'or ainsi qu'autour du cou un large collier de lapis-lazuli d'un bleu profond, l'un comme l'autre parfaitement incongrus sur une enfant d'à peine trois ans, fût-elle princesse…

— Que fait-elle dans ma chambre, celle-là ? Et qui l'a déguisée comme ça ?

Païtsare ne répondit pas, mais ramassa la cape d'Alix sur le dossier d'une chaise et vint lui en couvrir soigneusement les épaules.

— Il y a là un chevalier, envoyé du roi Baudouin, murmura-t-elle à son oreille avant qu'elle ait le temps de protester. Il attend que tu sois vêtue pour entrer.

— Eh bien, qu'il attende encore, jusqu'à l'heure des audiences…

La vieille Arménienne secoua la tête négativement d'un air désolé, puis jeta un coup d'œil vers Constance. Alix suivit son regard. La petite gardait les yeux baissés, visiblement affolée par cette agitation matinale, et sans doute aurait-elle fui à toutes jambes si la servante lui avait lâché la main.

— Il a insisté pour qu'elle soit présente, reprit Païtsare.

Alix la repoussa d'un geste, et fit signe qu'on lui amène Constance. Selon les règles, c'était elle, la seule fille et l'unique héritière de Bohémond, qui était la véritable souveraine d'Antioche. Alix, jusqu'à ce que Constance soit en âge de se marier, devait se contenter d'exercer la régence en son nom… Il ne pouvait y avoir qu'une seule raison pour qu'un chevalier de son père en arrive presque à forcer la porte de ses appartements et se permette d'exiger la présence de l'héritière. L'homme devait être porteur de nouvelles sur le sort de Bohémond. Alix rejeta en arrière sa longue chevelure noire, serra la petite Constance contre sa hanche et ramena contre sa poitrine les pans de sa longue cape.

— Fais-le entrer.

D'un coup de menton, Païtsare fit signe à une servante restée à la porte, et qui s'inclina profondément. L'instant suivant, un chevalier portant un haubert de mailles et une cotte frappée des armes du Royaume, *d'argent à la croix potencée d'or, cantonnée de quatre croisettes du même*, pénétra dans la chambre d'Alix et la salua respectueusement.

— Guillaume d'Avise, Votre Altesse. Je suis porteur d'un message du roi Baudouin, votre père.

— Un message qui ne pouvait attendre que je sois habillée, messire d'Avise ?

— Pardonnez-moi, Votre Altesse, mais je crains que non… C'est à propos du prince Bohémond. Nous avons reçu des nouvelles…

Alix s'efforça de ne rien laisser paraître, malgré la pensée qui lui avait traversé l'esprit. Bohémond n'était pas mort, il était prisonnier, les Turcs demandaient rançon. Dans quelques jours, quelques semaines, il allait revenir, et toute sa vie nouvelle s'écroulerait. Le cœur battant et le corps tout entier saisi d'angoisse, elle détourna le regard en se penchant vers sa fille, afin que le chevalier ne voie rien de son trouble.

— Mon époux n'est pas mort, c'est cela ? dit-elle en se redressant. Les Turcs demandent une rançon ?

— Tout ce que vous et la princesse devez savoir se trouve dans la lettre du roi, Altesse…

De nouveau, elle s'efforça de rester impassible, mais la réponse du chevalier l'avait ébranlée. Il y avait là un ton qui ne convenait pas, de même que la présence de cet homme dans sa propre chambre, à une heure aussi matinale.

— Très bien. Païtsare, fais-les sortir, toutes. Qu'elles emmènent Constance avec elles. Et pour l'amour du ciel, qu'on lui retire tous ces bijoux, on dirait une putain de la fonde Saint-Marc[1] !

— Pardonnez-moi, intervint d'Avise. C'est moi qui ai demandé que la princesse Constance soit présente lors de la lecture des ordres du roi. Sa Majesté a insisté sur ce point…

1. Le quartier vénitien d'Antioche.

Les « ordres » ? Tandis que les autres servantes s'éclipsaient, Alix se contenta d'ouvrir la main. Païtsare s'empressa d'aller récupérer le pli cacheté dont l'envoyé du roi était porteur, de le décacheter du tranchant du couteau qu'elle portait à la ceinture et de le donner à sa maîtresse.

— Le roi s'associe à votre chagrin, Votre Altesse, reprit le chevalier sans attendre qu'elle ait lu. Malheureusement, le Royaume a été avisé que la tête du beau sire Bohémond a été embaumée dans du camphre et envoyée à Abû al-Mansûr Al-Mustarchid, le calife de Bagdad…

— Pas de rançon, alors…

Surpris par cette réaction, Guillaume d'Avise fronça les sourcils d'un air amusé, qu'il effaça aussitôt, pour une mine de circonstance.

— Non, Altesse. Pas de rançon. Notre sire Baudouin attire votre attention sur le fait que l'émir Gümüstekin a rendu cet affreux hommage au calife, et non au sultan Mahmud…

— Qu'est-ce que ça change ?

— Eh bien, Votre Altesse, cela signifie que nous avons deux ennemis au lieu d'un.

Alix sourit et le considéra avec hauteur. L'homme était brun, le visage tanné, la barbe fournie, portant encore sur son manteau et ses bottes la poussière de la route. Un rustre, comme tous ses semblables. Et voilà qu'il se piquait de lui apprendre le jeu d'un échiquier auquel ils n'avaient jamais rien compris…

— Nous sommes environnés d'ennemis, messire d'Avise. Il en a toujours été ainsi.

— Le sultan a un nouveau général, un certain Sanguinus, le Sanglant…

— Vous voulez parler d'Imad ed-Din Zengi, l'atabeg[1] de Mossoul et d'Alep, je suppose…

Le chevalier sourit et inclina la tête.

— Zengi a reçu l'ordre d'imposer la loi du sultan sur toute la Syrie, et de s'affranchir de l'autorité du calife de Bagdad Al-Mustarchid, reprit-il. La guerre entre le sultan et le calife est à nos portes, Votre Altesse. Sans parler des menées du roi Léon de Cilicie, ou de celles de Gümüstekin. Voilà pourquoi le roi mon sire vous recommande de laisser les rênes de la princée au patriarche Bernard de Valence et à un conseil de barons, agissant au nom de l'héritière en titre, la princesse Constance.

D'Avise s'interrompit, le temps d'un coup d'œil à la petite fille. La main d'Alix était crispée sur son épaule, ses yeux brillaient de larmes et elle semblait terrifiée… Il se demanda ce qu'une aussi jeune enfant avait pu comprendre de tout ce qu'il avait énoncé.

— Quant à l'armée, reprit-il, elle reste sous le commandement du connétable Renaud de Margat, mais soumise aux ordres du Royaume.

Alix aurait voulu hurler, appeler les gardes qui veillaient à sa porte, mettre aux fers cet insolent qui venait tout benoîtement la dépouiller de son trône, mais elle parvint à lui faire bonne figure.

— Le roi mon père a toujours été de bon conseil. Dites-lui que je suis sa servante, mais que je soumettrai néanmoins son bon vouloir au conseil de mes barons.

— Altesse, je lui ferai part de…

— Maintenant, si vous le permettez, messire d'Avise, je souhaiterais finir de m'habiller.

1. Gouverneur.

Depuis le chemin de ronde des remparts ouest, tout en haut de la butte escarpée de Margat, le regard portait au loin sur un paysage figé par la chaleur du jour, dans le crissement lancinant des grillons. Au-delà du village, à cent toises[1] en contrebas, des champs rocailleux et des alignements d'oliviers s'étendaient jusqu'à la mer, à moins de deux lieues, sans autre signe de vie que le pas résigné d'un âne attelé à un pressoir. À quelques encablures du rivage, un essaim de voiles blanches triangulaires ondulaient paresseusement, immobiles comme des mouettes posées sur l'eau. La vie, ici, semblait suspendue, à trente lieues[2] de l'agitation d'Antioche, du grouillement de ses bazars et du va-et-vient permanent à ses portes. Durant les heures les plus chaudes, la seigneurie tout entière, depuis la ville de Valénie jusqu'aux montagnes du Djabal Bahra, semblait un désert oublié des hommes, sur lequel sa puissante forteresse, avec sa double enceinte, ses tours rondes et son imposant donjon, menait une garde vaine.

Cela ne durerait pas. Les yeux perdus dans la contemplation de son fief endormi, les bras croisés sur un merlon de basalte noir comme la nuit, Renaud tenait dans son poing un message arrivé par chevaucheur, le matin même. La princesse Alix requerrait sa présence au palais. Quelques lignes brèves, qui ne révélaient rien de ses intentions, mais Renaud ne se doutait que trop du motif réel de cette convocation. Une dizaine de jours s'étaient écoulée depuis qu'il avait fui Jabala, emportant, roulé dans son manteau, un enfant

1. Environ 150 mètres.
2. Environ 120 kilomètres.

qui n'aurait jamais dû naître, et encore moins survivre. Ce ne pouvait qu'être cela. Il avait pu profiter de sa faiblesse, dans les instants suivant l'enfantement, mais la princesse avait eu le temps de reprendre ses esprits et demandait des comptes. Il ne suffirait pas de lui donner sa parole, cette fois…

— Messire Renaud ! Des cavaliers approchent…

Le chevalier se pencha au créneau voisin, dominant la route en lacets qui montait jusqu'à la forteresse. Une dizaine de chevaucheurs, portant les bannières noires des nizarites[1], s'avançait au petit trot. Celui qui menait la troupe avait le bras levé en signe de paix.

— Dois-je faire sonner la cloche ? reprit le garde d'un ton alarmé.

— Non, murmura Renaud. C'est le seigneur Saïf. J'attendais sa venue. Va prévenir la poterne. Qu'on l'escorte jusqu'à la grand'salle…

Tandis que le garde s'éloignait, Renaud suivit des yeux la progression des nizarites. Depuis une trentaine d'années, les princes d'Antioche avaient noué des liens avec ces hommes étranges, professant une foi que rejetaient tous les autres mahométans et à laquelle le chevalier n'entendait rien. Eux-mêmes s'appelaient *assassiyoun*, « ceux qui sont fidèles aux fondements de la Foi », ou *fedayins*, « ceux qui se sacrifient ». On disait que tous ceux qui s'opposaient à eux risquaient de tomber sous le couteau de ces fedayin, au beau milieu d'un marché ou dans la quiétude de leur chambre. On disait que leur maître, Hassan ibn al-Sabbah, le Vieux de la montagne, avait placé ses hommes jusque dans l'entourage du sultan, prêts à frapper le jour où on

1. Secte chiite ismaélienne inspirée par l'imam égyptien Nizar.

leur en donnerait l'ordre. Leurs ennemis les nommaient *hashishiyyin*, les fumeurs de haschich, ou *Hassanjin*, les djinns d'Hassan… Quoi qu'il en soit, à travers toute la Terre sainte, « assassin » était devenu le synonyme de meurtrier.

Dix ans plus tôt, l'une de leurs guerres sans fin les avait chassés de Perse vers les montagnes syriennes, où ils s'implantaient, village par village. Et Baudouin lui-même avait fait passer l'ordre qu'on les laisse en paix. Certains disaient même que les Assassins avaient joué un rôle prédominant dans le siège malheureux de Damas, l'hiver précédent, mais que la population damascène s'était révoltée et les avaient massacrés par centaines avant que les armées de Jérusalem ne viennent à leur secours…

Quoi qu'il en soit, Saïf Ibn Ammar était le nouveau maître d'Al-Kahf, une forteresse nichée dans les montagnes abruptes du Djabal Bahra tout proche, et il venait en voisin. Renaud n'en savait guère plus, si ce n'est que leur territoire imprécis, fait de pics rocheux et de gorges sans fond, s'étendait désormais à quelques lieues au sud de Margat, aux frontières du comté de Triple. Leur chef, Ismail al-Ajemi, le « Persan », avait été jusqu'à sa mort un fidèle allié, et on ne pouvait qu'espérer que son successeur ne varie pas sur ce point. Mais tout était si mystérieux, avec eux… Sans doute faudrait-il un jour les combattre et, ce jour-là, Margat serait en première ligne. Il suffisait pour l'heure aux princes des États latins que les Assassins soient les ennemis jurés de leurs propres ennemis…

Renaud eut tout juste le temps de se laver les mains et se rafraîchir le visage dans la grande salle voûtée, percée de larges fenêtres en arcs brisés, où il recevait ses hôtes de marque. Ici, il faisait frais en été, chaud en hiver. Sur les murs de brique passés à la chaux, sa défunte épouse avait fait peindre de grandes fresques religieuses, selon la mode byzantine qui était en usage à Antioche, et le sol était jonché de tapis. L'ensemble n'avait rien de luxueux, mais au moins était-ce la seule pièce de la forteresse, avec la chapelle, qui ne soit envahie d'hommes d'armes, de populace ou de serviteurs. Quoique en cet instant même une demi-douzaine de servantes disposât en hâte des fruits, de l'eau et du lait sur la table qui en constituait le seul ameublement. À peine furent-elles parties qu'un garde fit claquer le bout ferré de sa pique contre le dallage, à l'entrée de la salle.

— Seigneur Saïf Ibn Ammar !

L'homme était seul, sans armes, la tête couverte d'un turban qui ne laissait voir que son visage buriné et une courte barbe noire.

— *Salam aleikoum*, seigneur Saïf ! fit Renaud en s'avançant vers lui, tendant une main que l'ismaélien ignora, préférant s'incliner en touchant successivement son cœur, ses lèvres et son front.

— *An im saba'an*, seigneur Renaud. Sois remercié d'avoir bien voulu m'accueillir dans ta demeure. J'aurai peut-être bientôt l'occasion de rendre ton invitation.

D'un signe, Renaud invita son visiteur à s'asseoir, et lui servit lui-même un gobelet d'eau fraîche.

— Dois-je comprendre que les terres des Assassiyoun vont encore s'agrandir, Saïf ?

— Qui sait ce que Dieu nous réserve ? répondit le nizarite avec un sourire. Chaque jour n'apporte-t-il pas son lot de surprises, bonnes ou mauvaises ? Ici, les ennemis de Dieu pourraient perdre l'une de leurs places fortes, là un ami serait béni par la naissance d'un fils…

Renaud l'étudia un moment, en lissant d'un geste coutumier sa barbe grise, puis il hocha la tête en souriant.

— On ne peut pas te cacher grand-chose, Saïf…

— Détrompe-toi, mon ami. Il y a tant de choses que j'ignore ! Mais cela, je le sais : cet enfant est né dans le malheur, et il a reçu la marque.

— Quelle marque ?

Alors même qu'il formulait cette question, Renaud revit le geste de Layal, ce jour-là à Jabala. Comment Saïf pouvait-il connaître un tel détail ?

— Par Dieu, si tu as quelque chose à dire, parle franchement !

L'ismaélien leva la main en signe d'apaisement et prit le temps de se servir à nouveau, sans quitter Renaud des yeux.

— Je ne sais que ce qu'on m'a dit, soupira-t-il. Et les gens disent tant de choses… Mais tu ne m'as pas repris quand j'ai parlé de malheur, et je pense, mon ami, que tu sais très bien de quelle marque je veux parler. Cette femme, Layal, était une *mluk*, une possédée du djinn. Elle a été tuée, mais les djinns ne meurent jamais. Durant des années, ils peuvent être invisibles, vivre loin des hommes, s'abîmer au plus profond du désert, mais ils reviennent toujours à ceux qu'ils ont marqués.

Renaud ne répondit pas, et il ne souriait plus. Il se souvenait de l'accoucheuse griffant d'un geste brusque le cou de Martin, et des cris de l'enfant qui jusqu'alors n'avait pas encore pleuré.

— Es-tu en train de me dire que mon fils est marqué par le démon ?

— Non, pas un démon. Les *shayatin* ne se mêlent pas des affaires des hommes, pas de la même façon… Je sais que vous autres *franj* ne croyez pas aux djinns, ni aux goules, ni à aucun des monstres qui vivent sur cette terre. Peut-être n'y en a-t-il pas dans ton pays, qu'est-ce que j'en sais…

Son pays ! Renaud avait quitté la Provence trente ans plus tôt, sans espoir de retour, alors qu'il n'était encore qu'un tout jeune écuyer. Son pays, désormais, c'était son fief de terres grises écrasées de soleil, cette forteresse et tous les casaux[1], villes et abbayes qui en dépendaient. Une terre plus vaste que bien des baronnies de France, et qui faisait de lui l'un des plus puissants seigneurs de Terre sainte. Autant en connaître les légendes…

— Chaque pays, dit-il, a son lot de mystères, mais il n'y avait pas de djinns chez nous. Du moins, pas sous ce nom. Et je t'assure que s'il y avait eu un djinn à Jabala, dans une pièce aussi petite, je l'aurais vu.

Saïf Ibn Ammar réfléchit posément avant de reprendre la parole.

— Il y a des choses qu'on ne voit pas et qui pourtant existent, dit-il en baissant la voix. Ainsi le vent. Nul ne peut le voir, et pourtant chacun le ressent, n'est-ce pas ? Dans sa colère, le vent peut abattre des murailles et ravager les terres, ou bien te rafraîchir et souffler doucement à ton oreille… Il en va de même pour les djinns. Dans un *hadith*, le Prophète a dit : « Dieu créa les djinns en trois catégories ; la première est faite

1. Un casal est un hameau agricole. Le nom (*casalia*) vient de l'Italie normande.

de serpents, de scorpions et de reptiles ; la deuxième ressemble au vent dans l'atmosphère ; la troisième ressemble aux hommes… » Sans doute en est-il de même pour les anges, les goules et les démons. Rares sont ceux qui ont pu les voir sous leur apparence réelle, mais ils peuvent prendre l'apparence d'un homme… Ou d'une femme. Les anges nous guident vers Dieu, les démons nous en éloignent…

— Et les djinns ?

— Les djinns, mon ami, sont les cousins obscurs des hommes. Des démons qui peuvent prendre l'apparence des hommes, et seuls leurs yeux jaunes peuvent alors les trahir…

Un démon aux yeux jaunes… Ces mots évoquaient à Renaud un vague souvenir, mais Saïf ne lui laissa pas le temps d'y réfléchir.

— L'homme aime la lumière du jour, la multitude des villes, la chaleur, le bruit, le parfum, la compagnie des femmes. Les djinns sont des êtres de la nuit, du froid, des solitudes désertes. L'homme se nourrit de viande, le djinn se contente des os. Mais ils sont comme nous, mon ami, libres et responsables de leurs actes devant le Miséricordieux. « Quand le ciel se fendra et deviendra écarlate comme le cuir rouge, alors, ni aux hommes ni aux djinns, on ne posera des questions à propos de leurs péchés[1]. » Mais tant que le ciel n'est pas fendu ni rouge, les djinns comme les hommes ont des comptes à rendre, pour le bien comme pour le mal…

— Bien. Tu me dis qu'un démon aux yeux jaunes, quel que soit cet être, a marqué mon fils. Ça veut dire quoi ? Qu'il est maudit ?

1. Sourate 55 : *Ar-Rahman* (« Le Tout Miséricordieux »).

— Peut-être. Ou au contraire béni, protégé.

— Tu m'es d'un grand secours, Saïf…

L'ismaélien rit doucement, puis soupira avec une mimique d'impuissance.

— Personne ne sait au juste pourquoi le Très Miséricordieux a voulu peupler la terre de ces créatures… Peut-être voulait-il rendre les choses un peu plus difficiles pour les hommes.

Cette fois, ce fut Renaud qui se mit à rire.

— Un peu plus difficiles, vraiment ?

Le seigneur de Margat piocha une figue séchée dans la coupe disposée sur la table et la mâchonna en observant son invité.

— Ce n'est tout de même pas pour une griffure que tu as fait tout ce chemin, Saïf. Nous avons l'un et l'autre des questions bien plus pressantes à traiter. Alors dis-moi, qu'est-ce que tu veux ?

À sa grande surprise, Saïf Ibn Ammar eut un geste d'humeur et se leva brusquement. Renaud crut qu'il allait se mettre à hurler, mais le nizarite se calma aussitôt.

— Pardonne-moi, mais tu te trompes, dit-il en se rasseyant. Tout ce que nous faisons sur cette terre, bâtir, cultiver, faire la guerre ou écrire de la poésie, tout cela n'a aucune importance… Seuls comptent les desseins de Dieu.

— Et tu crois que mon fils est un dessein de Dieu ? Écoute, Saïf, nous sommes alliés et je souhaite que nous soyons amis, mais…

— Ce que tu as fait, sauver cet enfant de la mort, c'est faire le bien. Et vouloir tuer cet enfant, c'est faire le mal. Cette femme, seigneur Renaud, cette Alix qui règne à Antioche, tu dois à présent la considérer comme un démon.

— Oui, sans doute, répondit le chevalier avec un rire sans joie. Un vrai démon, je te l'assure !

— Non, tu ne devrais pas rire. Ce n'était pas une image… Ton fils a été marqué, elle a été maudite. Je te disais que les djinns erraient parfois durant des années dans les terres désertes, mais il arrive aussi qu'ils s'incarnent, lorsqu'ils trouvent une âme prête à les accueillir. Une âme bouffie d'orgueil, d'ambition, de cruauté, une âme dénuée d'amour. Cela t'évoque quelqu'un, mon ami ?

Un silence s'installa entre eux, alors que le sourire de Renaud s'effaçait. Il n'avait jamais été très porté sur la Foi, et toutes les atrocités commises d'un côté comme de l'autre au nom de Dieu avaient depuis longtemps achevé de tarir en lui tout sentiment religieux. Le siège d'Antioche, trente ans plus tôt, s'était achevé dans un déchaînement d'horreur qu'il ne pourrait jamais oublier. Alors des démons, oui, durant toutes ces années, il avait sans aucun doute dû en croiser quelques-uns…

— Ton enfant, reprit Saïf, puis-je le voir ? Après tout, cette histoire de marque n'est peut-être qu'un racontar…

Renaud n'hésita qu'un instant. Il acquiesça d'un signe de tête et, tandis qu'il entraînait son hôte à sa suite à travers les couloirs de la citadelle jusque dans ses appartements, il réalisa qu'à aucun moment il n'avait véritablement douté des paroles de Saïf. Se pouvait-il vraiment que l'émir des Assassins ne soit venu que pour ça ? Voir l'enfant ? Le mettre en garde ?

Lorsqu'ils entrèrent dans la chambre de ses fils, la nourrice se leva instinctivement pour protéger les berceaux. La pénombre qui y régnait empêcha le chevalier de discerner l'expression de son visage, mais il comprit que ce n'était pas lui qui alarmait la servante. Elle était de la tribu des Banu'l-Ahmar, habitant le Djabal Bahra où s'étaient implantés les Assassins. L'homme en noir devait pour elle avoir la figure du diable…

— Laisse-nous, dit-il à voix basse, en désignant la porte d'un mouvement de menton. Attends dehors, ce ne sera pas long.

Elle sortit prestement dans un froissement d'étoffe, les yeux baissés pour ne pas croiser le regard de Saïf, et Renaud soupira avec lassitude. La forteresse bruisserait bientôt de toutes sortes d'histoires…

— Lequel est-ce ?

Renaud jeta un coup d'œil vers le lit de bois sculpté où dormait son aîné, puis il se dirigea vers la couche de Martin. Les deux enfants n'avaient que quelques semaines d'écart, mais seul l'aîné hériterait de son titre et de ses terres… Saïf le rejoignit et resta interdit devant le spectacle offert par le bébé étroitement emmailloté, selon la coutume franque, de peur qu'en se mouvant, les bras et les jambes fragiles du nouveau-né se déformassent. On eut dit un cocon, dont seule une tête rougeaude et luisante de sueur émergeait. Avec une douceur dont Renaud ne l'aurait pas cru capable, le nizarite se pencha pour saisir Martin entre ses bras, en parvenant à ne pas le réveiller. Il le posa sur son avant-bras et le retourna précautionneusement. Sans un mot, il fit glisser son index sur l'entaille en forme de croissant de lune qui marquait la base de son cou. Les deux hommes échangèrent un regard, puis Saïf recoucha l'enfant et s'écarta.

— J'ai moi-même un fils, dit-il lorsque Renaud l'eut rejoint. Il se nomme Fahd, le guépard… Il aura deux ans cet hiver.

— J'espère que nos fils prolongeront l'amitié de leurs pères…

Saïf s'inclina avec un sourire de gratitude, puis saisit le chevalier par le bras.

— Ne le garde pas ici, murmura-t-il. Quand il sera sevré, laisse-moi l'emmener dans nos montagnes. Je l'élèverai comme mon propre enfant, et en contrepartie, tu veilleras sur Fahd.

— J'y penserai, répondit Renaud en étant persuadé du contraire.

— D'ici là, fais garder cette porte. Si le *shaytan* veut le tuer, tu ne devras jamais baisser ta garde pour parvenir à le garder en vie.

— Monseigneur Bernard demande à être reçu, Votre Altesse…

— Dis-lui que je suis souffrante. Je le verrai plus tard.

Alix attendit que l'officier du palais ait refermé derrière lui, en triturant nerveusement l'une de ses bagues. C'était la seconde fois qu'elle faisait éconduire Bernard de Valence, archevêque latin d'Antioche, et elle connaissait trop le vieil homme pour ne pas imaginer la rage impuissante qu'il devait éprouver en cet instant même. Se voir ainsi refuser une audience, lui auquel le roi son père prétendait confier le gouvernement de la princée, buter une fois encore devant une porte obstinément close alors qu'il devait considérer que le consentement d'Alix n'était qu'une formalité, ce devait lui être insupportable. Depuis trente-cinq ans, bien avant qu'elle soit née, le patriarche pesait lourdement sur les affaires d'Antioche, régnait en maître sur son armée d'évêques, de chanoines et de diacres, levait des dîmes sur la population latine et toutes sortes de redevances sur les Grecs et les mahométans, amassant à force un trésor qu'on disait immense. Et quoiqu'il plût à Alix d'humilier ce vieux saint aux mains pleines, cela ne pouvait durer encore longtemps. Tôt ou tard, l'archevêque écrirait au roi pour se plaindre, si ce n'était déjà fait. Mais en cet instant précis, il n'était tout simplement pas possible de le faire entrer dans la salle du conseil, et à voir les mines de chacun de ceux qui avaient pris place autour de la table, elle n'était pas la seule à savourer la vexation infligée à Bernard de Valence. Assis à sa droite, le patriarche Jean, primat de l'Église orthodoxe jacobite d'Antioche sourit d'un air indulgent.

— Voulez-vous que nous nous retirions ? Nous ne voudrions pas faire attendre monseigneur l'archevêque…

— Je sais déjà ce qu'il veut me dire, répliqua Alix d'un ton brusque. Et vous le savez tous.

Elle parcourut l'assistance des yeux. Assis à côté du patriarche, son chapelain de la cathédrale Saint-Pierre gardait les yeux baissés. En face de lui, Guillaume de Saône, seigneur de l'une des plus importantes forteresses de la princée, était le seul Franc du conseil en dehors du sénéchal Barisan, un Normand au visage émacié arrivé dans les bagages de Bohémond et qui avait depuis des années la haute main sur les finances. Les autres étaient grecs ou arméniens de Cilicie, installés depuis assez longtemps à Antioche pour deviner ce que deviendrait la ville sous l'administration de Bernard de Valence et d'un conseil de barons à la solde de Baudouin. Nul ici ne souhaitait qu'Antioche devienne une seconde Jérusalem, où les Francs et l'Église romaine régnaient en maîtres.

— Si nous choisissions de… Disons, de nous opposer à la volonté du roi, avança le patriarche Jean, il faut s'attendre à ce que Baudouin prenne les armes contre la princée, afin d'imposer sa loi par la force. Pour rester indépendants du Royaume, il faudra se battre. Or c'est toute la question : sommes-nous certains de nos propres troupes ? Je ne vois pas ici messire le connétable…

— J'ai fait mander Renaud Mazoir, répondit sèchement Alix. Mais il était en ses terres de Margat, et même en chevauchant toute la nuit, il ne sera pas ici avant demain. Or comme vous l'avez vu, monseigneur l'archevêque s'impatiente déjà…

— Assurément, ma fille, vous avez eu raison d'agir vite. Ce que je voulais représenter, c'est que le connétable, à supposer qu'il accepte de se dresser contre Baudouin, ne pourra guère compter que sur une vingtaine de chevaliers présents en ville ou dans les alentours, et moins de cinq cents archers et piétons.

— Pas assez pour défendre la ville, ajouta le sénéchal Barisan.

— Au contraire. C'est bien suffisant…

Celui qui venait de parler était le plus jeune de la tablée. Plus jeune même qu'Alix qui venait d'avoir vingt ans. La voix du prince Mleh d'Arménie, fils du roi Léon, tout comme l'ombre de moustache qui barrait sa lèvre supérieure, était encore celle d'un adolescent, même s'il avait déjà connu plusieurs batailles.

Il en allait ainsi, dans les montagnes de Cilicie, entre les menaces constantes des Byzantins, les razzias de mahométans et les combats fratricides entre factions arméniennes.

— Ton père ne disposera d'aucune machine de siège, reprit-il en regardant Alix. Il n'aura qu'une centaine de cavaliers, au mieux… Si les portes de la ville restent closes, il ne pourra rien faire.

— … Du moins pas tout de suite, corrigea le patriarche. Mais Baudouin n'est pas homme à renoncer. S'il le faut, je gage qu'il fera venir de Jérusalem ou d'Édesse assez de monde pour encercler la ville et bâtir des beffrois et des mangonneaux[1]. Il nous faudra alors des alliés contre les armées du roi…

Alix eut une moue de dégoût. Josselin d'Édesse était pareil à son père. Les deux hommes étaient cousins et Josselin lui devait son comté. Il suffirait que Baudouin siffle pour que son vassal accoure, comme un chien fidèle… Elle se tourna vers le prince Mleh, mais celui-ci anticipa sa question.

— Ne compte pas sur les armées de mon père, dit-il. Toutes nos forces sont engagées contre les Turcomans.

— Il y a peut-être une autre solution, avança le patriarche Jean. La seule armée de la région qui puisse faire reculer le roi Baudouin est à moins de trente lieues à l'est, au-delà du Pont de Fer…

Il y eut un moment de silence, le temps que chacun se figure ce que venait de suggérer le primat d'Antioche. À trente lieues à l'est, c'était Alep. La ville de l'atabeg Zengi…

1. Le beffroi est une tour de siège servant à l'assaut des remparts, et le mangonneau une puissante catapulte.

— Vous n'y pensez pas ! s'écria Guillaume de Saône. Faire appel aux Sarrasins, ce serait une infamie !

— Ce ne sont pas des Sarrasins, mon fils, ce sont des Turcs. Et à tout prendre, la vie n'était pas plus dure, du temps de leur domination[1]... Au moins ne pillait-on pas nos églises... Une alliance, tout en conservant à Son Altesse ses pleins droits sur la princée, nous libérerait de leur menace et tiendrait Baudouin à distance...

— Autant s'allier aux serpents et aux hyènes du désert !

Alix jeta un coup d'œil vers Guillaume de Saône, dont l'indignation n'était pas feinte. Mais il était Franc, et comme tous ceux de sa race, empli de simples certitudes, bien éloignées des ondoiements du Levant.

— Votre Altesse, s'écria-t-il, vous ne songez tout de même pas à...

— Il ne convient pas que je fasse attendre plus longtemps monseigneur l'archevêque, trancha la princesse en se levant brusquement. Le conseil se réunira de nouveau demain.

Un soleil bas teintait les collines d'une lueur de cuivre, noyait les vallons dans les ténèbres et illuminait la voie pavée qui longeait les remparts de Margat, pareille à un étroit ruban sinueux, jusqu'au lointain reflet de la mer. Sans doute aurait-il mieux fait d'attendre le lendemain pour prendre la route. La convocation d'Alix était impérieuse, mais quelques heures de plus ou de moins n'y changeraient pas grand-chose.

1. Antioche, prise par les Turcs seldjoukides en 1084, tombe aux mains des croisés en 1098.

La vérité est que Renaud avait envie de partir. Les dernières semaines passées dans son fief l'avaient assommé, à travailler des heures durant aux affaires de son vaste domaine, compter et recompter avec son argentier les rentes de ses casaux, besant après besant, visiter les moines de son abbaye de Rochefort ou surveiller l'entraînement de la garnison. Comme tous les soldats de métier, le chevalier n'aspirait qu'à la paix lorsqu'il livrait bataille, mais l'inaction de la paix lui pesait rapidement. Un jour, peut-être, quand ses enfants auraient grandi, parviendrait-il à emplir ses journées à leur apprendre le métier des armes, suivre leurs progrès auprès des clercs et leur transmettre tout ce qu'il avait lui-même appris de ce rude pays, mais Renaud II et Martin n'étaient encore que des nourrissons. Des nourrissons auxquels il manquait une mère, et lui un homme auquel il manquait une femme.

Cet après-midi encore, les quelques minutes qu'il avait passées auprès de ses fils lui avaient donné l'impression de n'être qu'un intrus, gauche et inutile parmi les nourrices et les servantes qui, lui semblait-il, jugeaient chacun de ses gestes. Renaud s'en voulait doublement. Sans cette visite, qui avait tourné court au premier vagissement de Martin, il aurait pu partir plus tôt dans la journée. Qu'importe. Il n'était pas trop tard pour grimper en selle, au lieu de s'éterniser devant la cheminée de la grand'salle, à écouter les comptes du bailli et de ses officiers de cour.

— Je pars pour Antioche, dit-il d'une voix forte en se levant brusquement. Guilhem, fais préparer mon cheval et une escorte, je te rejoins aux écuries !

— J'en préparerai deux, je pars avec toi. Maître Abbaud et le seigneur Gaillon veilleront sur le domaine…

Renaud jeta un coup d'œil vers les deux hommes désignés et acquiesça, alors que Guilhem avait déjà quitté la salle. Il ne lui fallut qu'un bref moment pour passer des vêtements et des bottes de voyage, ceindre son épée et retrouver son escorte dans la cour. Alors qu'ils franchissaient la tour carrée défendant la porte principale puis la barbacane située en dehors des murs, ils aperçurent un groupe de cavaliers qui sortait du village en contrebas. Une demi-douzaine d'hommes enturbannés et couverts de longues capes, traînant deux mulets lourdement chargés. Probablement des marchands syriens en route vers le nord, venus demander l'hospitalité pour la nuit. Il était singulier que ces hommes ne se soient pas arrêtés pour dîner à la taverne, mais sans doute préféraient-ils la protection des murs de la forteresse. Renaud laissa Guilhem Le Roux parlementer avec eux et inspecter les bâts des mulets, et refréna son agacement en parcourant la troupe du regard. Il s'attarda sur les bottes de l'un des voyageurs. Du beau travail, dans la manière de Damas. Sans doute ces marchands étaient-ils plus riches qu'ils en avaient l'air… Guilhem lança un ordre, et les voyageurs se remirent en route vers le château, tandis que la troupe des Francs s'enfonçait dans la lueur du couchant. Ils avaient dépassé le village et commencé à galoper vers les collines, lorsque Renaud tira soudainement sur la bride de sa monture.

— Qu'est-ce qu'il y a ? fit Guilhem en se portant à sa hauteur.

— Les bottes de ce marchand, murmura Renaud après une courte réflexion. Elles étaient brillantes, sans aucune poussière… Qu'est-ce qu'ils transportaient ?

— Rien, des étoffes grossières…

— Alors pourquoi ne se sont-ils pas arrêtés à la taverne ? Pourquoi monter au château si tard ?

Guilhem se tourna d'instinct vers la masse sombre de la forteresse, perchée sur son éperon rocheux.

— Tu crois qu'ils nous attendaient ? Tu crois qu'ils guettaient notre départ ?

Les deux hommes échangèrent un regard muet puis, d'une même impulsion ils firent volter leurs montures et partirent au galop sur le chemin du château. Lorsqu'ils franchirent de nouveau la tour carrée pour faire irruption dans la cour, les marchands étaient regroupés autour de leurs chevaux, alors que le seigneur Gaillon et quelques gardes du guet venaient tranquillement à leur rencontre.

Au bruit de la cavalcade, tous se retournèrent vers Renaud et son escorte. Fugacement, il perçut le geste de l'un des voyageurs, repoussant sa cape pour empoigner la garde de son sabre, et d'un coup de talons il poussa sa monture pour venir le frapper, de corps et de cheval, avec un tel élan que le marchand roula à terre, à plusieurs coudées de là, lâchant son arme qui tinta sur le dallage de la cour. L'homme à terre lança un ordre dans une langue que Renaud ne reconnut pas, et tous les autres dégainèrent avant même qu'il se soit relevé.

Gaillon n'avait pas réagi. Il regarda l'un des voyageurs qui s'avançait vers lui, eut un geste d'apaisement, puis avisa le sabre pointé vers lui et eut tout juste le temps de porter la main à son épée avant que la lame s'abatte en travers de son cou, tranchant chair et os.

Derrière lui, l'un des gardes du guet se fendit et embrocha le marchand de sa pique, alors que la cour résonnait de cris et du fracas de l'empoignade. Renaud avait sauté à terre et sorti son épée. Il éloigna son cheval d'une claque sur la croupe puis empoigna son arme à deux mains, alors que celui qu'il avait renversé se ruait vers lui, brandissant un poignard courbe. À l'instant où il frappait, le Franc para le coup de son bras et frappa son adversaire au visage avec le pommeau de son épée, faisant jaillir le sang. L'homme vacilla en reculant, et la lourde lame du chevalier s'abattit avec une force telle qu'elle s'enfonça profondément dans son torse, lui séparant presque le bras du corps. Renaud dégagea son épée en le repoussant du pied et regarda autour de lui. Deux des voyageurs étaient à terre, morts ou tout comme. Un autre avait jeté son sabre et levait les bras en piaillant. Guilhem affrontait le dernier, qui le repoussa et tenta de fuir vers la grand'porte. La flèche d'un archer de garde sur les remparts l'abattit avant qu'il ait fait trois pas. Le silence indécis qui suivit ne fut que de courte durée. En haut de la tour carrée, un garde sonnait du cor, et la cour s'emplit bientôt d'hommes d'armes.

S'avançant vers celui qui s'était rendu, Guilhem arracha la cape qui le recouvrait. L'homme portait un poignard à sa ceinture, et un haubert d'écailles de fer sous ses vêtements de voyage.

— Ne me tuez pas, seigneur ! Nous sommes venus en paix !

— Et ces armes ? Et cette armure ?

— La route est dangereuse, seigneur. Il faut bien se protéger !

Le bailli hésita et chercha des yeux Renaud, qui dénombrait les tués en reprenant son souffle.

— Ils étaient six, dit le maître de Margat. Il en manque un ! (Puis, haussant la voix :) Deux hommes pour garder celui-là ! Tous les autres, fouillez le château ! Guilhem, avec moi !

Les deux Francs s'élancèrent vers l'escalier menant aux habitations, puis à travers le couloir qui desservait la chambre des enfants. La porte était ouverte. Un corps gisait sur le sol. Une femme. La nourrice. À l'instant où Renaud déboucha dans la pièce, un homme se retourna, les yeux luisants de haine, et le chevalier le reconnut aussitôt. Archak. Le chef des gardes arméniens d'Alix, qui s'était mis en travers de son chemin, à Jabala, ce jour-là… Son poignard taché du sang de la malheureuse, il se tenait entre les deux berceaux. Sans doute avait-il hésité avant de frapper. Renaud n'hésita pas. Son épée s'abattit, tranchant net le poignet tenant l'arme. L'Arménien poussa un hurlement de douleur et de rage mêlées, réveillant en sursaut les deux enfants qui se mirent à brailler. Il tenta de s'accrocher de sa main valide au col de son agresseur, mais Guilhem le repoussa du pied et le cloua au sol d'un coup d'estoc.

— Par le sang, c'était juste ! s'exclama-t-il en dégageant sa lame. On dirait que quelqu'un en veut à tes héritiers…

— Seulement à Martin, murmura Renaud.

— Tu ne crois tout de même pas qu'elle oserait…

— Si.

Le maître de Margat essuya son épée avant de la rengainer.

— Je crois qu'il est grand temps d'accepter l'offre de notre ami Saïf…

Les dernières lueurs du crépuscule illuminaient au loin les remparts de Cursat, une place forte des montagnes, à quelques lieues d'Antioche. On aurait pu chevaucher encore, arriver à la ville dans la nuit, mais Renaud, allongé contre sa selle posée à terre, préférait savourer ces quelques heures de paix en compagnie de Guilhem Le Roux et de ses cavaliers d'escorte, mettre deux ou trois volailles à la broche, réchauffer des galettes dans les braises du feu de camp et vider une outre de vin, jusque tard dans la nuit, en regardant les étoiles. Demain, il devrait affronter Alix, rester calme, lui sourire même, peut-être, alors que s'ils étaient partis quelques heures plus tôt…

Demain, il l'avait décidé, il renoncerait à sa charge de connétable. Mener les armées de la princée n'avait plus de sens à présent que le prince était mort et que la ville était aux mains d'une femme sans Dieu. Une femme qui avait tenté de tuer leur fils, et qui n'hésiterait pas à recommencer si elle apprenait qu'Archak et ses sbires avaient échoué. Saïf avait raison. Il fallait que Martin disparaisse du monde…

— Messire, un cavalier approche.

Renaud se leva et tendit le cou. L'homme était seul, galopant droit vers leur campement, en soulevant dans la pénombre un nuage de poussière cuivrée. L'un des gardes du connétable avait saisi son arc et encoché. Les autres avaient la main sur la poignée de leur épée… Ils crurent tout d'abord que le cavalier allait continuer sans s'arrêter, mais en distinguant les écus fixés à leurs selles, ce dernier fit soudainement cabrer sa monture et sauta à terre.

— Service du roi ! lança-t-il d'une voix essoufflée. L'un d'entre vous est-il Renaud Mazoir ?

Guilhem s'avança vers lui, de sa démarche d'ours, tandis que l'un de ses hommes saisissait le cheval piaffant par la bride, en essayant de le calmer.

— Qu'est-ce que tu lui veux, au seigneur Renaud ?

— Laisse…

D'un mouvement de menton, le maître de Margat désigna à son homme lige la cotte d'armes blanche du chevalier, frappée de la croix potencée du Royaume. Ce n'était certes pas un envoyé d'Alix…

— Je suis Renaud Mazoir, dit-il en s'inclinant courtoisement. Venez vous asseoir avec nous, il va bientôt faire nuit.

— C'est Dieu qui vous a mis sur mon chemin, messire Renaud. Je savais que vous étiez en route, mais je ne pensais pas vous trouver si près d'Antioche…

— Qui êtes-vous, messire ?

— Guillaume d'Avise, au service du roi Baudouin. Pardonnez-moi, mais nous avons peu de temps. Vous n'étiez pas à Antioche, vous ne devez pas savoir… Le roi a décidé de prendre en personne la régence de la ville, au nom de la princesse Constance, et d'en confier le gouvernement à monseigneur Bernard de Valence, ainsi qu'à vous-même, messire Mazoir, avec le conseil des barons d'Antioche.

Renaud hocha la tête, sans répondre. Dans son aveuglement, il s'était figuré qu'Alix l'avait fait mander uniquement pour s'assurer du sort de leur fils. Mais il entrevoyait à présent de bien plus vastes difficultés. Le roi devait bien mal connaître sa fille s'il pensait qu'elle renoncerait aussi facilement à un trône dont elle avait toujours rêvé. Alix ne céderait pas. C'était le connétable qu'elle avait sommé de la rejoindre, au moins autant que l'homme…

— Comment la princesse Alix a-t-elle réagi ?

Guillaume d'Avise l'entraîna à l'écart, mais Guilhem les suivit.

— Monseigneur Bernard a appris de la bouche même d'un membre du conseil que la princesse avait décidé d'offrir la ville en vassalité à Sanguinus, l'atabeg d'Alep et de Mossoul…

— Seigneur Dieu ! murmura Renaud.

— Je vois que ça ne vous surprend pas…

Renaud eut un sourire sans joie, avec un bref coup d'œil vers Guilhem. Lui au moins savait désormais ce dont Alix était capable.

— Pardonnez-moi, messire, mais je crois qu'elle s'allierait avec le diable plutôt que d'abandonner le trône… Quoique entre Zengi et le diable, je suppose qu'il n'y a pas une grande différence…

— D'après ce que je sais, la seule condition qu'elle imposerait au Turc est qu'il la laisse régner sur la princée…

— Cela n'a pas de sens, grommela Guilhem Le Roux à leur côté. Si la princesse ouvre les portes de la ville à Zengi, il la fera jeter dans une prison, à moins qu'il ne la garde pour son harem…

— Si j'en crois les informateurs de l'archevêché, reprit d'Avise en ignorant l'intervention, des émissaires d'Alix quitteront la ville demain à l'aube, par la porte Saint-Paul, vers Harrenc[1] et le Pont de Fer.

— La route d'Alep, murmura Renaud.

— Précisément.

1. Aujourd'hui Harrim, au nord-est d'Antioche.

Instinctivement, Mazoir se tourna vers Antioche, perdue au loin dans la ligne sombre des montagnes. Alix n'avait pas attendu son arrivée pour tenir son conseil, et sans doute n'était-ce pas un hasard. Sans cette rencontre fortuite, il se serait présenté à elle le lendemain, et la princesse lui aurait ordonné de rameuter les chevaliers, de préparer la défense de la ville. Il serait devenu un traître au Royaume sans même le savoir…

— Messire, le roi peut-il compter sur votre loyauté ? reprit Guillaume d'Avisé.

— Évidemment, répondit Renaud après un long soupir. Que voulez-vous que je fasse ?

Le chevalier du roi sourit, pour la première fois depuis qu'il avait mis pied à terre. Il lui claqua l'épaule en hochant la tête avec une expression d'intense soulagement. Sans plus attendre, il récupéra sa monture et se hissa en selle.

— Les envoyés d'Alix auront avec eux un cheval blanc, sellé et caparaçonné de samit et d'argent, en guise de cadeau pour l'atabeg. Si vous chevauchez de nuit, vous devriez atteindre le Pont de Fer avant eux. Arrêtez-les.

— Et vous, messire d'Avise ?

Le chevalier désigna la route de terre qui sinuait vers le sud.

— Je vais à Jérusalem, prévenir le roi.

— Attendez !

Renaud fit rapidement des yeux le tour des hommes de son escorte. Ils étaient sept. Deux de plus ou de moins ne changeraient pas grand-chose. Son regard acheva sa course sur Guilhem, qui acquiesça en silence, quelle que soit sa décision.

— Bédier et Aymeri partent avec vous, dit-il d'un ton sans appel.

C'étaient les plus jeunes de ses gardes, les plus à même de remonter en selle pour une longue chevauchée sans sommeil…

— Même en crevant vos chevaux, il vous faudra dix jours pour rejoindre le Royaume, et le double pour en revenir avec une armée, poursuivit-il tandis que les deux hommes se préparaient. La princesse m'attend à Antioche demain. Si je n'y suis pas, cela ne fera que rendre les choses plus difficiles, alors j'y serai. Guilhem se chargera de la délégation envoyée à Zengi, avec le reste de nos hommes. Quoi qu'il arrive, retrouvons-nous à Harrenc. Le seigneur Guy est un fidèle du roi Baudouin, on peut lui faire confiance.

Du haut de son cheval, Avise le dévisagea gravement, mesurant ce que chacun d'eux risquerait, dans les jours à venir.

— Dieu fasse que nous arrivions à temps…

3. LE GANT DE FER

Forteresse d'Harrenc, avril 1130

— Voyez, mon gendre ! Ils ont pavoisé en notre honneur…

Au côté du roi Baudouin, Foulque d'Anjou acquiesça sans parvenir à sourire. Depuis leur départ de Jérusalem à la tête d'une petite armée de trente chevaliers et d'une centaine de piétons et d'archers, le temps n'avait cessé de se dégrader alors qu'ils remontaient vers le nord. La veille, il avait plu presque toute la journée, avec tout au plus quelques éclaircies qui ne laissaient guère le temps à leurs vêtements de sécher. Baudouin semblait se moquer des averses ou du vent, tout comme des nuits passées à dormir à même le sol, du vin piqué dont ils devaient se contenter, du gruau et de la viande de chèvre salée qui semblaient constituer le seul menu de leur équipée, et surtout de ces jours interminables passés à cheval. Foulque, lui, se sentait sale, fourbu, les reins brisés par cette chevauchée, frissonnant dans le vent qui sifflait à ses oreilles, grelottant dans ses vêtements trempés.

Il sourit encore moins quand il parvint à distinguer ce pavoisement dont parlait le roi. Depuis le village qu'ils venaient d'aborder, la forteresse d'Harrenc, bâtie au sommet d'une motte surplombant toute la région, les dominait de sa masse. Ce qu'il avait tout d'abord pris pour des bannières ornant les tours défendant la poterne, étaient quatre corps vêtus de longues chemises blanches, pendus par le cou à dix bons pieds de corde, et sur lesquels s'acharnait un vol de corbeaux. Derrière lui, quelques chevaliers rirent de la plaisanterie du roi et il les imita à contrecœur, avec le sentiment, plus d'une fois éprouvé, de n'avoir rien à faire parmi eux.

Foulque n'avait ni la prestance ni la rudesse de Baudouin. Son poids et sa petite taille s'accommodaient mal des longs trajets à cheval, tout comme sa peau de roux qui devenait écarlate au premier rayon de soleil. Mais il était comte du Maine, de Touraine et d'Anjou, l'un des plus grands barons de France, ce qui lui avait valu d'être choisi, parmi nombre de prétendants de haut rang, pour épouser la fille aînée du roi, Mélisende, et devenir ainsi l'héritier désigné du trône de Jérusalem. Une seconde vie, que Foulque lui-même n'avait imaginée. Quatre ans plus tôt, la mort de sa femme Erembourg de la Flèche, comtesse du Maine, l'avait désespéré au point qu'il avait abandonné le comté à son fils aîné pour reprendre la Croix, dix ans après sa première expédition. En s'embarquant pour la Terre sainte, il n'avait d'autre but que d'y trouver une mort honorable, jusqu'à ce qu'il rencontre Mélisende, dont il était tombé désespérément amoureux. Étrange destin, en vérité… À présent, et tant que Baudouin vivrait, il n'avait d'autre choix que d'en devenir le fidèle second, à la cour comme à la bataille, y compris dans ces contrées désertiques sur lesquelles ne poussaient que des cailloux.

Pauvres batailles, en vérité. L'hiver dernier, quelques semaines seulement après le mariage, leur expédition contre Damas avait tourné court, sans guère de combats. Malgré la réticence du roi, il avait fini par comprendre que Baudouin s'était allié à la secte des Assassins, qui avaient réussi à fomenter une révolte dans la ville. Mais la population s'était retournée contre les agitateurs et les avait massacrés jusqu'au dernier, tandis que l'armée de Jérusalem s'embourbait devant les remparts de Damas, sous des pluies diluviennes... Ce n'était pas ainsi qu'il voyait la Terre sainte. Ce n'était pas non plus le souvenir qu'il avait gardé de son premier pèlerinage, dix ans plus tôt.

Alors que la petite armée s'engageait sur la longue rampe menant aux remparts, les portes d'Harrenc s'ouvrirent et une délégation de notables et d'hommes d'armes se disposa le long du chemin pour les accueillir. Au moins, ce soir, dormiraient-ils au sec, après un repas digne de ce nom.

— Allons, messires, ne les faisons pas attendre ! lança Baudouin, en talonnant sa monture.

Parvenus devant la poterne, les chevaliers du Royaume qui les précédaient s'alignèrent sur deux files, lances dressées et fanions claquant au vent, tandis que Baudouin et Foulque mettaient pied à terre. Sans l'attendre, le roi s'avança rapidement vers le groupe et donna l'accolade à un vieil homme vêtu à la mode du pays, auquel Foulque trouva au mieux l'air d'un intendant ou de quelque précepteur grec, certes pas d'un seigneur de France.

— Mon gendre, venez embrasser mon vieil ami Guy Fraisnel, seigneur d'Harrenc ! dit-il en enlaçant l'épaule du vieillard. Et ce jeune chevalier est ton fils aîné ?

— Guillaume, répondit le jeune homme en mettant un genou en terre.

— Guillaume, oui ! La dernière fois que je t'ai vu, toi et tes frères n'étiez qu'une marmaille de douze ou treize ans… (Puis, se tournant vers Guy :) Dieu t'a souri, mon ami ! À nos âges, il n'y a plus grande bénédiction que d'avoir eu des fils et de les voir grandir pour devenir des hommes… Moi, pour mon malheur, je n'ai eu que des filles…

— Des filles peuvent toujours être mariées, objecta Foulque avec un sourire, avant d'embrasser à son tour le maître d'Harrenc.

— Par Dieu, oui, et c'est une grande consolation ! fit Baudouin en éclatant d'un rire sonore. J'espère pour vous, mon gendre, que Mélisende n'a pas l'âme aussi vile que sa sœur… mais croyez-m'en, méfiez-vous. On ne sait jamais à quoi s'attendre avec cette maudite engeance…

— J'y veillerai, sire.

Baudouin ne souriait plus. Il étudia un moment la face ronde de Foulque, puis son regard revint se poser sur Guy Fraisnel auquel, d'un mouvement de tête, il désigna les pendus qui les surplombaient.

— Qui est-ce ?

Alors que le châtelain, hésitant à répondre, se tournait vers lui, Guilhem Le Roux sortit du groupe des notables pour s'incliner devant le roi.

— Je te connais, toi, grommela Baudouin. Tu es l'homme lige de Renaud Mazoir…

— Je suis à vos ordres, sire.

Guilhem se redressa, visiblement flatté d'avoir été reconnu par le roi, mais avant qu'il ne puisse répondre à la question, ce dernier leva la main pour le faire taire.

— Je comprends, dit-il à voix basse, en l'entraînant par le bras afin que lui seul l'entende. À ce que je vois, tu as retrouvé les envoyés d'Alix.

— À moins de deux lieues du Pont de Fer, sire.

— C'est bien, mais tu aurais dû m'attendre avant de les brancher.

— Sire, ce ne sont que les hommes d'escorte, intervint Guy en se rapprochant d'eux. Nous avons gardé en vie l'émissaire de la princesse Alix, un Arménien de Cilicie nommé Hétoum, ainsi que son présent…

Baudouin opina d'un air sombre, puis se tourna vers son escorte de chevaliers et fit signe à l'un d'entre eux de venir les rejoindre. Lorsqu'il ôta son heaume, Guilhem reconnut le cavalier qui avait fait irruption à leur bivouac, presque un mois plus tôt. Guillaume d'Avise s'inclina successivement devant le roi et le seigneur d'Harrenc, puis leurs regards se croisèrent et les deux hommes échangèrent un bref salut.

— Messire Guillaume, j'espérais jusqu'ici que vous vous soyez trompé, dit Baudouin. Mais il semble hélas que la félonie de ma fille soit avérée… Néanmoins, je vous remercie.

Il poussa un long soupir et, l'espace d'un instant, Foulque le vit tel qu'il était : un homme âgé, amer et fatigué, chez qui la colère avait cédé la place à une profonde tristesse. Se détournant aussitôt, il contempla la plaine et les forêts qui s'étendaient à leurs pieds. Par beau temps, depuis ce promontoire, on devait presque apercevoir Antioche, à l'ouest.

— Je vous remercie tous deux, reprit Baudouin, en regardant tour à tour Guy d'Harrenc et Guilhem Le Roux. Le Royaume et la princée ont une dette envers vous. Je saurai m'en souvenir.

À l'invite de leur hôte, Baudouin et Foulque s'avancèrent entre la haie des dignitaires et pénétrèrent dans la forteresse, tandis que les chevaliers du Royaume mettaient pied à terre. Ils cheminèrent à travers les galeries en ogive de la citadelle et débouchèrent dans la cour intérieure, que la pluie de ces derniers jours avait rendue boueuse. Tenu à la bride par un serviteur, un palefroi de grande taille, à la robe et à la crinière blanche, recouvert d'un caparaçon de samit immaculé rehaussé de ferrures d'argent, jetait un éclat singulier au milieu des murs de pierre rousse. À ses côtés, le nommé Hétoum était agenouillé, tête baissée, vêtu comme les pendus d'une simple chemise qui lui laissait les jambes nues, les mains entravées devant lui et solidement encadré par deux gardes armés de piques. Baudouin toisa le cheval et l'homme avec la même expression d'incommensurable dégoût.

— Il a parlé ?

— Comme une vieille femme, répondit Guilhem derrière lui. Surtout après qu'on ait accroché ses hommes aux remparts de sire Guy.

— Et alors ?

Guilhem haussa les épaules.

— Les jérémiades habituelles. Il ne comprend pas pourquoi on l'a arrêté, il ne sait rien, il n'a fait qu'obéir aux ordres de la princesse… Mais je pense que vous en apprendrez davantage en lisant ceci…

Le roi baissa les yeux vers le rouleau de cuir rouge que lui tendait le chevalier. Le message qu'Alix avait osé écrire à l'atabeg Zengi… D'un simple coup d'œil, Baudouin vérifia que le sceau n'en avait pas été brisé, serra l'épaule de Guilhem en guise de remerciement, puis releva les yeux vers le prisonnier.

— Celui-là, on l'emmènera avec nous à Antioche. En attendant, qu'il passe la nuit avec les siens… Suspendez-le par les poignets, au milieu des autres. S'il est en vie, on le détachera demain. Sinon… Eh bien, on se contentera de sa tête.

Le spectacle était inhabituel. Du haut des remparts encadrant la porte Saint-Georges et celle du pont, enjambant l'Oronte, Renaud Mazoir regardait la ville se vider, dans la lumière cuivrée du crépuscule. Un flot de charrettes chargées à ras, des familles entières allant à pied, des troupeaux de moutons, les litières luxueuses des riches grecs ou vénitiens escortés par leurs gens d'armes, tout cela se mélangeait en une coulée étrangement silencieuse, pour se disperser furtivement dans la campagne environnante comme une fumée dans le ciel.

Depuis des jours, Antioche bruissait de rumeurs alarmées. Le roi était en marche vers la ville avec son armée, on allait subir un siège…

Sans doute aurait-il dû faire fermer les portes et appeler la garde, mais cet exode ne faisait que conforter ce qu'il avait ressenti en apprenant les visées d'Alix. Dieu sait comment la population avait découvert ce qui se tramait au cœur même du palais. C'était ainsi, dans ce pays. Il avait appris à s'y faire. Rien ne restait secret dans le fouillis de la ville basse où se croisaient des hommes d'armes désœuvrés, des paysans syriens, des bédouins du sud, des marchands de Damas ou de Byzance, des mendiants et des filles à soldats, des faux ermites et d'innombrables prédicateurs de toutes les églises, dans un vacarme constant auquel on n'échappait qu'au sein des murs de la citadelle, à mi-pente du mont Silpios.

Ce n'était certes pas la première fois qu'une armée marchait sur Antioche mais, cette fois, au lieu de se réfugier dans la ville, derrière ses tours et ses remparts formidables, le peuple fuyait, comme s'il craignait d'être pris au piège par la folie de sa princesse. Pour la centième fois peut-être, le connétable se demanda ce qu'il était advenu de ses compagnons depuis qu'ils s'étaient séparés. À en croire les rumeurs, Guillaume d'Avise avait réussi à alerter le roi Baudouin et à lever une armée – ou tout du moins quelques bannières – pour marcher sur la princée. Mais si Guilhem n'était pas arrivé à temps au Pont de Fer, si le messager d'Alix avait pu rejoindre Zengi et si celui-ci avait décidé d'accepter sa proposition et de lancer sans tarder ses cavaliers vers Antioche, alors le roi pourrait bien tomber dans le plus effroyable des pièges…

Renaud inspira profondément l'air frais du soir, puis se retourna. Le sergent d'armes commandant la porte était là, attendant qu'il lui accorde son attention…

— Oui, Bedoier, qu'y a-t-il ?

Le sergent s'inclina, la main sur la garde de son épée, portant au-dessus de son haubert de cuir la cotte d'armes rouge de la princée.

— Messire Renaud, il va bientôt faire nuit.

— Je sais.

— Mon seigneur… La princesse Alix a ordonné qu'on ferme les portes dès la tombée du jour. Toutes les autres, depuis la porte de Fer jusqu'à celle des Oliviers, ont déjà obéi. Il ne reste plus que nous…

Renaud hocha la tête d'un air amusé, puis se pencha par-dessus les créneaux pour jeter un coup d'œil vers la route, encore pleine de monde

— Ça ne va pas être facile, avec cette cohue… Eh bien, puisque la princesse l'ordonne, nous devons obéir, n'est-ce pas ? Qu'on ferme la porte pour la nuit.

L'homme acquiesça d'un signe de tête, mais il resta là, l'air hésitant comme s'il avait encore quelque chose à dire.

— Eh bien ?

— Seigneur, la princesse a envoyé des gardes un peu partout à votre recherche. Elle souhaite que vous inspectiez encore nos défenses, avec le sénéchal. J'ai dit que je ne savais pas où vous étiez.

Renaud se rapprocha du sergent et mit la main sur son épaule avec un sourire reconnaissant.

— Merci, Bedoier… Mais comme je le disais, quand la princesse ordonne, nous devons obéir.

Les deux hommes échangèrent un regard, puis Renaud désigna la foule, en bas, d'un mouvement de menton.

— Si je ne reviens pas, fais rouvrir la porte demain, dès l'aube. Tu diras que je t'en avais donné l'ordre.

Alix était nue, le corps éclairé par les braises rougeoyant dans un cratère de pierre, au centre d'une vaste salle ronde dont les murs étaient gravés de *khatchkars*, des croix arméniennes semblables à celle que Païtsare portait au poignet, ouverte d'une dizaine d'archères par lesquelles sifflait le vent glacé du crépuscule. Autour d'elle, disposées en cercle, les servantes d'Aspandaramît[1], toutes vieilles et ridées, étaient agenouillées, vêtues de robes blanches et le visage voilé. La princesse ne les voyait plus. Elle ne percevait plus leur lent balancement et leurs gestes étranges, n'entendait plus leurs incantations lancinantes à Horot et Morot, les dieux du mont Ararat, serviteurs de l'Esprit de la Terre et de la déesse, répétées sans cesse depuis des heures.

Jri barin,
Jri morin
Andndayin t agaworin[2].

Elle ne voyait même plus la *mobediar*, la prêtresse arménienne qui se tenait face à elle, de l'autre côté des tisons, sur lesquels elle versait par pincées des herbes sèches qui emplissaient la pièce d'une fine fumée tournoyante. Toute son attention était captée par ce cratère de pierre.

Il y avait un visage dans les braises. Non, pas un visage, une présence. Ce n'était pas l'habituelle fascination engourdie qu'on éprouve en regardant un feu dans une cheminée. Plutôt l'impression de se contempler dans un miroir de métal. Malgré sa nudité, malgré le froid de cette grande pièce ouverte aux quatre vents et la chaleur dégagée par le cratère sur lequel elle était penchée, Alix n'osait bouger un muscle, de peur de briser le lien qui, peu à peu, s'établissait avec cette autre elle-même lovée dans le brasier.

Tu m'appartiens...

La voix n'était qu'un murmure, un sifflement pareil à celui du vent dans les meurtrières, mais elle la fit

1. Déesse de la terre du zoroastrisme en Arménie et en Perse.
2. « Esprit bénéfique de l'eau / Mère de l'eau / Roi des abysses », incantation zoroastrienne à Horot et Morot.

sursauter d'effroi. De tout son être, Alix essaya de reculer, de s'arracher à la chaleur du cratère rougeoyant, en vain. Son corps ne lui répondait plus, comme si on l'avait enchaînée. Une terreur sans fond s'empara d'elle, avec l'effroyable certitude qu'elle allait périr, le visage brûlé par ces braises.

Tu ne mourras pas. Quel serait l'intérêt de te faire mourir, puisque tu m'appartiens ?... Pourquoi me tuer moi-même, puisque nous ne sommes plus qu'un ? Tu vas vivre, au contraire. Vivre bien davantage que tu ne pourrais le rêver... Ne crains rien. Je suis là à présent pour réparer tes erreurs.

À la tombée de la nuit, ils étaient plus d'une soixantaine, attablés par groupes dans la grand'salle du château, les os réchauffés par un feu brûlant dans la cheminée, le visage empourpré par le vin de Laodicée. Tous les chevaliers de l'expédition étaient là, partageant bruyamment le repas de ceux d'Harrenc, guère plus d'une poignée. Les piétons et archers du roi avaient pris leurs quartiers dans la ville basse, où la taverne et ses filles de joie devaient faire fortune. Le vin, la chaleur de l'âtre et la fatigue du voyage engourdissaient Foulque, qui peinait à garder les yeux ouverts dans l'attente que le roi se décide à mettre fin aux agapes. Ne comprenait-il pas qu'il fallait prendre du repos ? Le lendemain serait une longue journée, avec encore quelques milles de chevauchée pour rejoindre Antioche, puis de longues palabres pour mettre Alix au pas. Peut-être même faudrait-il se battre... Il ne manquerait plus que ça.

En portant à ses lèvres son gobelet d'étain, Foulque repensa aux heures qui avaient précédé leur départ. Lorsqu'il avait annoncé à sa jeune épouse Mélisende qu'il accompagnait le roi jusqu'à Antioche, sur la base du témoignage d'un chevalier qui accusait sa sœur cadette de trahison, tout y était passé. L'incrédulité, la colère, les pleurs, les menaces... Manifestement, les filles de Baudouin n'avaient pas la docilité effacée des femmes de France. Dès les premiers jours de leur union, Mélisende lui avait fait comprendre qu'à la mort de son père ils régneraient ensemble, ou que lui, Foulque, ne régnerait jamais. Si d'aventure les choses tournaient mal et qu'Alix était blessée – ou pire – il faudrait sans nul doute s'attendre à un retour difficile...

Son regard se posa sur la main du roi, qui faisait rouler sur la table d'un geste répétitif le parchemin couvert de cuir rouge qu'Alix avait adressé à Zengi. Puis il essaya de deviner ses pensées, mais les yeux de Baudouin étaient perdus dans le vague et son visage inexpressif. Ce qu'elle avait écrit, lui seul l'avait lu. Peu importait. Foulque n'imaginait que trop les sentiments de rage, de honte et de tristesse qui devaient animer le roi en cette minute terrible.

— Nous ne sommes pas assez nombreux...

Foulque s'arracha en sursaut à ses réflexions, en réalisant soudainement que son beau-père venait de lui parler, heureusement sans attendre de réponse.

— Demain, j'enverrai un chevaucheur vers Édesse avec un message pour le comte Josselin. Si par malheur nous devons reprendre Antioche par la force, il nous faudra une véritable armée...

— Ne comptez-vous pas sur ce connétable, dont a parlé messire d'Avise ?

— Renaud Mazoir…

— Mazoir, oui. À en croire Avise, il devrait veiller à ce que les portes de la ville nous soient ouvertes.

— À condition qu'Alix ne l'ait pas encore fait jeter en prison, fit le roi avec un soupir, en se tournant enfin vers lui. Je la connais, croyez-moi. Si elle se doute de quoi que ce soit, elle n'hésitera pas un instant. Mais vous avez raison. Il faut prévenir Mazoir de notre arrivée, sans tarder.

Alors que le roi cherchait des yeux Guilhem Le Roux et le chevalier d'Avise, l'écho lointain d'une plainte se fit entendre, malgré le brouhaha de la salle. Dans les secondes qui suivirent, les conversations s'interrompirent progressivement. Il y eut un moment de silence incertain, durant lequel on n'entendait plus que le vent sifflant lugubrement entre les murs de la forteresse et les aboiements des chiens au-dehors. Puis un nouveau hurlement s'éleva, strident, haut perché, le cri d'une souffrance ou d'une terreur indicible qui les saisit tous d'effroi avant qu'ils ne bondissent sur leurs pieds, renversant bancs et chaises, la main sur la garde de leurs épées. Une dizaine de chevaliers du Royaume se regroupèrent aussitôt autour de Baudouin, faisant rempart de leurs corps, tandis qu'un groupe se ruait au-dehors.

Guilhem, de par son rang modeste, était l'un des plus éloigné de la table royale, et donc l'un des premiers à quitter la salle pour s'engouffrer dans la galerie menant à la grand'porte. Quelques instants plus tard, parvenu à un jet de pierre de la poterne éclairée par la lumière vacillante de ses torches agitées par le vent, il croisa deux gardes livides, plaqués contre les murs, les yeux écarquillés, haletants, muets. D'une main, il dégaina son épée, saisit de l'autre un flambeau brûlant dans une torchère et jeta un coup d'œil par-dessus son épaule. Quatre chevaliers l'avaient suivi. On entendait les pas d'autres groupes résonner sur les dalles du chemin de ronde ou sur les planchers des tours, parfois un ordre bref ou un appel. Sur les murs de la forteresse, leurs torches jetaient des ombres confuses. Mais ici, à quelques toises des portes grandes ouvertes vers l'extérieur, rien. Un silence pesant que seul troublaient les aboiements rageurs des chiens et le braiment d'un âne, dans les étables. Il devait y avoir des gardes, au-dehors, sans parler des archers qui occupaient les deux tours encadrant la poterne et qui, bien mieux qu'eux, devaient avoir entendu ce hurlement terrifiant. Pourtant aucune voix humaine ne se faisait entendre, pas même pour faire taire les bêtes. Prudemment, Guilhem se remit en marche, suivi par les autres. Sa main était moite sur la poignée de son épée, sa gorge sèche, son souffle court. Il résista à la tentation de regarder de nouveau derrière lui, voir si les autres le suivaient toujours, et tenta de maîtriser l'appréhension croissante qui le saisissait. Lui qui avait survécu à tant de combats, qui avait vu tant d'horreurs, sentait la peur s'emparer peu à peu de tout son être, comme si on le plongeait lentement dans une onde glacée. Au bout de la galerie couverte, il s'avança à découvert, face à la poterne et aux portes béantes. Le halo de son flambeau éclairait la rocaille et les herbes rases du parvis, puis le pavement de la route qui s'effaçait dans les ténèbres. En franchissant le porche, il aperçut deux molosses, pattes tendues et poil hérissé, aboyant dans la même direction, vers quelque intrus invisible dans l'obscurité. D'une brusque détente, il projeta sa torche à plusieurs toises de là, en vain. Il n'y avait rien, et pourtant, comme les chiens, il ressentait une présence. Quelque chose d'effroyable, invisible et menaçant, pareil à un loup dans le sous-bois, rôdait autour de lui, à le frôler.

L'un des chevaliers derrière lui fit taire les dogues d'un ordre bref, appuyé par un coup de botte qui les fit détaler, et le silence fut total. Durant un long moment, les cinq hommes restèrent immobiles à scruter l'obscurité, puis Guilhem se relâcha. Quelle que fut la créature, homme ou bête, qui avait poussé ce cri et fait hurler les chiens, elle avait fui.

— Qu'est-ce que c'était ? murmura l'un des chevaliers, près de lui. Tu l'as vu ?

Guilhem secoua la tête et fit demi-tour vers la poterne. Les torches de ses compagnons éclairèrent les remparts de pierre rousse et les corps des pendus. Leur chef, l'Arménien Hétoum, était le plus bas, à moins de deux toises du sol, les mains liées au-dessus de la tête, au bout de dix pieds de corde. En s'approchant, l'un des chevaliers leva son flambeau et tous eurent le même sursaut d'horreur. Le visage et le corps tout entier de l'Arménien étaient exsangues, gris et desséchés. Malgré les gardes, malgré la lueur des torches, quelque chose s'était insinué jusqu'au supplicié pour lui arracher jusqu'à la moindre parcelle de vie, le vider de son sang, de sa graisse et de son eau, le réduire à l'état d'un squelette recouvert d'une peau parcheminée. Et cette chose était repartie dans la nuit sans qu'aucun d'eux n'ait pu l'apercevoir. Juste un souffle d'air glacé dans la nuit.

Au creux du cratère de pierre, le lit de braises crépitait en crachant d'ultimes volutes de fumée qui ondoyaient comme des serpents jusqu'aux étroites ouvertures des archères, puis se dissipaient dans l'air frais du petit matin. Le jour se lèverait bientôt. En découvrant la pâle lueur de l'aube, Alix réalisa qu'elle était restée là toute la nuit, debout devant ce brasero, et qu'en cet instant elle n'avait pas la moindre idée de l'endroit où elle se trouvait, ni de ce qu'elle était venue faire en ce lieu. Les herbes qui s'étaient consumées dans le brasier laissaient une odeur poisseuse qui imprégnait sa peau et ses cheveux, raidissait sa nuque et pesait sur le moindre de ses gestes. La jeune femme prit une profonde inspiration pour refouler le sentiment de terreur qui l'étreignait, s'appuya sur le large bord du cratère et scruta la pénombre. Elle était seule dans cette grande pièce ronde et glacée qu'elle ne reconnaissait pas, nue et transie de froid. En faisant des yeux le tour de la pièce, elle réalisa qu'elle se trouvait dans une tour, probablement quelque part sur les remparts. Sans autre souvenir de ces longues heures de veille nocturne que des images confuses faites d'ombres et de feu, de visages fantomatiques et de gestes impies.

Le rite… Elle était venue là avec la vieille Païtsare pour accomplir un rite.

Au prix d'un effort qui sembla tordre chacun de ses muscles tétanisés, Alix parvint à s'écarter du cratère et s'avança en titubant, les bras tendus vers l'une des nombreuses meurtrières ouvertes sur l'extérieur. Les premiers pas semblèrent impossibles, bien au-delà des quelques forces qui lui restaient, provoquant un vertige qui finirait par la précipiter à terre, mais en s'écartant du brasero, chaque bouffée d'air frais l'arrachait un peu plus à son engourdissement. Elle aurait pu appeler, crier le nom de Païtsare qui, sans doute devait veiller à l'étage inférieur, mais un reste de lucidité lui commandait de ne pas risquer d'être vue ainsi, égarée et nue, par quelque garde ou serviteur.

Lorsqu'elle parvint enfin au bord de l'une des archères, le soleil se levait sur les remparts d'Antioche. Elle reconnut les jardins de figuiers, en contrebas, et le mur de Séleucos surplombant l'Oronte. Elle frissonna, s'enserra de ses bras et ferma les yeux. À mesure que son vertige nauséeux se dissipait, les souvenirs de la nuit lui revenaient en masse. Sa traversée de la ville, en litière fermée escortée par des gardes portant des flambeaux, depuis la citadelle jusqu'à une tour, la tour grecque près de la porte du Chien, où elle se trouvait à présent. Les vieilles femmes assemblées dans cette même pièce, voilées et vêtues de blanc, qui s'étaient assises en cercle autour d'elle, paumes ouvertes vers le ciel, tandis que la *mobediar*, la prêtresse, versait des herbes sur les braises. Dès les premières minutes du rite, elle avait eu l'image de la reine Morfia, sa mère, et le souvenir des vieilles femmes en blanc qui peuplaient ses quartiers, à Jérusalem. Le rite était celui de Zoroastre, l'ancienne religion d'Arménie, bien avant le culte de Jésus, et qui n'avait jamais vraiment disparu. Elle se souvint de leurs longues incantations à Horot et Morot, les dieux du mont Ararat, serviteurs de l'Esprit de la Terre et de la déesse Aspandaramît, du regard sombre de la *mobediar* et de ses gestes lents qui l'avaient plongée dans une sorte de sommeil éveillé, jusqu'à ce que sa vue se trouble et que les femmes ne soient plus que des spectres, des fantômes… Aucune d'elles ne lui avait parlé directement, pas même la prêtresse, mais Alix s'était sentie portée, maintenue, comme si leurs mains s'étaient posées sur elle, comme si elles la soutenaient au bord du cratère.

Les yeux toujours clos, Alix poussa un long soupir. Malgré le froid de l'aurore, malgré la fatigue, elle commençait à se sentir bien. Sereine pour la première fois depuis longtemps. Elle aurait dû écouter Païtsare plus tôt, au lieu de perdre son temps à brûler des cierges à saint Julien ou à s'user les genoux en prières. Malgré son insouciance première, la malédiction de la sorcière de Jabala avait fini par la hanter jour et nuit durant des semaines, mais le sort était rompu à présent. Il fallait qu'il le soit…

Avant de quitter l'embrasure, la princesse jeta un dernier coup d'œil au-dehors, intriguée par l'agitation de la rue, inhabituelle à une heure aussi matinale. Elle ne put comprendre ce que les gens se disaient, mais elle en vit courir en direction des remparts, héler ceux qui se penchaient à leur fenêtre et s'entraîner mutuellement, avec une excitation croissante. Elle se dirigea vers l'escalier de pierre menant à l'étage inférieur, mais à ce même instant Païtsare en surgit, l'air affolé, portant les vêtements dont la princesse s'était défaite durant la nuit, au cours du rite.

— Le roi ! dit-elle d'une voix haletante. Le roi vient d'entrer dans la ville !

La lumière du soleil ne parvenait guère jusqu'aux geôles de la citadelle, creusées dans les flancs rocheux du mont Silpios. De jour comme de nuit, on n'y distinguait que la lueur vacillante des lampes à huile éclairant le poste de garde, par les interstices de la porte fermant la cellule. On y perdait vite la notion du temps, mais les yeux s'habituaient plus vite encore à cette pénombre. Moins d'une heure après avoir été jeté en prison, dans un cachot voûté et si bas de plafond qu'on pouvait à peine s'y tenir debout, Renaud Mazoir y voyait assez pour discerner des messages sur les murs, écrits en caractères grecs, arabes ou latins qui, pour certains, devaient dater des temps lointains où Antioche était l'un des fleurons de l'Empire romain… Dès que les gardes arméniens d'Alix s'étaient éloignés, après s'être assurés de son emprisonnement, le geôlier avait poussé la porte pour le libérer de ses fers et lui donner une couverture, un pot de bière et une écuelle d'un brouet épais et gluant. L'homme n'avait rien dit, juste un regard et un salut de la tête. Comme tout le monde en ville, lui aussi devait savoir que le roi était en chemin, et que la princesse Alix serait bientôt contrainte à lui rendre des comptes. Mieux valait ne pas faire trop de zèle, tant que la situation ne se serait pas éclaircie.

Dans cette obscurité permanente, Renaud n'avait d'autre repère que les visites de son geôlier, venant renouveler sa bière et son brouet, toujours aussi insipide et gluant. Parfois, l'homme sortait des dés ou un jeu de tables[1], s'accroupissait en face de lui dans l'étroit réduit et ils faisaient une partie ou deux à la lueur d'un lumignon, sans un mot. Lors de ses premières visites, Renaud avait bien tenté de lui soutirer des renseignements sur ce qu'il se passait au-dehors, les dernières rumeurs circulant en ville ou les agissements des maîtres de la citadelle, sans obtenir autre chose que des grognements indistincts. Il avait fini par se dire que le gardien devait être muet, ce qui était fréquent,

1. L'ancêtre du backgammon, pratiqué au Moyen Âge.

dans les cachots, et décourageait les prisonniers de tenter d'acheter leur évasion.

Le reste de son temps s'écoulait entre des périodes de veille, où il guettait les bruits assourdis de la citadelle en remuant les plus noires pensées sur le sort de ses fils, et de brusques abîmes de sommeil qui l'engloutissaient pour une heure ou pour une nuit, si bien qu'il n'aurait pu dire depuis combien de temps il était enfermé. Deux jours, sans doute, peut-être même trois. Au moins Alix l'avait-elle laissé en vie…

Durant un court laps de temps, quand il s'était retrouvé face à elle, Renaud s'était vu mort, condamné à engraisser les corbeaux au bout d'une corde. Elle trônait dans la salle d'audience, assise sous le dais portant encore les armes de son époux Bohémond, *d'argent, à la branche de fougère de sinople, nouée d'or et renversée en pal*, sous la garde d'une troupe de mercenaires arméniens et non de la milice franque d'Antioche. On n'avait pas encore allumé les lampes à huile du grand lustre byzantin et la pièce tout entière était plongée dans la pénombre mordorée du crépuscule. Dans un coin, comme s'il se tenait volontairement à l'écart, il reconnut le prince Mleh, vêtu plus modestement qu'à l'ordinaire. Les mercenaires devaient être ses hommes. Et à en juger par leurs regards mauvais, Renaud se dit qu'il n'aurait peut-être même pas le temps d'être pendu… Instinctivement, lorsqu'il s'était agenouillé devant la princesse, sa main avait enserré la poignée de son épée.

— Messire le connétable, vous devez savoir qu'une armée marche en ce moment même contre Antioche, avait-elle lancé d'une voix assurée. J'entends que vous organisiez la défense de la ville, ainsi que de la citadelle.

— Il est de mon devoir d'agir au mieux des intérêts de la princée, Votre Grâce.

— Je *suis* la princée ! Votre devoir est donc de me servir loyalement… Plus loyalement encore que vous avez servi le prince Bohémond !

Renaud avait tressailli et le rouge lui était venu aux joues. Il avait regardé furtivement autour de lui, avant de réaliser qu'aucun de ceux qui assistaient à cette scène n'aurait pu saisir l'ironie du ton employé par Alix, ni l'allusion offensante que contenait sa dernière tirade, de la part de celle qui avait été sa maîtresse.

— Votre Grâce, j'ai appris que le roi Baudouin votre père venait vous rendre visite… À ce que je sais, il ne s'agit nullement d'une armée ennemie.

— Messire Mazoir, ce que vous croyez savoir importe peu. J'exige que la ville soit au plus tôt en état de se défendre !

— La ville se défendra, Votre Grâce… Non contre le roi de Jérusalem, mais contre les armées de Zengi, si ce qu'on dit est vrai…

Alix avait blêmi, comprenant que l'ambassade qu'elle avait envoyée auprès de l'atabeg d'Alep n'était plus un secret. Si Renaud Mazoir en avait eu vent, nul doute que le roi Baudouin était au courant, lui aussi, et que c'était pour cette raison qu'il marchait sur Antioche. Durant un long moment, le connétable avait soutenu son regard, conscient qu'il suffisait d'un geste de la princesse pour que l'un de ces mercenaires vienne lui trancher la gorge. Sans qu'elle ait dit un mot, le prince Mleh d'Arménie avait quitté son recoin et s'était avancé vers lui.

— Votre épée, messire…

En y repensant, Renaud se dit qu'il aurait dû dégainer, livrer combat et emmener avec lui dans la mort le plus possible de ces chiens. Mais il n'avait pas résisté et s'était laissé emmener jusqu'à ce cul-de-basse-fosse, convaincu alors que le roi Baudouin prendrait la ville sans coup férir et le ferait sortir promptement de là. Il en était moins sûr, aujourd'hui. Un autre que lui devait avoir organisé les défenses. Le sénéchal Barisan, peut-être, ou quelque baron de la princée désireux de se faire bien voir. Sans machines de siège et guère assez d'hommes pour encercler complètement l'immense ligne des remparts, le roi n'aurait aucun moyen de forcer ses formidables défenses, s'ils décidaient de lui résister. Et si les hordes de Zengi débouchaient des montagnes, à l'est, Baudouin n'aurait plus qu'à fuir honteusement pour sauver sa vie. Quant à imaginer ce qu'il adviendrait alors d'Antioche si Alix ouvrait ses portes aux Turcs, il n'osait l'imaginer.

Renaud s'enfonçait dans une spirale de sombres pensées, imaginant déjà son château de Margat saisi par les mahométans, ses fils égorgés ou emmenés en captivité et la princée tout entière livrée au pillage lorsque la porte s'ouvrit sur son geôlier, portant son habituelle lampe à huile. Cette fois, pourtant, il n'était pas seul. Un homme avançait derrière lui, qu'il ne reconnut pas tout d'abord. Puis quand le gardien s'écarta pour laisser le passage, Renaud vit tout d'abord un poignard brandi, puis celui qui le tenait.

— Je ne pensais pas être si heureux de te trouver au cachot, seigneur ! s'exclama Guilhem. On disait bien que tu avais été jeté en prison, mais pas moyen d'arracher un mot à ce vilain drôle !

Renaud resta muet, le temps de maîtriser son émotion. Si son bailli se trouvait là, cela ne pouvait signifier qu'une chose : le complot d'Alix avait échoué et le roi Baudouin était en ville... D'une claque sur la nuque du gardien, Guilhem le fit tomber à genoux devant son prisonnier, et celui-ci réagit aussitôt.

— Laisse-le, fit Renaud en se levant avec une grimace de douleur. Il ne parle guère, mais c'est un brave homme. Et Margat ? Mes fils ?

— Ne t'inquiète pas. De ce côté, au moins, tout va bien...

En s'avançant vers le rectangle éclairé de la porte grande ouverte, Renaud aperçut un groupe en armes dans le couloir, et reconnut plusieurs de ses gardes de Margat. Tous le fixaient avec un mélange de joie et de soulagement qui lui poigna le cœur. Il ne manquerait plus qu'il pleure devant eux... D'un geste brusque, le connétable attrapa Guilhem et le serra contre sa poitrine. Puis il se tourna vers le geôlier toujours à terre et lui tendit la main pour l'aider à se relever, sans trouver les mots pour le remercier. Il se contenta de hocher la tête avec un sourire, auquel l'autre répondit d'un haussement d'épaules résigné. Quel que soit le maître d'Antioche, lui resterait ici, guère plus libre que ses détenus.

— Allez, viens, murmura Guilhem. Le roi t'attend...

Renaud acquiesça, puis il rejeta les épaules en arrière, releva le menton et se mit en marche dans le couloir, aussi dignement que possible, malgré la raideur de ses membres ankylosés, alors que ses hommes s'écartaient pour lui laisser le passage. Le premier était Bédier, l'un des jeunes gardes qu'il avait chargé d'escorter Guillaume d'Avise jusqu'à Jérusalem.

— Votre épée, messire Renaud, dit-il en s'agenouillant pour boucler autour de ses reins son ceinturon, lesté de la lourde lame.

En atteignant le bout du couloir et les premières marches de l'escalier de pierre menant à la surface, le maître de Margat découvrit qu'ils étaient en fait des dizaines, échelonnés le long des murs telle une haie muette et admirative, comme si cet emprisonnement infamant était une sorte de fait d'armes. Et quand il parvint enfin en haut, dans l'éblouissement du plein soleil, toute cette foule se rangea derrière lui et Guilhem, qui le soutenait discrètement par le bras.

— Le roi nous attend à la tour grecque, près de la porte du Chien…

— Et la princesse Alix ?

— Tu verras par toi-même, seigneur.

Renaud fronça les sourcils d'un air interrogateur, mais son homme lige avait déjà changé de sujet, tout à son impatience de raconter son aventure.

— On est là depuis deux jours, Guillaume d'Avise et moi. Envoyés par le roi en personne pour te prévenir de son arrivée. On a dû abandonner les chevaux et nos hauberts et se faire passer pour des marchands, sinon ils ne nous auraient jamais laissés entrer. Une fois à l'intérieur, on a été cachés par des moines dans la cathédrale Saint-Pierre et quand on leur a dit ce qui se préparait, tous les religieux se sont mis à prêcher contre Alix. La pauvre, elle a même été jusqu'à faire distribuer de l'or à la populace pour éviter une émeute, c'était pitié. Mais les gens d'ici se souviennent encore du siège[1]. Personne n'avait envie de revivre ça.

1. Au début de la première croisade, le siège d'Antioche dura du 21 octobre 1097 au 2 juin 1098 et fut marqué par nombre d'atrocités, notamment des actes répétés de cannibalisme de la part des croisés affamés.

— La milice ne s'est pas battue ?

— À peine. Quelques échauffourées dans les rues, pas de quoi en parler… D'Avise et un moine, un certain Pierre Latinator, ont réussi à convaincre les gardes d'une poterne, et le roi est entré au petit matin avec le comte Josselin d'Édesse et ses bannerets, sous les acclamations de la foule…

— Et Alix ?

Guilhem Le Roux ne répondit, une fois encore, que par un sourire. Ils étaient parvenus en vue des remparts, et une foule sans cesse plus dense et bruyante s'amassait dans les moindres ruelles, si bien que les gardes durent leur frayer un passage à force de cris. Enfin ils parvinrent à un cordon de soldats portant la lance, qui interdisaient à toute cette populace les abords de la porte du Chien. Sans qu'ils aient besoin de prononcer un mot, les gardes s'écartèrent en reconnaissant le connétable, et ils purent s'extraire de la cohue. Quelques dizaines d'hommes et de cavaliers seulement occupaient le glacis séparant les remparts des premières habitations. La plupart étaient des chevaliers et des hommes d'armes du Royaume, mais Renaud aperçut un groupe de notables de la ville, réunis autour d'une haute silhouette montée sur un cheval blanc, recouvert d'un caparaçon de samit et d'argent. Les yeux du connétable ne s'étaient pas encore habitués à la lumière crue du jour, mais il sut qu'il s'agissait du roi Baudouin.

— La princesse Alix s'est barricadée dans cette tour, reprit Guilhem à son oreille. Le roi voulait faire enfoncer la porte et la prendre d'assaut, mais messire Foulque l'a convaincu de faire intercéder le sénéchal Barisan et quelques bourgeois…

— Barisan, hein ?

Renaud haussa le cou pour tenter d'apercevoir le sénéchal. Le vieux Normand au visage de jour sans pain baissait humblement la tête, évitant sans doute de devoir croiser son regard. L'homme était assez malin pour avoir réussi à ne pas se compromettre, alors qu'il s'était certainement rangé aux côtés d'Alix. Peut-être même parvenait-il à se convaincre qu'il n'avait trahi personne… Sans plus s'occuper de lui, Renaud reporta son attention vers le roi, et désigna sa monture.

— C'est le cheval ?

— Oui ! dit Guilhem avec une fierté non feinte. C'est le présent qu'Alix avait envoyé à Zengi.

— Alors tu as réussi à capturer ses messagers…

— Les messagers, le message et le cheval ! Une vraie monture de roi, pas vrai ?

Renaud ne put répondre. Baudouin l'avait aperçu et lui faisait signe d'approcher, alors que Barisan et le groupe des notables repartaient vers la tour grecque.

— Messire de Margat ! s'exclama-t-il en descendant de selle. À ce qu'il semble, nous avons tous les deux quelques raisons d'en vouloir à ma fille !

Renaud mit un genou en terre et baissa la tête alors que le roi s'avançait vers lui, mais ce dernier lui fit signe de se relever et lui donna l'accolade, à la plus grande confusion du connétable, qui se sentait sale et puant.

— Restez avec moi ce jour, messire Renaud, et venez embrasser mon gendre !

À son tour, le comte Foulque mit pied à terre et vint lui baiser les deux joues, tandis que Baudouin, tout en faisant claquer nerveusement ses gants de mailles contre sa paume, observait les palabres menées au pied de la tour, entre le sénéchal entouré des bourgeois de la ville et un personnage invisible, qui leur parlait à travers un judas grillagé.

— Notre sire essaie de faire bonne figure, murmura Foulque sans cesser de sourire, mais si la princesse Alix ne cède pas rapidement, je crains que la journée finisse mal.

— Ç'aurait pu être pire.

— Grâce vous en soit rendue, messire Renaud. Personne n'avait envie de rallumer une guerre contre ce Zengi…

— Parlez pour vous, Foulque !

Renaud s'inclina en reconnaissant le vieux comte Josselin d'Édesse, qui portait par-dessus son haubert de mailles une cotte aux armes de sa famille, *d'or à trois besants de gueules*[1].

— Il ne m'aurait pas déplu, à moi, de me mesurer à ces bandits d'Alep ! Pour une fois que nous étions en force ! Zengi aurait été pris entre les murailles d'Antioche et nos bannières. Par Dieu, c'était l'occasion d'en finir avec lui !

— Mais tout l'Orient aurait eu connaissance du message d'Alix, objecta Foulque d'une voix douce. Et le prestige du roi Baudouin en aurait été durement ébranlé…

Josselin eut un hoquet amusé, et braqua sur l'héritier du Royaume son regard bleu délavé, qui tranchait sur son visage tanné et ridé par les ans.

— Vous êtes nouveau dans ces contrées, Foulque. Demandez à Mazoir, ou à Baudouin lui-même ce que vaut le prestige par rapport à un bon coup d'épée !

1. Fond doré avec trois ronds rouges en quinconce.

— Je pense qu'il vaut tout, répondit Foulque de la même voix douce et sans cesser de sourire. Le Royaume, cette princée d'Antioche ou votre comté d'Édesse ne tiennent que parce que les Turcs nous craignent, et qu'ils imaginent que des armées infinies viendront de la mer s'ils tentent de nous en chasser…

Renaud se retint de sourire. Foulque ne ressemblait pas à grand-chose, avec sa bedaine, sa tignasse rousse et son teint rougeaud, il devait lever les yeux pour affronter Josselin et sa voix semblait plus adaptée aux murmures de cour qu'aux ordres hurlés dans la bataille, mais il était l'un des plus grands seigneurs de France et le futur roi de Jérusalem. Josselin grommela dans sa barbe grise, avec un hochement de tête qui pouvait passer pour un acquiescement.

— Il n'empêche qu'il faudra bien porter le fer contre Alep, un jour ou l'autre…

Foulque aurait peut-être répondu, si une soudaine agitation n'avait attiré leur attention. Lassé d'attendre, le roi marchait vers la porte cloutée de la tour, aussitôt suivi par ses chevaliers. Écartant sans ménagement les notables de la ville, il frappa du poing contre l'huis, le visage collé au judas.

— Ça suffit ! cria-t-il d'une voix éraillée par la colère. Rendez-vous et amenez-moi la princesse, ou je mets le feu à votre maudite tour ! D'ailleurs, ça suffit ! Qu'on amène des fagots !

Tandis que les bourgeois d'Antioche détalaient dans des froissements de soie et de velours, le roi recula de quelques pas, défiant les meurtrières de la tour grecque. Ses chevaliers avaient levé leurs boucliers, tout autour de lui, mais à tout moment un carreau d'arbalète pouvait l'abattre, sans qu'ils aient le temps de réagir. Il y eut un long silence, alors que la foule elle-même retenait son souffle dans les ruelles adjacentes, puis la porte finit par s'ouvrir. Une dizaine de gardes sortirent, jetèrent leurs armes dans la poussière et se prosternèrent, face contre terre. Quelques minutes s'écoulèrent encore avant qu'Alix apparaisse, droite et fière dans une robe bleue rehaussée d'or, suivie comme une ombre par une vieille servante voilée.

— Me voici, père ! lança-t-elle d'une voix pas aussi assurée qu'elle l'aurait voulu, mais assez forte pour que tous l'entendent. Je me remets à votre merci, mais par Dieu épargnez ces hommes qui n'ont fait que m'obéir !

— Apprends d'abord à le faire !

Baudouin marcha vers sa fille qui eut un mouvement de recul hésitant et pâlit en découvrant son expression de fureur. D'instinct, elle leva les bras pour se protéger mais, d'un geste brusque qui surprit toute l'assistance, il la gifla d'un revers de ses gantelets de fer. Le coup lui arracha un cri et la projeta à terre, la joue écorchée par les mailles.

— Comment as-tu osé me défier ! hurla-t-il en levant de nouveau son gant, le visage écarlate de rage.

À ses pieds, Alix s'était recroquevillée en tremblant, toute morgue envolée, tandis que sa suivante s'était jetée sur elle pour la protéger. Devant le gant de fer, ce n'était plus la princesse d'Antioche, mais de nouveau la petite fille d'un père brutal, qui l'avait élevée, elle et ses sœurs, comme on dresse des chiens de meute, à la cravache. D'un coup de pied, le souverain de Jérusalem essaya de chasser la vieille femme, mais celle-ci encaissa le choc sans broncher. Baudouin eut même l'impression fugace qu'elle murmurait des paroles d'apaisement à l'oreille d'Alix, ce qui ne fit que l'exaspérer davantage. Alors qu'il allait frapper de nouveau, la princesse se débattit pour s'arracher à l'emprise de sa servante et recula vers la tour, le visage baigné de larmes et sa robe maculée de poussière.

— On m'a jeté un sort !

Parmi tous ceux qui avaient accouru auprès du roi, elle reconnut le patriarche Bernard de Valence, l'archevêque latin d'Antioche, et c'est en le fixant qu'elle désigna sa servante, la vieille Païtsare, d'un doigt tremblant.

— C'est elle ! reprit-elle d'une voix éraillée. C'est une sorcière ! Elle m'a fait boire ses philtres pour m'envoûter et me faire agir contre mon gré !

Tous les regards se tournèrent vers la suivante de la princesse, agenouillée dans la poussière farineuse du parvis, le visage impassible sous ses voiles sombres. Seul Baudouin semblait n'en tenir aucun compte. Il s'était avancé vers sa fille, animé d'une rage que rien ne pouvait apaiser et levait déjà son gantelet de mailles.

— Mon seigneur, non ! hurla Foulque en se précipitant pour arrêter le bras du roi avant qu'il ne s'abatte.

Baudouin se tourna vers lui dans une sorte d'hébétude, la face encore luisante et congestionnée.

— Au nom de Dieu, je vous en prie, sire, le peuple vous observe…

Le roi recula d'un pas, regarda sa fille à terre puis les gardes de la tour, toujours agenouillés, les yeux baissés. Le souffle court, il hocha la tête, puis arracha brusquement son bras des mains de son gendre.

— Je n'ai jamais voulu me rebeller contre vous, mon père ! criait toujours Alix. Allez voir dans la tour, vous y verrez encore les traces de ses maléfices !

Renaud s'était avancé, comme les autres, jusqu'à quelques pas du roi, dont ils ne voyaient que le dos massif. D'un geste familier, Baudouin faisait claquer ses gants contre sa paume, et à chaque claquement, Alix sursautait, avec une expression de terreur qui les plongeait tous dans une sensation de malaise croissant. Le roi tourna la tête et leurs regards se croisèrent.

— Messire de Margat !

— Je suis à vos ordres, sire, répondit Renaud.

— Prenez dix hommes, je vous prie, et allez inspecter cette maudite tour.

Derrière lui, Guilhem Le Roux rassemblait déjà leurs gardes. Juste avant d'entrer dans la bâtisse, Renaud jeta un coup d'œil vers la princesse, qui ne releva pas les yeux vers lui. Les gants de fer de Baudouin avaient laissé une vilaine entaille sur sa joue et du sang coulait jusque dans son cou. Alors qu'ils s'élançaient sur les premières marches de l'escalier de pierre, ils entendirent le roi, au-dehors.

— Seigneur Josselin, ayez la bonté de faire dégager les ruelles. Et qu'on fasse pendre ces chiens qui ont osé se rebeller contre leur roi !

Renaud perçut les protestations étouffées de Guilhem et de ses hommes. Baudouin n'avait aucune autorité sur la princée, et certainement pas celle de faire pendre des gardes qui n'avaient fait qu'obéir à leur souveraine.

— Continuez !

Renaud accéléra le pas, résolu à en finir au plus vite avec cette inspection sans intérêt. Alix mentait, sans nul doute… Ils parvinrent jusqu'au dernier étage de la tour grecque sans rencontrer âme qui vive. Tout en haut, il ne découvrit qu'une pièce aux murs ornés de croix gravées, vide hormis un cratère de pierre où crachotaient encore des braises presque éteintes. Renaud effleura les restes calcinés de brindilles et de rameaux. On avait fait brûler là des plantes, dont il flaira l'odeur suave au bout de ses doigts. Des traces dans la poussière du plancher montraient que des gens s'étaient regroupés tout autour du brasero. Rien en somme qui prouve de façon certaine que ce serait tenu là un quelconque sabbat de sorcières…

— On redescend !

Lorsqu'ils rejoignirent le parvis éclaboussé de soleil, des sergents du Royaume étaient déjà en train de lier les mains des gardes de la tour. Renaud s'avança vers le roi, qui conversait avec l'archevêque Bernard, au côté de Foulque et Josselin.

— Sire, il n'y avait rien, dit-il.

— Vous avez dû mal voir, répondit Baudouin.

— Sans doute devait-il y avoir des signes, intervint Bernard de Valence. Des inscriptions étranges, peut-être des cierges ou des bougies…

— Rien, vous dis-je. Tout juste un large cratère de pierre où l'on a fait brûler des herbes sur des braises…

— Eh bien voilà ! s'exclama Baudouin. Des fumigations, un envoûtement ! Ma fille a donc dit vrai, cette femme est une sorcière ! N'est-ce pas, monseigneur ?

— Il est vrai que les gens de magie usent de drogues pour étourdir leurs victimes et les soumettre à leur bon vouloir… Sans doute est-ce ainsi que la princesse a été subjuguée…

— Je comprends, murmura Renaud.

Le roi, de toute évidence, avait pris le temps de la réflexion durant leur inspection de la tour grecque. Mieux valait parler de maléfices que de trahison… Il jeta un coup d'œil vers les gardes d'Antioche entravés.

— Avec votre permission, sire, je vais m'assurer que ces hommes reçoivent un juste châtiment.

Alors que Baudouin levait les sourcils comme s'il n'entendait rien à ce que Renaud venait de dire, ce dernier désigna la file des captifs aux mains liées.

— En tant que connétable de la princée, il m'appartient de veiller aux décisions de justice, et je vous garantis, sire, que ces misérables seront jugés sans tarder.

— Je vois…

Baudouin l'observa un moment, puis il consulta du regard Foulque, qui se contenta de hausser les épaules.

— C'est bien, dit-il. Faites-en ce que vous voulez, peu me chaut.

Renaud s'inclina, mais le roi reprit la parole, en désignant d'un geste méprisant la vieille Païtsare, toujours prostrée à terre.

— Cette sorcière, cependant, ne dépend pas de vous, messire Mazoir, mais des autorités religieuses. Monseigneur Bernard, vous faut-il d'autres preuves de sa malignité, ou allez-vous sévir sans tarder ?

— Sans nul doute, sire, sa cause est entendue. Au nom de Dieu, d'ici la tombée du jour, elle sera cousue dans un sac et jetée dans l'Oronte, soyez-en assuré.

— Non. Égorgez-la, puis brûlez son cadavre. Qu'il n'en reste rien.

Comme tous ceux qui avaient assisté à cet échange, Renaud blêmit d'horreur.

— Sire !

— Le roi a dit vrai, messire Mazoir, intervint Bernard de Valence. Les affaires de l'Église ne sont pas de votre ressort.

L'archevêque et le connétable échangèrent un long regard, puis Bernard de Valence hocha imperceptiblement la tête et Renaud s'inclina. Braver le roi ne ferait que causer davantage de morts inutiles.

— Permettez-moi de me retirer, sire…

Baudouin ne répondit que par un geste négligent du bout des doigts et, prenant à témoin Josselin d'Édesse, sourit au prélat.

— Rendons grâce à Dieu qu'il ait placé à la tête de son Église un patriarche aussi avisé !

En se détournant, Renaud surprit le regard échangé entre Alix et sa suivante. La princesse était vidée de ses forces, égarée, privée de toute volonté, alors que la vieille, étrangement indifférente au sort affreux qui lui était réservé, se contentait de baiser encore et encore la croix tatouée à son poignet.

— Assurément, monseigneur, reprit le roi à l'adresse du patriarche, je compte que vous veillez désormais sur ces terres, en lieu et place de la princesse Alix, qui se retirera dans son douaire de Laodicée, afin de purifier son âme en prières. Et puisque messire le connétable a visiblement fort à faire, c'est à toi, Josselin, que je veux confier la sauvegarde de la princée, jusqu'à ce que son héritière légitime, la princesse Constance, soit en âge de se marier…

S'il s'était attendu à ce qu'il proteste contre son éviction ou la mise sous tutelle de la princée d'Antioche au profit du comte d'Édesse, Renaud ne lui accorda pas cette satisfaction. Le roi ne pouvait savoir, bien sûr, qu'avant même son arrivée en ville il s'était résolu à renoncer à sa charge de connétable, sans autre souhait désormais que de veiller sur son domaine de Margat et l'éducation de ses fils. Comme Josselin et les autres, il s'inclina devant la décision royale.

— Une dernière chose, messire Mazoir : vous veillerez à escorter personnellement la princesse Alix jusqu'à Laodicée, et vous répondrez désormais de sa sécurité… ainsi que de sa docilité. Vous me comprenez, n'est-ce pas ?

— Tout à fait, sire, dit Renaud avant de s'éloigner pour aider Alix à se relever et l'emmener hors de la vue du roi.

Avant même qu'il n'ait eu à donner un ordre, Guilhem Le Roux avait constitué autour d'eux une escouade d'hommes sûrs, qui déjà leur ouvraient un passage vers le palais.

— Nous partirons au plus vite, souffla-t-il alors qu'elle s'accrochait à son bras d'un air hagard. Le temps de prendre des vêtements de route et de faire vos adieux à la princesse Constance…

— Non ! fit Alix d'une voix serrée. Qu'on ne prononce plus jamais son nom devant moi.

La route allait être longue, jusqu'à la côte.

4. AL-KAHF

Jérusalem, juillet 1131

— Il ne ressemble pas à son père, Dieu merci !

Mélisende de Jérusalem prit un air offusqué et fit mine de couvrir les oreilles de son premier-né, mais elle finit par en rire, tendant la main à sa cadette.

— Viens t'asseoir auprès de moi…

Alix hocha la tête, mais elle ne pouvait détacher les yeux du bébé qui sommeillait dans son berceau, à l'ombre des larges murs du palais. La naissance de son neveu et les prochaines cérémonies de son baptême avaient été l'occasion de quitter Laodicée, après plus d'un an d'exil. Malgré la chaleur étouffante de ce mois d'août et l'inconfort d'un interminable voyage en bateau le long de la côte jusqu'au port de Jaffa, puis en litière à travers l'aridité de l'été palestinien, c'était l'occasion de revoir ses sœurs, ses seules amies, auxquelles son mariage avec Bohémond l'avait arrachée bien trop tôt et depuis bien trop longtemps. La plus jeune, Yvette, avait pris le voile et s'était retirée dans un couvent, après que leur père l'eut laissée en otage aux Turcs quelques années plus tôt, pour obtenir sa propre liberté. Et Hodierne, sa cadette de quelques mois, elle, était promise à Raymond, fils de Pons, souverain du comté de Triple. Trois des quatre sœurs auraient pu régner en même temps sur trois des quatre états croisés, si seulement Baudouin n'avait pas tout fait pour la déposséder, elle, de sa princée d'Antioche…

Alix s'efforça de chasser des pensées qu'elle n'avait cessé de ruminer tout au long de l'année. Ce voyage ne devait être qu'une heureuse parenthèse, l'occasion aussi de retrouver Jérusalem et le palais où elles avaient grandi, comme le ferait cet enfant si fragile, si désarmé. Un jour, il régnerait sur le Royaume, s'il parvenait à survivre, tout comme Constance à Antioche. D'autres n'avaient pas eu cette chance…

— Il est très beau, reprit-elle en s'asseyant face à sa sœur sur le coussiège[1] aménagé dans la baie d'une fenêtre à croisillons de plomb. Enfin, au moins il n'est pas roux et il n'a pas les yeux globuleux, comme certains…

— Foulque n'a pas les yeux globuleux ! protesta Mélisende. Arrête, tu es odieuse.

La future reine de Jérusalem ne put néanmoins s'empêcher de rire à nouveau, alors que sa sœur cadette l'observait en silence. À vingt-six ans, Mélisende avait une maturité et un maintien qui lui faisaient irrésistiblement penser à leur mère Morfia. Depuis leur enfance, Baudouin l'avait élevée avec un soin et une dureté tout particuliers dans le but de lui confier un jour, à elle et son futur mari, les destinées du Royaume. De fait, depuis qu'elle avait épousé Foulque, la chancellerie veillait à ce qu'elle soit associée à chaque décision d'importance, et mentionnait avec soin sa présence et son approbation, en tant qu'héritière du trône, sur les chartes édictées par le roi. Alix avait été mariée

1. Banc de pierre aménagé dans l'embrasure d'une fenêtre.

avant elle, souveraine avant elle, mère avant elle, mais aujourd'hui elle avait tout perdu, condamnée à une vie de semi-recluse alors que son aînée rayonnait. En la voyant ainsi, si lumineuse et sereine, si belle avec sa tunique serrée par une fine ceinture de soie nouée sous les seins et le palla[1] de fils d'or qui lui nimbait le visage et les épaules comme une auréole, elle sentit une boule se nouer dans sa gorge.

— Dis-moi, dit-elle en faisant un effort pour refouler les larmes qui lui faisaient déjà briller les yeux. Comment vas-tu l'appeler ?

— Baudouin, répondit Mélisende.

Puis voyant la réaction de sa jeune sœur, elle ajouta précipitamment : « C'est Foulque qui a choisi ! » Alix opina, mais son menton se plissa et les larmes jaillirent. Certes, il était naturel de donner à un enfant appelé un jour à régner le prénom du souverain en place, mais les longs mois d'exil avaient attisé la haine formidable que la princesse ressentait pour son père, et le choix de ce prénom lui apparut comme une trahison de la part de son aînée. Comme elle, comme Hodierne et Yvette, leurs deux plus jeunes sœurs, Mélisende avait souffert des années durant de sa brutalité, de son exigence toujours insatisfaite. Ce n'était pas seulement sa cadette qu'elle trahissait, mais tous leurs serments de jeunes filles, après la mort de leur mère.

— Ne sois pas triste, murmura Mélisende en se penchant vers elle. Je sais ce que tu ressens, mais fais-moi confiance… Dès que je serai sur le trône, je veillerai à ce qu'on te rende la princée…

1. Voile fin porté sur la tête.

Alix n'eut pas le temps de répondre. Sa sœur aînée claqua des mains, et une suite de servantes vêtues à la mode byzantine, les cheveux tressés et portant des tuniques à larges manches, vint disposer à leurs pieds une table basse qu'elles recouvrirent de pâtisseries et de dattes, d'eau fraîche embaumant la fleur d'oranger et de vaisselle d'or ciselée. La princesse déchue n'accorda qu'un regard distrait au manège des domestiques, mais alors qu'elle reportait son attention vers la coupe qu'on venait de lui servir, la sensation d'avoir perçu quelque chose d'inattendu lui fit brusquement tourner la tête. Parmi celles qui repartaient déjà, dans le froissement discret de leurs longues robes, elle avait reconnu un visage. Ces yeux jaunes et perçants, perdus dans un visage ridé encadré par un voile sombre, cette silhouette voûtée de vieille femme... Alix se leva d'un bond et saisit l'une d'elles par le bras. De saisissement, la servante poussa un cri et laissa tomber à terre son plateau de cuivre martelé dans un tintement sonore qui résonna longuement dans les couloirs du palais.

Ce n'était pas Païtsare. Comment aurait-ce pu l'être ? Païtsare était morte, égorgée puis brûlée sur un bûcher, sur ordre du roi. Et pourtant, durant un court instant, Alix avait été certaine de la reconnaître.

— Qu'y a-t-il ? lança Mélisende.

Alix lâcha la servante et s'en écarta, encore sous le coup de cette vision à la fois terrifiante et absurde. Quelque chose en elle refusait d'admettre qu'il ne s'agissait que d'une vague ressemblance, qu'elle s'était simplement trompée. Païtsare avait été là, fugacement, elle aurait pu en jurer, mais au lieu de l'effrayer, cette certitude refoula la gangrène de tristesse et de jalousie qui la rongeait au contact de sa sœur. Elle avait l'impression de ne plus être seule comme elle l'était depuis des mois, l'impression de sentir son cœur enfler, bouillonner, l'emplir de toute la volonté qui l'avait si longtemps abandonnée. Elle sourit en se retournant vers Mélisende et courut presque la rejoindre.

— Qu'est-ce qui t'a pris ? demanda-t-elle dès qu'elle revint s'asseoir.

— Rien. J'avais cru reconnaître cette servante, peu importe. Mais ce que tu m'as dit, tu le penses vraiment ? Tu me rendras le trône d'Antioche et de la princée ? Jure-le-moi !

— En tout cas, je ferai tout ce que je pourrai. Mais d'ici là fais-toi oublier, et dans quelques années, quand notre père mourra, je…

— Pourquoi attendre quelques années ?

D'instinct, Mélisende vérifia que la pièce était bien vide et que personne ne pouvait l'avoir entendue, puis elle scruta le visage dur de sa sœur. Si elle doutait encore d'avoir compris ce qu'Alix avait suggéré, son expression ne laissait aucun doute. Ce n'était plus la réprouvée au bord des larmes qui lui faisait face, mais une femme déterminée, prête à tout, même à l'impensable.

— Tu ne penses tout de même pas…

— Qui se préoccupe de ce que je pourrais penser ?

— Moi, je m'en préoccupe, dit Mélisende en lui prenant la main.

— C'est pour ça que tu seras une grande reine, murmura Alix en se penchant vers elle. Et je ferai tout pour ça.

Même au fond de la vallée, même à la tombée du jour, la chaleur était étouffante. Margat n'était qu'à huit lieues[1] au nord à vol d'oiseau, mais le chemin était long, et rude. Renaud Mazoir et ses trois hommes d'escorte avaient dû descendre de selle dès les abords du Djabal Bahra[2], tant il semblait impossible de chevaucher dans ces sentes sinueuses, envahies d'une végétation touffue et mal pavées de roches qui roulaient sous les sabots des montures. Ils marchaient depuis des heures, la chemise collée au corps par la sueur, traversant rivières et torrents, peinant dans les pentes, longeant parfois des à-pics vertigineux, au risque de basculer dans l'abîme au moindre faux pas. Loin au-dessus d'eux dans le ciel du crépuscule, la forteresse d'Al-Kahf les surplombait de plus de cinq cents pieds, dressant ses murs puissants tout en haut d'un piton rocheux. C'était là que son fils Martin trouverait refuge. Renaud jeta un coup d'œil en arrière sur le mulet bâté qu'il tenait par la bride. Dans une nacelle fermement fixée au bât, Martin sommeillait en suçant son pouce, bercé par le pas lancinant de la bête. Rassuré, il leva les yeux vers la citadelle. Saïf Ibn Ammar avait bien choisi son repaire. L'eau ne manquait pas dans les montagnes syriennes, ni le gibier, mais personne ne pouvait vivre là, hormis les chèvres et leurs bergers. On n'y trouvait aucune ville, tout juste quelques hameaux qui ne méritaient pas le nom de villages. La région tout entière était un désert montagneux, dominé par la longue arête du Djabal Bahra, qui servait de frontière naturelle entre les états croisés et les émirats de Damas et de Shaïzar,

1. Environ 30 kilomètres.
2. Également appelé Djebel Ansariyya (ou Ansarieh). Chaîne de montagnes du nord de la Syrie.

à l'est. Aucune embarcation ne pouvait naviguer sur ces rivières, aucun chariot n'aurait pu emprunter ces chemins escarpés.

On disait que les nizarites avaient acheté la forteresse à un émir des montagnes qui craignait de la voir tomber aux mains d'un clan rival, à moins qu'ils ne se soient contentés d'en relever les ruines. Quoi qu'il en soit, leur territoire ressemblait à leur secte. Secret, inviolable et à l'écart de tout. Un territoire sans aucune valeur pour les princes croisés comme pour les émirs turcs ou sarrasins, et où les Assassins pourraient sans doute prospérer sans que quiconque vienne se risquer à les déloger de ce dédale rocheux. Au moins, Martin y serait en sécurité. Jamais les tueurs d'Alix ne viendraient le chercher ici.

— Renaud…

Derrière lui, Guilhem Le Roux avait lancé un appel étouffé, qui mit aussitôt le chevalier en alerte.

— Au-dessus de nous, à gauche. Deux hommes…

Le chevalier leva lentement les yeux, sans cesser d'avancer. Sur l'autre rive, une falaise abrupte surplombait le lit du torrent qu'ils suivaient, émergeant d'une épaisse forêt de chênes, d'aloès et de noyers. Tout en haut, il distingua deux silhouettes vêtues de noir des pieds à la tête et portant des arcs courbes. Les hommes se tenaient debout, immobiles, sans essayer de se dissimuler, et pourtant il aurait pu passer à un jet de pierre d'eux sans les apercevoir.

— Je suis Renaud Mazoir, de Margat ! cria-t-il en levant la main en signe de paix. *Laqad jit liruyat sayeb Saïf Ibn Ammar !* Je viens voir le seigneur Saïf Ibn Ammar !

L'un des hommes en noir hocha la tête et tendit simplement le bras vers l'amont du torrent. Ils continuèrent à avancer, en scrutant aussi discrètement que possible le paysage qui les environnait. Combien y en avait-il, dissimulés dans les bois ou derrière un rocher, prêts à leur décocher une flèche ? Tenant toujours le mulet qui portait son fils, Renaud ne prêtait plus qu'une attention distraite aux traîtrises du chemin. Dans la pénombre de cette fin du jour, son pied glissa sur une roche branlante et il n'évita de s'étaler de tout son long qu'en se rattrapant à une branche d'épineux. Quelques secondes plus tard, l'archer qui ouvrait la marche dérapa lui aussi, en poussant un juron qui résonna dans le vallon.

— Bon, ça va comme ça, grommela Renaud en arrachant avec ses dents une épine plantée dans sa paume. On n'y voit plus assez pour continuer. À la première clairière, on dresse le camp pour la nuit…

Alors qu'ils repartaient, il leva de nouveau les yeux vers la silhouette sombre de la forteresse. Al-Kahf ne devait être qu'à deux lieues au plus, mais deux lieues d'un chemin escarpé, grimpant en lacets à travers roches et arbustes, avec ces hommes en noir auxquels il n'accordait qu'une confiance toute relative…

— Par ici, messire ! cria l'homme de tête quelques instants plus tard.

Une large dalle, blanche et plate, s'avançait au-dessus du chemin, formant un surplomb sous lequel ils pourraient s'abriter pour la nuit. En la rejoignant, Renaud distingua devant eux un escalier de pierre grossièrement taillé dans la roche et encaissé entre deux parois escarpées. Laissant le mulet à l'un de ses hommes, il marcha vivement jusqu'aux premières marches. Tout en haut, loin au-dessus d'eux, une muraille de pierre d'un gris bleuté barrait l'accès, percée de ce qui lui sembla être l'entrée d'une caverne. L'endroit était vaguement menaçant, et son épée était restée fixée à la selle de son cheval. Faisant demi-tour, il redescendit à grandes enjambées vers ses hommes.

— Restez là, fit-il en tentant de reprendre son souffle. Gardez les chevaux…

— Je viens avec toi, dit Guilhem.

— Non. Vous restez là, tous les trois. Occupez-vous de Martin, je vais juste voir ce qu'il y a en haut de ces marches. Il me semble avoir vu une grotte.

— Au moins, on pourrait dormir au chaud…

Renaud claqua l'épaule de son compagnon et alla dégainer son épée, tandis que ses hommes défaisaient la nacelle, ainsi que les bagages portés par leur mulet de bât. L'un d'eux saisit Martin avec douceur et se mit à rire quand l'enfant lui tira la barbe.

— Par Dieu, reprenez-le, messire, avant qu'il ne m'arrache le cuir !

— Essaie de lui survivre le temps que je revienne…

La nuit tombait déjà et comme eux, Renaud avait faim et soif. Il les envia presque de les voir établir le campement, tandis qu'il gravissait de nouveau les premiers degrés du rudimentaire escalier. Dès les premiers pas, le sentiment d'une obscure menace revint en force. Il inspecta attentivement les pentes abruptes du sous-bois, la muraille tout en haut, percée d'une trouée. Personne. Un silence pesant, troublé seulement par le froncement des frondaisons agitées par la brise, quelque chant d'oiseau et le crissement des grillons. Des dizaines d'yeux devaient pourtant les observer d'un peu partout… Il repensa à son château de Margat, visible depuis des lieues à la ronde, ouvert aux quatre vents. On ne pouvait imaginer deux forteresses aussi dissemblables. En s'avançant à pas lents, le souffle court et la main crispée sur le pommeau de son épée, il se demanda ce que le seigneur Saïf avait ressenti devant ses remparts, ses routes dégagées, ce paysage de champs et d'oliveraies à perte de vue, jusqu'à la mer… L'un avait choisi l'ombre et l'autre la lumière, et pourtant les deux hommes étaient alliés. Pour l'instant.

En bas, les hommes avaient fini de desseller les chevaux et l'un d'eux avait réussi à démarrer un feu de brindilles. Guilhem Le Roux arrêta de suivre l'ascension de Renaud pour y jeter un coup d'œil.

— Il va te falloir plus de bois que ça…

— J'y vais ! lança Ythier, l'archer qui avait mené la marche. Et j'en profiterai pour pisser !

— Tant qu'à faire, ne pisse pas sur le bois mort !

Les hommes de Margat s'esclaffèrent tandis que leur compagnon s'éloignait. Guilhem reporta son regard vers l'escalier, mais on n'y voyait plus goutte. La nuit tombait vite, dans ces vallées encaissées. Alors qu'il s'accroupissait auprès du feu pour y déposer une grosse branche, un cri affreux résonna soudainement.

— Ythier !

Les trois hommes s'étaient dressés d'un même bond, les sens aux aguets, mais il n'y eut plus un bruit. Pas un chant d'oiseau. Pas même un craquement de branchage.

Guilhem fut le premier à se ressaisir. D'un brusque élan, il se jeta vers son épée et vint se poster devant l'enfant. Il entendit Renaud appeler, au loin, et perçut le bruit de ses pas alors qu'il revenait vers eux en courant. Ce qu'il advint ensuite, le chevalier ne put jamais s'en souvenir clairement. D'un seul coup, tous les fourrés autour d'eux, toutes les broussailles avaient paru s'animer et avant même qu'ils puissent réagir, des créatures rampantes, grises comme les pierres, huileuses comme des poissons, avaient jailli de partout. Guilhem se souvint qu'il avait frappé l'une d'elles, de toutes ses forces, et que ce fut comme si son épée avait cogné un rocher. Il se souvint de Renaud, accourant à toutes jambes et aussitôt assailli par ces êtres hideux, comme par une nuée de rats. Il se souvint enfin d'avoir senti sur son bras l'étau d'une serre, qui le jetait à terre, le secouait comme une poupée de chiffons et l'attirait vers le sous-bois. Et puis quelqu'un l'avait arraché à cette griffe. Il n'avait fait qu'entrevoir son sauveur avant de perdre connaissance, mais en cet instant il eut la certitude que les nizarites étaient venus à leur secours. L'être était vêtu de noir, et dans chaque main il tenait des branches enflammées dont il cinglait les monstres et qui illuminaient son visage. Puis il y eut une lumière éblouissante et Guilhem s'évanouit.

— J'ai appris que tu étais à Jérusalem, Alix. Je me demandais si tu viendrais me rendre visite…

— Je suppose que c'est ce qu'on attend d'une fille envers son père.

Le roi Baudouin eut un soupir amusé et, d'un geste à peine esquissé, lui fit signe de s'asseoir. Lui-même ne s'était pas levé pour accueillir la princesse. Dos à une fenêtre à croisillons tendue de papier huilé qui dispensait dans la pièce une lumière glauque, jaunâtre, et qui maintenait son visage dans la pénombre, il semblait l'étudier, attendant peut-être qu'elle en dise davantage. La jeune femme soutint son regard en silence, tandis qu'on entendait au-dehors la rumeur de la ville.

Une goutte de sueur coula lentement depuis ses cheveux savamment tressés de fils d'or jusque sur sa joue et elle maudit ce qu'il devait prendre pour une manifestation d'angoisse. Ce n'était que la chaleur. Sans doute ne s'en rendait-il pas compte, isolé derrière les murs du palais, mais quelques pas au-dehors suffisaient à vous mettre en eau, sous l'ardent soleil de juillet.

Alix parcourut des yeux sa table couverte d'un empilement extraordinaire de parchemins, de calames plus ou moins usés et de coupelles d'encre. Les mains de son père en étaient tachées. Son regard glissa vers les deux clercs qui attendaient, silencieux et immobiles, dans l'ombre de la pièce, puis vers un groupe de chevaliers en armes, la main sur la garde de leurs épées. Sans doute avait-elle interrompu une séance de travail quotidienne.

— Des messages, sans cesse, depuis tout le Royaume, grommela son père qui avait suivi son regard. La plupart ne sont que des requêtes sans importance, des querelles de voisinage ou les habituelles jérémiades contre les taxes, mais tout a son importance. Je suppose qu'à Antioche tu laissais ça à ton chancelier, et pourtant c'est le meilleur moyen de savoir ce qui se passe sur tes terres.

— Mes terres sont désormais si petites qu'une journée suffit à les inspecter d'un bout à l'autre !

— Tant mieux, alors… Tiens, ceci t'intéressera.

Il saisit un parchemin roulé, qu'il lui tendit au travers de la table. Avant même de le lire, Alix en reconnut le sceau aux armes des Courtenay, les seigneurs d'Édesse. Alors que le roi l'observait, elle parcourut rapidement le message. Le chancelier du comte Josselin informait le roi que son maître avait été blessé dans l'effondrement d'une mine, alors qu'il assiégeait l'une des forteresses de Zengi, entre Alep et Mabbug.

— Que ferez-vous, si Josselin meurt ? dit-elle en reposant le message.

Baudouin secoua la tête et ramena sur lui un pan de son manteau. Comment pouvait-il avoir froid, par une telle chaleur ? Pour la première fois, peut-être, elle le vit non plus comme ce géant bardé de fer qui les avait terrifiées, elles et ses sœurs, durant toute leur enfance, mais comme un vieil homme, usé par sa charge.

— Il a un fils, grogna-t-il. Mais Josselin n'est pas encore mort. Et moi non plus.

— J'en rends grâce à Dieu, père… Mais je vois que vous êtes occupé et que je vous retarde. Avant de me retirer, permettez-moi de vous laisser un présent, qui vous fera peut-être penser à moi de temps à autre…

Elle claqua des doigts, et l'un de ses serviteurs s'avança, portant une jarre scellée.

— Du vin de Laodicée, dit-elle. Je sais que vous en êtes friand. J'ai fait porter dix autres jarres à votre bouteiller, mais celle-là vient de nos meilleures récoltes, et je veux que vous ne la partagiez avec personne. Surtout pas avec les soudards qui vous entourent habituellement !

— Quand tu parles comme ça, on dirait ta mère, répondit Baudouin en riant. Jamais une bonne intention sans un bon reproche !

— C'est ainsi que vous nous avez élevées, père.

Le roi la regarda avec un demi-sourire, puis il s'anima brusquement.

— Nous allons la boire ensemble, fit Baudouin en se tournant vers les chevaliers de sa garde. Aymeri ! Ouvre-nous ça !

Le chevalier s'avança, saisit l'amphore des mains du serviteur et, dégainant sa dague, commença à briser le cachetage de cire qui le scellait. À l'instant où il avait dégagé le bouchon, une servante vêtue de noir était là, portant un plateau garni de deux coupes d'or identiques. Sitôt qu'il les eut remplies, la servante s'inclina vers le roi, qui choisit l'une des coupes, puis vers Alix. Elle n'avait pas bronché, mais alors qu'elle relevait les yeux vers la femme en noir, sa main s'arrêta et son cœur fut glacé d'effroi.

— Qu'y a-t-il, ma fille ? murmura Baudouin. Tu hésites ?

Alix ne pouvait répondre. Cette femme qui lui tendait la coupe, c'était Païtsare. Païtsare qui était morte sous ses yeux, Païtsare qu'elle avait déjà cru reconnaître chez Mélisende.

Bois sans crainte...

Avec un sourire rassurant, la vieille femme hocha la tête imperceptiblement.

— J'ai... J'ai l'impression que vous vous méfiez de moi, père, dit Alix.

Sans attendre une réponse, elle prit la coupe, la vida d'une gorgée, puis la reposa sur le plateau, tandis que la servante s'éloignait, en souriant toujours.

— Sottises, fit le roi en buvant à son tour. Pourquoi diable me méfierais-je de toi ?

Alix se leva, lissa sa robe et s'inclina avec grâce.

— Je repars pour Jaffa, dit-elle. Ce soir, buvez une coupe ou deux en souvenir de moi.

— Je boirai à ton bon retour pour Laodicée, ma fille !

Lorsque les deux chevaliers du Royaume en faction devant la chambre du roi eurent refermé derrière elle,

Alix serra les doigts sur sa robe, en s'efforçant d'en maîtriser le tremblement, tandis qu'elle descendait les escaliers.

— J'espère que vous en crèverez, mon père !

Il faisait froid. Un vent glacial, chargé de sable, cinglait le visage de Renaud, ses bras, ses mollets nus. Loin au-dessus de lui, le ciel chargé de nuages dévoilait fugacement des étoiles et quelque lueur de lune. Il grelottait, uniquement vêtu d'une longue chemise persane agitée par la brise, couché de tout son long sur un sol hérissé de cailloux qui meurtrissaient son dos, sans parvenir à bouger un membre, ni même à tourner la tête. Et soudain une pensée le saisit d'effroi. Il était mort et gisait au fond d'une tombe, peut-être un simple trou creusé dans le désert.

— Tu n'es pas mort…

Quelqu'un avait parlé, très loin, bien au-delà de son champ de vision, comme si les mots avaient été portés par le vent. Une voix de femme, douce comme une caresse.

— Ce n'est pas le vent.

Renaud s'efforça de regarder en arrière vers cette voix sépulcrale, à s'en tordre le cou, mais une main se posa sur son épaule. Chaude, immense comme la main de Dieu. La main d'un ange.

— Ne bouge pas… Rien de ce que tu vois n'est réel.

Le chevalier avait beau écarquiller les yeux, il ne distinguait rien d'autre que ce ciel nocturne et nuageux. Il aurait voulu parler, demander de l'aide, demander au moins à cette voix lointaine qu'on ôte ces pierres qui blessaient sa chair, mais aucun mot ne parvint à franchir ses lèvres. Combien de temps resta-t-il ainsi, prisonnier d'un corps de plomb ? Renaud n'aurait pu le dire, mais des heures, au moins, s'écoulaient, peuplées de présences invisibles et menaçantes, qui semblaient rôder autour de lui comme des hyènes. Soudain, il y eut des visages, si l'on pouvait nommer ainsi les faces grimaçantes, odieuses, penchées sur lui comme s'ils s'apprêtaient à le dévorer vif, des mains griffues, des bouches dentées de crocs, des traits en décomposition, grisâtres, suintants, exhalant une odeur infâme à en vomir. Il aurait voulu se battre, hurler, repousser de tout son être ces visions de cauchemar et pourtant il ne pouvait pas même fermer les yeux pour ne plus les voir. De nouveau, il fut certain d'être mort et plongé aux enfers où ces démons se repaissaient de son corps.

— Tu n'es pas aux enfers. Reste avec moi, Renaud. Rien n'est réel, je te l'ai dit... Regarde. L'aube est proche. La lumière chasse la nuit et ses créatures... Bientôt, tu reviendras auprès de moi.

La voix disait vrai. Au cœur de l'obscurité, un point lumineux éclairait l'horizon, trop petit, trop rapide pour être le soleil. La lueur avançait droit vers lui, et les monstres s'effaçaient, emportés dans une brume bleutée. Renaud écarquilla les yeux, mais la lumière était trop forte, si forte qu'elle le fit gémir. Et puis il n'y eut plus rien. Tout juste une impression. Mieux, une certitude, celle d'avoir reconnu un visage dans cette incandescence éblouissante. Un visage de femme... Il fallut un moment pour que son corps tendu comme un arc se relâche, pour que se dissipe la terreur qui l'avait pétrifié. Il faisait encore froid, mais une nouvelle clarté, celle d'une aurore bien réelle, dissipait lentement les ténèbres de la nuit. Durant ce qui lui sembla des heures, les rayons du soleil s'allongèrent majestueusement, teintant le ciel du bleu sombre au rose, puis du rose au blanc le plus éclatant. Il distingua des points pas plus gros que des mouches, planant comme des vautours ou des aigles dans le ciel illuminé, mais avec une infinie lenteur. Sans raison aucune, ce vol lointain et indistinct l'emplit d'une sorte d'allégresse. Il aurait pu en rire aux éclats, mais de ces êtres lointains semblaient provenir des mots indistincts, et qui pourtant devaient être un message, qu'il désespérait de comprendre.

Cela ne dura guère. La clarté éblouissante, les murmures. Le ciel lui-même s'assombrissait, et le temps d'un clignement d'yeux, ce fut comme si son corps lui était brusquement rendu. D'une ruade, il se tourna sur le côté, étourdi et nauséeux. Son torse, ses bras étaient étroitement bandés, douloureux au moindre mouvement. Sa main se crispa sur un tissu, ses yeux s'habituèrent à la pénombre. Il était dans une pièce aux murs de briques percés d'une fenêtre et d'une porte grande ouverte, couché sur une natte à même le sol, près de laquelle était posée une cruche d'eau, des dattes et du pain.

Renaud se jeta sur la nourriture comme s'il n'avait plus rien avalé depuis des jours. Et quand il en fut à la dernière miette, au dernier noyau, à la dernière goutte d'eau, il se leva lentement en réprimant un gémissement, tant il avait l'impression d'avoir été écorché vif. S'appuyant aux murs pour ne pas céder au vertige, il parvint jusqu'à la porte et plissa les yeux dans l'aveuglante clarté du jour.

— Te voilà enfin !

Renaud mit sa main en visière devant ses yeux. Saïf Ibn Ammar était là, assis sur une banquette de pierre garnie de coussins, devant un mur éclaboussé de soleil. Autour d'eux, il apercevait des femmes et des enfants s'affairant autour d'un puits. Un vieillard, guidant un maigre troupeau de chèvres. Ils étaient dans un village des montagnes, sans aucun homme armé où que ce soit… Lentement, d'un pas chancelant, il s'avança vers l'ismaélien, alors que des souvenirs lui revenaient, trop inconcevables pour qu'il y prête foi. Des monstres grimaçants. Un guerrier tout de noir vêtu, maniant des épées de feu. Il s'ébroua. Son cauchemar de la nuit s'accrochait encore à sa raison défaillante… Tout ce dont il était sûr, c'était d'avoir été blessé. Ses bandages et la souffrance qui le lacérait étaient bien réels.

— Que s'est-il passé ? murmura-t-il.

— Viens t'asseoir auprès de moi, mon ami. Tu as été attaqué. C'est ma faute. Dès que j'ai su, j'ai envoyé des hommes, mais c'était trop tard…

— Attaqué par quoi ? Des bêtes ?

— Des sortes de bêtes…

Renaud se laissa tomber sur la banquette à côté de Saïf et refusa la galette encore fumante que lui tendait son hôte.

— Et mon fils ? murmura-t-il en respirant par courtes saccades, les yeux fermés. Et mes hommes ?

— Ton fils n'a rien. Il est ici, en sécurité. Tu le verras bientôt… Quant à tes hommes, l'un d'eux est sauf. Ton ami aux cheveux roux… Les autres… Les bêtes les ont pris.

Une suée glacée lui parcourait le corps. Il lui semblait qu'au moindre mouvement, il perdrait connaissance.

— Depuis combien de temps suis-je là ?

— Quelques jours… Mais tu es éveillé à présent, et tu vas guérir vite.

Renaud resta silencieux, le temps que les nausées se dissipent et que ses yeux s'habituent à la lumière. Ce qu'il avait pris pour un soleil éclatant n'était en fait qu'un jour terne. Des nuages gris emplissaient le ciel au-dessus des montagnes. Un vent froid agitait les frondaisons des arbres, sous leur terrasse. Le village n'était qu'un hameau de bergers, cerné par un plessis de branchages entrelacés. Peut-être n'était-ce qu'une impression, mais il se sentait mieux, et les souvenirs de cette nuit affreuse s'ordonnaient peu à peu.

— Tes hommes ne sont pas arrivés trop tard, murmura Renaud en frissonnant. Au moins l'un d'entre eux, qui a chassé ces monstres… Il faudra que tu me le présentes, que je le remercie. Sans lui…

D'un mouvement trop brusque qui le fit grimacer, il se tourna vers Saïf.

— Dis-moi la vérité, articula-t-il douloureusement. Qu'est-ce qui nous a attaqués ? Ce n'étaient pas des bêtes…

— Non, c'est vrai. Je ne pensais pas que vous seriez surpris par la nuit, sinon j'aurais envoyé des hommes, avec des flambeaux. Ils ont peur du feu et de la lumière, mais dans les ténèbres, nul homme ne peut les vaincre…

— Qui ça ?

Saïf hésita, comme s'il doutait de pouvoir lui parler librement.

— Mais par Dieu de quoi parles-tu ?

— Des goules, fit Saïf sans cesser de le regarder. Je ne sais s'il y a un nom dans votre langue pour désigner ces créatures… Des êtres maudits, qui hantent les ravins et les déserts. Il y en a beaucoup, par ici, et malheur à celui qui croise leur route durant la nuit.

Dieu merci, vous étiez encore en vie. Dans ton état, on ne pouvait te transporter jusqu'à la citadelle, alors on t'a soigné au village…

Le chevalier releva les yeux et dévisagea son compagnon, sans parvenir à déterminer s'il se sentait furieux contre lui ou s'il lui était reconnaissant. Sans doute un peu des deux.

— Je suis là depuis longtemps ?

— C'est le deuxième jour. Il te faudra encore des soins, mais tu pourras rester à Al-Kahf aussi longtemps qu'il le faudra.

Renaud s'adossa contre le mur et ferma les yeux. Durant un long moment, les deux hommes restèrent silencieux, à tel point que Saïf crut qu'il s'était endormi.

— Je crois que j'ai vu des anges et qu'ils m'ont parlé.

En croisant le regard du nizarite, Renaud haussa les épaules, tant ce qu'il venait de dire lui semblait stupide. Mais Saïf se contenta de hocher la tête en lui souriant.

— Et j'ai vu aussi…

Le chevalier s'interrompit, de peur de paraître ridicule. Le visage qu'il avait distingué au cœur de cette lumière divine, c'était celui du guerrier aux flambeaux. Et pourtant, c'était un visage de femme. Une femme d'une beauté sans pareille…

— Tu l'as vue, n'est-ce pas ?

Et comme Renaud ne répondait pas, il reprit :

— Si tu l'as vue, c'est qu'elle veille sur toi, ou sur ton fils… Allah le Très Miséricordieux a étendu sa main sur vous deux, mon ami…

La mine sombre, le chevalier se pencha en grimaçant pour se verser à boire et vida son gobelet d'un trait. Il commençait à se sentir humilié par la façon dont son hôte se jouait de lui, agacé par toutes ces diableries impies.

— Ce que tu as vu en rêve, les goules de la nuit, les anges dans le ciel, certains peuvent les voir en toutes circonstances, poursuivit Saïf en se penchant vers lui. Et je crois que ton fils est de ceux-là. Avec nous, il apprendra à voir…

Avant que Renaud n'ait pu répondre, un garde vêtu de noir des pieds à la tête déboucha sur la terrasse, l'air alarmé. Ainsi il y avait tout de même des gardes autour d'eux. Invisibles, mais présents. Sur un signe du rafiq, il s'approcha et lui parla brièvement à l'oreille. Saïf, les yeux perdus dans la contemplation rêveuse des montagnes, attendit qu'il soit parti pour se tourner vers son hôte.

— Il commence à faire froid. Ce n'est pas rare, dans ces montagnes, même en plein été. Repose-toi. Quand tu seras suffisamment remis pour marcher jusque-là, tu viendras me voir à Al-Kahf. L'un de mes hommes te guidera. Tu verras ton fils, tu retrouveras ton ami et puis nous parlerons. Peut-être parviendrai-je à répondre à quelques-unes de tes questions… Comme j'ai dit, tu resteras aussi longtemps que tu le voudras, mais je gage que tu préféreras partir au plus vite…

— Pourquoi ? Qu'est-ce qu'il t'a dit ?

— Un messager est arrivé depuis Jérusalem. Le roi Baudouin est mort.

5. ELFIDÂOUIYAH

Mossoul, août 1131

Surplombant les vieux remparts assyriens[1], le château de Basthabya bruissait comme un souk de la ville basse. La foule habituelle des quémandeurs avait fui la chaleur étouffante du soleil pour trouver refuge à l'abri des coursives, autour des fontaines et jusque dans les salles d'honneur, ou des groupes entiers s'amassaient autour des tables des cadis[2] pour faire valoir leurs requêtes. C'était ainsi, les jours où l'atabeg accordait audience.

Dès qu'il pénétra dans le palais, le général Sonqor Diraz remercia le ciel de s'être fait précéder d'une escorte de mamelouks et de ghulams, ces esclaves guerriers qui formaient l'élite de l'armée turque. Chaussés de hautes bottes, coiffés du casque conique entouré par un bandeau de fourrure et portant à la taille leurs longues épées de cavaliers, les gardes lui ouvraient la marche sans ménagement, chassant au besoin les inconscients qui ne s'écartaient pas assez vite, d'un

1. Mossoul est bâtie sur les ruines de l'antique Ninive, capitale de l'Assyrie.

2. Hommes de loi musulmans.

coup du pommeau ferré de leurs fouets de cuir tressé. Sonqor était vêtu comme eux, si ce n'est que sa longue tunique lacée sur le côté était de soie épaisse, d'un bleu vif orné de dessins au fil d'or. Deux longues tresses encadraient son visage tanné, barré par une épaisse moustache brune et d'un bouc taillé en pointe qui trahissait ses origines oghouzes[1]. Sans un regard pour les courtisans qui s'inclinaient sur son passage avec le respect dû à celui qui était l'un des principaux lieutenants de l'atabeg Zengi, dédaignant la splendeur des fontaines, des colonnades et des murs ornés de soieries persanes, Sonqor franchit les portes gigantesques de la salle d'audience, gardées par des mamelouks portant bouclier et lance, et s'avança vers le trône, aussi près que le permettait la bienséance. Contrastant avec la presse qui régnait dans son antichambre, la salle du dîwan[2] était presque vide, hormis un petit groupe rassemblé autour de Zengi. À deux pas devant eux, un héraut l'arrêta d'un regard, puis se tourna vers le gouverneur.

— Le général Sonqor Diraz se présente à la requête d'Imed el-zain Zankay ibnou Takaykh al-zewane, atabeg de Mossoul et d'Alep, défenseur de la foi, glaive du Très Miséricordieux, par la grâce de celui dont la puissance est glorifiée et dont la parole est exaltée !

Durant la tirade, Sonqor s'inclina profondément devant l'atabeg puis observa son jeune fils Nur ad-Din, qui siégeait désormais à son côté. Voilà qui était nouveau. À dix-sept ans passés, Nur ad-Din Mahmûd el Mâlik al Adil avait atteint l'âge d'homme

1. Tribu turque nomade originaire de l'actuel Kazakhstan.
2. Conseil du sultan ou de ses représentants.

et chacun, à Mossoul, le considérait comme l'héritier de Zengi, bien qu'il fût le cadet de ses fils. Le jour viendrait où il aurait à prouver sa valeur sur les champs de bataille, et celles-ci ne manquaient pas. La mort du sultan Mahmud avait donné des idées d'indépendance à tous les émirs de la région, de Shaïzar à Damas, ainsi qu'aux tribus kurdes du nord, sans parler du calife de Bagdad Al-Mustarchid, qui comme eux rêvait de se libérer de la tutelle de l'immense empire du nouveau sultan Mas'ûd. Et puis bien sûr il y avait ces Francs installés sur la côte syrienne et qu'il faudrait bien rejeter à la mer, un jour ou l'autre… D'une brève inclinaison de tête, Sonqor salua le général Hasan Qarakush, son seul rival à la tête des armées turques. Hasan lui rendit son salut, avec un sourire forcé qui l'amusa. Quel que soit le plan dans lequel l'atabeg s'apprêtait à lancer ses armées, c'est à lui, Sonqor, qu'en reviendrait l'honneur. Il ne connaissait pas les autres, mais deux au moins n'étaient pas turcs. Sans doute quelques émirs de tribus bédouines, à en juger par leur mise.

— *Genel karşilama !* Sois le bienvenu, général ! lança Zengi avec un sourire amical, quand le héraut parvint au terme des formules protocolaires. Je sais que tu as beaucoup chevauché, ces dernières semaines, et que tu aspirais à profiter quelque temps de ton palais et de tes épouses…

— Je ne vis que pour te servir, maître.

— Nous ne vivons tous que pour servir notre maître le sultan, corrigea Zengi avec un regard vers un vieil homme coiffé d'un chapeau conique et vêtu d'une longue robe d'un bleu sombre.

Sans doute un envoyé de Mas'ûd, venu pour veiller sur les intérêts de la dynastie. Sonqor Diraz ne laissa rien paraître, mais la réponse de l'atabeg était une forme d'avertissement. Tout ce qui se dirait ici serait rapporté au nouveau sultan…

— Pardonne-moi encore de t'avoir fait chevaucher par une telle chaleur, mais il était important que tu sois là pour entendre ce que j'ai à dire, poursuivit l'atabeg. Maintenant, écoutez-moi tous. Depuis des années, nous n'avons cessé de combattre, et cependant la guerre, sachez-le, ne fait que commencer. *Allah ismi en merhametli*, au nom d'Allah le Grand Juge, notre maître Mas'ûd Ibn Muhammad, Lumière des Croyants, souhaite unir la Syrie tout entière dans la guerre sainte contre les infidèles. Mais cela ne se pourra tant que les séditieux n'auront pas été mis au pas, à commencer par le calife Al-Mustarchid, qui refuse de lui donner le titre de sultan et a même soulevé la population par ses discours infamants. L'été s'achève, mes amis, il est temps de prendre les armes. Je pars. Mon fils Nur gouvernera Mossoul en mon nom. J'emmène dix mille hommes, avec le général Qarakush, pour écraser la rébellion du calife, à Bagdad.

Sonqor sursauta et, de nouveau, croisa le regard de son rival. Le sourire d'Hasan n'avait plus rien de forcé, à présent.

— Toutefois, j'ai appris que les Francs se faisaient la guerre entre eux. On m'a même dit que la princesse Alix d'Antakia aurait eu l'intention de requérir notre aide contre son père…

Il y eut quelques rires, auxquels Zengi, souriant lui aussi, mit un terme en levant la main.

— Cette femme s'est alliée avec le comte de Trablous, qui mène ses armées vers Antakia[1]. Il faut saisir cette chance. Général Diraz, tu te rendras à Hama, avec l'émir Seif-ed-Dîn-Saouar. Tu y laisseras une garnison suffisante, et tu marcheras sur Trablous avec trois ou quatre mille cavaliers. Si tu peux prendre la ville, Saouar te suivra avec des machines de siège et le gros de l'armée, puis nous vous rejoindrons quand nous aurons maté ce fou d'Al-Mustarchid.

Zengi s'interrompit, le temps de parcourir l'assemblée du regard. Ses officiers affichaient tous les mêmes sentiments : exaltation, certitude, impatience… À près de quarante-cinq ans, dont plus de trente années passées à combattre, l'atabeg n'avait plus guère de certitudes ou d'exaltations, et il avait fini par apprendre la patience. Un jour, si Dieu leur prêtait vie, eux aussi l'apprendraient…

— Si le comté de Trablous tombe, les royaumes francs seront coupés en deux, dit-il en les étudiant tour à tour et en détachant ses mots, afin que chacun se pénètre bien de son discours. Antakia et Urfa[2] seront isolés, environnés de toutes parts par nos troupes…

Il marqua un temps, puis se permit un léger sourire.

— Nous verrons bien alors si cette Alix veut toujours notre aide…

Avant de rejoindre la citadelle, Renaud était revenu sur les lieux de l'attaque, cette fois en plein jour. Tandis que son guide nizarite l'observait en silence, il

1. Tripoli et Antioche.
2. Nom turc d'Édesse.

dispersa du bout du pied les restes calcinés d'un feu de camp. C'était tout ce qu'il restait. Aucune autre trace des hommes qui avaient péri ici, sous les griffes des goules, du moins aucune trace visible… Et, malgré la lumière éclatante du soleil d'août, il n'avait guère envie de s'aventurer dans les fourrés d'où avaient surgi ces immondes créatures. Avec un long soupir, le seigneur de Margat désigna du menton l'escalier grossièrement taillé dans la roche, et laissa l'Assassin le précéder.

Durant leur ascension, il aperçut d'autres nizarites, postés à plusieurs toises au-dessus d'eux, tranquillement assis les jambes dans le vide à les regarder gravir l'étroit défilé. Tout en haut, une muraille de pierre d'un gris bleuté barrait l'accès, percée d'une porte presque carrée dont le linteau était martelé d'inscriptions arabes stylisées et qui s'ouvrait sur un long tunnel plongé dans l'obscurité. Loin au-dessus, entre les branches des arbres, il distingua un chemin de ronde piqueté de bannières noires claquant doucement au vent. Haletant, le visage baigné de sueur et le corps tout entier douloureux, Renaud reprit son souffle en inspectant les alentours. On eût dit une clairière au milieu de la forêt, dont l'unique issue, hormis l'escalier qu'ils venaient d'escalader, était cette trouée béante qui ressemblait davantage à l'entrée d'une grotte qu'à la porte d'un château. Hésitant à y pénétrer, il se tourna vers son guide, mais l'homme avait disparu. Aucun autre choix que d'avancer dans cette galerie qui, pour ce qu'il en voyait, semblait ne mener qu'à un escalier semblable à celui qu'ils venaient de gravir, engoncé entre des parois de roches couvertes d'un épais maquis. Et toujours nul signe de vie. Malgré lui, Renaud se sentit soulagé en retrouvant la lumière du jour, de l'autre côté.

— Salaam, mon ami !

Il dut faire un effort pour ne pas sursauter, et se retourner sans hâte vers celui qui venait de le saluer. Le rafiq Saïf Ibn Ammar était nonchalamment assis sur un étroit escalier menant à un chemin de ronde. En haut de la volée de marches, Renaud aperçut une dizaine de gardes armés d'arcs et de lances, tous vêtus en noir.

— Si tu cherchais à m'impressionner, Saïf, c'est réussi.

L'ismaélien sourit et, ramassant une outre d'eau fraîche posée à côté de lui, il la tendit à son hôte.

— Je suis heureux que tu ailles mieux, dit-il. Souhaites-tu te reposer un moment ou préfères-tu continuer ?

— Ça va aller, répondit Renaud après avoir bu et s'être aspergé le visage. Laisse-moi juste un instant.

Saïf s'inclina, puis il désigna d'un large geste la porte fortifiée qui les surplombait.

— Comme tu le vois, nos forteresses ne sont ni très grandes ni très puissantes, mais nul homme né d'une femme ne pourrait nous en déloger sans en payer le prix. Je voulais que tu t'en rendes compte par toi-même…

Renaud prit le temps de boire à nouveau avant de répondre. L'eau était fraîche, presque glacée.

— Et où est-elle, cette forteresse ? dit-il. Pour ce que j'en ai vu, on dirait plutôt une caverne !

— C'est justement ce que signifie son nom, Al-Kahf… C'est aussi le nom de l'une des sourates du saint Coran, le savais-tu ?

Il prit Renaud par l'épaule et l'entraîna familièrement vers l'escalier menant au fort.

— C'est comme si le prophète avait écrit pour nous, dit-il. « Au nom d'Allah, le Tout Miséricordieux, le

Très Miséricordieux… Quand les jeunes gens se furent réfugiés dans la caverne, ils dirent : “Ô Notre-Seigneur, donne-nous de Ta part une miséricorde ; et assure-nous la droiture dans tout ce qui nous concerne. Alors, nous avons assourdi leurs oreilles, dans la caverne pendant de nombreuses années…” »

— Des jeunes gens réfugiés dans Al-Kahf, vivant dans la droiture, pendant des années… J'imagine qu'une telle description doit plaire à tes hommes !

Saïf Ibn Ammar eut une brève hésitation, puis voyant l'air amusé de son invité, il choisit d'en rire.

— Tu me fais penser aux prêcheurs de Jérusalem, Saïf, reprit Renaud. Eux aussi, ils trouvent toujours un sens caché à chaque verset de la Bible.

— Ah, mais c'est là justement ce qui fait notre malheur et notre force ! s'exclama le nizarite en l'arrêtant par le bras pour l'observer avec une intensité nouvelle. Le sens caché… C'est ce qu'on appelle le Bâtin. Tout l'enseignement de nos Da'is[1] se résume à cela. Le sens caché du saint Coran…

Il s'interrompit devant la moue incrédule de Renaud.

— Toi, tu ne crois plus en rien, n'est-ce pas ?

— Oh, si, sans doute. Je crois qu'il y a un dieu et que ce dieu a créé la vie sur cette terre. Reste à savoir quel dieu, mais après tout ce n'est peut-être qu'une question de nom. Disons que je crois de moins en moins en tous ceux qui nous commandent de tuer et détruire au nom de ce dieu…

— Tu veux dire que Dieu n'a pas besoin d'église, ni de la dévotion des hommes ?

— Oui, c'est une façon de le dire…

1. Missionnaires nizarites.

— Tu nous es plus semblable que tu le crois, mon ami, conclut Saïf après quelques secondes de réflexion. Plus semblable que je le croyais moi-même… Je suis heureux que tu sois venu. Viens, tu dois avoir hâte de voir ton fils.

S'étant remis en marche, les deux hommes longèrent un aqueduc et des canaux qui se perdaient dans les sous-bois environnants. Alors qu'ils se rapprochaient du sommet, une rumeur sourde ne cessait de s'amplifier jusqu'à devenir un véritable vacarme quand ils atteignirent enfin le large terre-plein sur lequel s'élevait la forteresse, dominant les vallées. Renaud y compta sept citernes, autour desquelles s'activaient des femmes et des enfants transportant des jarres d'eau, mais aussi des troupeaux entiers et un grand nombre de chevaux. D'innombrables échoppes de bois et de toile envahissaient le plus clair de l'espace, ainsi que plusieurs enclos pour les chèvres ou les mules. Le rocher d'Al-Kahf abritait en fait une petite ville, grouillante de monde, surplombée par la masse imposante du fort dressé au sommet du rocher. Sans laisser à son invité le temps de s'y attarder, Saïf l'entraîna vers la poterne du château, gardée par une dizaine d'hommes en robe et turbans noirs.

— Viens, allons voir ton fils. Tu verras, il est bien. D'ailleurs ton ami, ce Guilhem, veille sur lui depuis des jours… Ensuite nous irons nous rafraîchir au hammam, avant de dîner.

— Tu as un hammam, ici ?

— Nous avons beaucoup de choses, tu verras, dit Saïf en souriant.

Au crépuscule, Saïf, Renaud et Guilhem savouraient l'air frais et humide montant des gorges escarpées qui les environnaient, couchés sur des banquettes garnies de matelas et de coussins. Le ciel immense prenait des teintes cuivrées, roses, violacées, alors que le vacarme du marché avait laissé place aux derniers chants d'oiseaux. Quelques gardes, postés aux deux coins de la terrasse, leur tournaient le dos, scrutant les abords des vallons en contrebas, tandis que des serviteurs débarrassaient les restes de leur dîner. Comme Guilhem avant lui, Renaud avait abandonné au hammam ses vêtements déchirés et tachés de sang pour enfiler une chemise persane à larges manches descendant jusqu'aux pieds. Saïf l'observait à la dérobée. Ainsi vêtu, avec sa barbe et ses cheveux gris, on aurait pu le prendre pour un initié plein de sagesse…

— Alors, fit Saïf, pas de regrets ?

Renaud répondit sans hésiter. Justement, il pensait à ce moment même à son fils. Il l'avait laissé dans une cour ombragée, les cheveux bouclés et noirs comme la nuit, jouant déjà avec une myriade d'enfants de tous âges qui lui ressemblaient. Sa gorge s'était nouée quand Martin s'était éloigné de lui, en marchant à quatre pattes comme un petit animal. Dieu sait ce qu'il serait devenu quand il le reverrait.

— Je crois que je n'avais pas le choix, dit-il en s'efforçant de sourire. Mais je n'ai pas encore vu ton fils, Fahd…

Pour toute réponse, Saïf frappa dans ses mains, et une jeune femme apparut, tenant par la main un enfant à la démarche pataude. Renaud ne jeta qu'un rapide coup d'œil au fils de son hôte, tant il fut frappé par la beauté de celle qui l'accompagnait. Les cheveux noirs et bouclés, la peau mate, elle était bien plus grande que la plupart des femmes du pays. Guilhem se tourna dans sa direction et leurs regards se croisèrent. Lui aussi semblait fasciné. Fasciné mais pas seulement. Il avait l'air intrigué, et à le voir ainsi Renaud eut lui aussi la sensation que quelque chose d'important lui échappait.

— Voici mon fils Fahd, dit le rafiq. Et voici Malaïka.

— C'est ta femme ?

— Ma femme ? (Le terme avait l'air d'amuser Saïf.) Non, certes non…

Le nizarite ouvrit les bras et l'enfant accourut pour s'y blottir. Il était plus grand que Martin, peut-être âgé d'un an de plus, mais Renaud trouva qu'ils se ressemblaient. Dans le même temps, l'un des gardes présenta avec déférence une chaise sur laquelle Malaïka s'assit avec grâce. Peut-être était-ce une princesse, la fille ou la femme de quelqu'un d'important. Peut-être même était-elle une dignitaire de leur obscure religion… Non. De nouveau, il eut l'impression de se fourvoyer, de ne pas voir l'essentiel. Vêtue à la mode persane d'un ample pantalon bouffant et d'un justaucorps qui épousait étroitement sa taille fine et ses formes pleines, la jeune femme était couverte d'un voile léger qui masquait sa bouche et sa gorge, en mettant en valeur des yeux d'un noir profond dont Renaud ne parvenait pas à se détacher. Réalisant qu'il la dévisageait impunément, il se tourna vers Guilhem et s'aperçut que lui aussi paraissait subjugué.

— *Sa'athhab maeahum*, murmura-t-elle sans un regard pour Saïf.

— *Wasawf notiee awamerk ayuha alrrbb*, répondit l'ismaélien en baissant la tête, une main sur le buste. (Puis, se tournant vers Renaud :) Malaïka a eu la bonté de veiller sur mon fils, depuis sa naissance. Si tu le permets, elle souhaiterait continuer à le faire, en vous accompagnant à Margat.

— J'en serai honoré.

— Je n'en doute pas, mon ami, dit Saïf en dissimulant un sourire.

— Dis-lui… Dis-lui qu'elle est la bienvenue, aussi longtemps qu'elle le désirera.

— Je te remercie, Renaud de Margat, répondit la jeune femme. C'est très généreux de ta part.

Renaud se sentit rougir de confusion. Jamais il n'aurait cru que cette Malaïka comprenait leur langue, et encore moins qu'elle la parlait sans accent et avec autant d'aisance. Sans attendre une réponse de la part du Franc, elle se tourna vers Saïf et son fils.

— *Yajeb'an n'ntalik alean.*

Le rafiq hocha la tête, et Renaud eut le sentiment qu'elle venait de lui donner un ordre. Quelle que soit cette femme, elle n'était certes pas une servante, comme il l'avait cru tout d'abord. Alors qu'elle se levait et tendait la main vers le petit Fahd, quelque chose dans sa façon de se mouvoir ranima la sensation étrange qu'il avait éprouvée en la découvrant. L'impression de l'avoir déjà vue, en d'autres lieux. Et soudain l'image du guerrier en noir, celui qui les avait sauvés des goules, se superposa aux traits de la jeune femme. Une pensée absurde, qu'il rejeta aussitôt. Au même moment, Saïf ébouriffa les cheveux de son fils et le détacha de lui, avec plus de rudesse sans doute qu'il ne l'aurait voulu.

— Merci, Malaïka. Tu peux l'emmener maintenant. *Souhera hwa b'jamalik…*

Malgré son voile, Renaud sut que la jeune femme avait souri et il ragea de n'avoir compris ce que lui avait dit son hôte. En repartant, elle lui adressa un dernier regard, ce qui suffit à dissiper ce désagrément.

— Ils seront prêts tous les deux quand vous reprendrez la route…

— Demain, répondit Renaud après un coup d'œil vers Guilhem. Dès le lever du soleil.

— Je vais donner des ordres pour qu'on prépare des montures.

Renaud le remercia d'un signe de tête, puis songea à l'étrange marché qu'ils venaient de conclure. Comme il l'avait dit, le chevalier n'avait pas d'autre choix que d'éloigner Martin hors de portée d'Alix, mais Saïf n'avait pas de telles contraintes.

— Es-tu sûr de vouloir me confier ton fils ? Je vois que l'idée de te séparer de lui te serre le cœur, et l'idée que tu le considères comme un otage me répugne.

Saïf s'inclina, puis émit un long soupir.

— J'ai beaucoup d'autres fils, murmura-t-il en reportant son regard sur le soleil couchant. Mais ce sera une bonne chose pour lui d'être élevé chez les *franj*. Et puis je sais que si Malaïka veille sur lui, il ne risquera rien…

— Tu commences à m'inquiéter. Est-ce que je dois me méfier d'elle ?

— Bien au contraire, mon ami…

Renaud se tourna vers Guilhem, mais son compagnon se servait à boire, sans plus penser à la jeune femme. Il se faisait des idées, voilà tout. Sans doute un effet des drogues qu'on lui avait administrées ces derniers jours…

— En tout cas, dit-il d'un ton léger, j'ai moi aussi préparé la venue de ton fils.

Quelque chose passa dans le regard de Saïf, comme une interrogation muette que Renaud ne comprenait que trop bien.

— Ce sont des femmes des montagnes qui s'occuperont de lui. Des Bani al-Ahmar… Sois sans crainte, elles lui apprendront ta langue.

L'ismaélien sourit. Elles lui apprendraient l'arabe, qui n'était pas sa langue, mais il inclina la tête en guise de remerciement.

— Au fond, dit-il après un court silence, pourquoi êtes-vous venu ici, vous les *franj* ?

Renaud poussa un long soupir, échangea un regard fataliste avec Guilhem et haussa les épaules.

— Si tu étais un soldat, mon ami, tu ne poserais pas cette question. Il y a trente-cinq ans, nous avons suivi notre seigneur, Richard de Salerne, parce qu'il nous l'a ordonné. Et lui-même suivait son cousin Tancrède de Hauteville, qui suivait l'appel de Pierre l'Ermite, et on remonte ainsi jusqu'au pape… On nous a dit « Dieu le veut », et on l'a cru. Deux ans après, nous pataugions dans le sang devant les murs d'Antioche, toujours au nom de Dieu.

— C'est pour cela que tu as perdu la Foi ?

— Disons que la Terre sainte ne l'était pas tant que ça…

D'un brusque mouvement, Saïf se redressa de la banquette pour lui faire face.

— Sur ce point, mon ami, tu te trompes ! martela-t-il d'une voix forte. La Terre est sainte. Ce sont les hommes qui ne le sont pas !

— Qu'est-ce que ça change ? Nous ne sommes que des hommes, de toute façon.

— Mais il n'y a pas que des hommes !

Renaud se redressa, lui aussi, pour scruter Saïf. Dans l'obscurité naissante, on ne voyait de son visage que l'éclat de ses yeux, entre ses longs cheveux et sa barbe noire. Le rafiq semblait soudainement habité d'une sorte d'exaltation, comme s'il était sur le point de lui révéler quelque grand secret. Il garda le silence, sachant que c'était le meilleur moyen pour que l'ismaélien se dévoile un peu plus.

— Certains ne sont pas ce que tu crois, mon frère. Il y a ici, tout autour de nous, bien d'autres créatures de Dieu, qui étaient là avant nous, avant l'homme !

— Tu veux parler des goules ? intervint Guilhem, avec un air de profonde répugnance.

— Il y a ici bien plus que des goules…

— Je vois, murmura Renaud après un moment de réflexion. Tu vas me parler de mon fils Martin et de cette marque qu'il porte au cou ?

— Non, non… C'est trop tôt, tu ne comprendrais rien. Moi, je viens de Perse, d'un petit village près d'Alamut, notre ville sainte. Là-bas, il n'y a rien, que des roches et du vent. Mais notre grand Da'i, Hassan es-Sabbah, le Cheikh al-Djabal, Dieu l'ait en Sa sainte garde, a eu la révélation de cette terre… C'est pour ça que nous sommes ici. Et je crois que, d'une certaine manière, vos prédicateurs chrétiens ont eu la même révélation, au même moment, et que c'est aussi pour ça que vous êtes ici, en Terre sainte, même si toi et tes semblables l'ignorez.

— Sur ce point, maître Saïf, vous avez raison ! s'exclama Guilhem avec un sourire amusé. Moi, en tout cas, je ne comprends rien !

Saïf sourit, lui aussi, et tout son être se détendit.

— Un jour, mon ami, si Dieu le veut, tu comprendras… Mais pour ce soir, devisons tranquillement, parlons commerce et caravanes. Je vais faire apporter des lampes et des pâtisseries, si vous avez encore faim.

— Je suis né pauvre, répondit Renaud. J'ai toujours faim. J'accepte volontiers, mais à condition que tu les manges avec moi !

— Pas après le coucher du soleil, mon frère…

— Est-ce là encore l'une de vos règles ? Vous semblez en avoir tellement…

— Vous en avez aussi, fit Saïf d'un ton amusé. Cette drôle d'idée de manger du poisson le vendredi, par exemple.

— Il est plus facile de se passer de poisson quand on vit dans le désert plutôt qu'au bord de la mer, répondit Renaud en haussant les épaules. Il y a les règles… Et puis il y a la vie.

Le rafiq hocha la tête et, de nouveau, son regard prit une intensité particulière.

— Voilà sans doute ce qui nous différencie du reste des croyants, dit-il. Pour nous Assassiyoun, la règle l'emporte sur la vie.

— Tu es une sorte de moine, en fait. Chez nous, seuls les moines mènent ce genre d'existence…

Saïf ne répondit pas. Durant un long moment, il sembla perdu dans ses pensées, puis il claqua des mains, et ses gardes se retournèrent.

— Approchez ! Je vais vous montrer quelque chose, mes amis. Quelque chose dont vous vous souviendrez jusqu'à la fin de vos jours.

Avant que Renaud ait pu répondre, Saïf lança des ordres brefs. Dans un même mouvement, trop rapide pour laisser aux chevaliers le temps de réagir, deux des gardes dégainèrent leur long couteau à lame courbe et les plaquèrent contre la gorge des Francs, en pesant de tout leur poids contre leur torse, les immobilisant sur la banquette. Sans leur prêter attention, Saïf murmura quelques mots à l'oreille d'un troisième garde, puis saisit ses mains dans un geste d'une grande douceur. Les deux hommes restèrent ainsi durant quelques secondes, puis l'homme se détacha, le visage souriant, s'inclina et fit demi-tour. En quelques enjambées, il rejoignit le bord de la terrasse, monta sur le muret et sauta dans le vide, sans la moindre hésitation ni le moindre cri. Un instant plus tard, il y eut un bruit affreux de branches cassées et du choc de son corps sur les rochers.

— Lâchez-les.

Obéissant à l'ordre de Saïf, les autres gardes libérèrent Renaud et Guilhem, rengainèrent leur poignard et revirent à leur poste, sans la moindre expression.

— Ces hommes sont des elfidâouiyah, les combattants de notre ordre, dit Saïf en se levant. Tu vois, pour eux la vie n'est rien, la règle est tout. Malaïka aussi est une elfidâouiyah. Et plus encore… Passez une bonne nuit, mes amis.

6. AU FLEUVE DU CHIEN

Laodicée, janvier 1132

Perché sur l'arête de la colline dominant la ville et le port de Laodicée[1], le château était battu par une pluie fine venue de la mer. À l'abri du hourd de bois couronnant les remparts, Alix suivait des yeux l'approche maussade d'une troupe de cavaliers portant les bannières du comté d'Édesse. C'étaient les derniers, tous les autres étaient déjà là.

Six mois s'étaient écoulés depuis la mort de Baudouin. En septembre, le jour de l'Adoration de la Sainte-Croix, Foulque avait été couronné par le patriarche de Jérusalem, au Saint-Sépulcre, et à ses côtés Mélisende était devenue reine. Alix se souvenait de chaque instant, depuis qu'elle avait pris place avec ses sœurs cadettes sur un banc disposé à côté de l'autel, sous les yeux de tout ce que le Royaume comptait de barons, de ducs et de comtes, serrés entre les piliers de l'église de la Résurrection. Elle se souvenait encore du chant grave des moines, des ors étincelants à la lueur des cierges, du regard sombre du Christ et des

1. Également appelée La Liche, aujourd'hui Lattaquié, sur la côte syrienne, à quelques kilomètres au nord de Jabala.

prophètes, sur les mosaïques recouvrant le plafond. Jusqu'à l'arrivée solennelle de Foulque et Mélisende, précédés d'une délégation d'évêques et d'une dizaine de chevaliers du Saint-Sépulcre en armes, elle avait gardé les yeux fixés sur le dallage de marbre, évitant les regards de l'assistance qu'elle sentait constamment peser sur elle. La journée avait été longue, interminable, mais ce soir-là, lorsque les quatre sœurs s'étaient enfin retrouvées seules dans la chambre de Mélisende, elle avait réussi à se convaincre que le trône d'Antioche lui serait rendu, maintenant que son aînée était reine. Ce ne devait être qu'une question de jours. De semaines, au plus.

C'était il y a six mois.

Elle avait écrit, encore et encore mais, dans chacune de ses lettres, Mélisende ne savait lui dire qu'une chose : attendre. Il fallait être patiente. Le moment était mal venu. Foulque était accaparé par les affaires du Royaume. Sa cause avançait, mais il ne fallait rien brusquer… Rien brusquer, alors que la princée n'était plus désormais dirigée que par le patriarche Bernard de Valence, un vieillard qui tenait à peine debout ! Foulque et Mélisende ne pouvaient ignorer la mort du comte d'Édesse, auquel avait été confiée la défense de la princée. Quelques semaines plus tôt, le vieux Josselin avait succombé à ses blessures, laissant son comté dans les mains de son fils Josselin II, lequel avait déjà fort à faire pour s'imposer sur ses propres terres. Foulque comptait-il réellement sur le vieux patriarche pour défendre Antioche, ou était-il inconscient des menaces qui pesaient à leurs frontières ? Alix avait renoncé à attendre. Ce trône qui lui revenait de droit, elle allait le reprendre de force. Ou plutôt éviter toute forme d'affrontement, en se contentant de mettre Foulque devant le fait accompli, avec l'aide des plus grands barons de Terre sainte. Des barons qui cette nuit, après de longues semaines de tractations et au prix de nombreuses promesses de terres ou de forteresses, avaient enfin répondu à son appel.

Au pied des remparts, le claquement des sabots de la petite troupe franchissant le pont-levis l'arracha à ses réflexions. Il fallait qu'elle se calme. La partie ne faisait que commencer… Ramenant contre elle les pans de son long manteau, elle quitta le chemin de ronde et s'engouffra dans l'escalier descendant jusqu'aux salles communes. Son chambellan Arnoul et une poignée d'hommes d'armes l'y attendaient, aux ordres de deux chevaliers de confiance. Pauvre garde d'honneur, bien peu digne de son cousin Josselin, le nouveau maître d'Édesse. D'un simple regard, elle signifia à son escorte de la suivre jusque dans la cour, où les Édessiens mettaient pied à terre. Malgré la bruine, Alix s'avança vers Josselin le Jeune et l'embrassa sur les deux joues. La pluie avait détrempé sa barbe et plaqué ses longs cheveux bruns. Son manteau de route et ses bottes étaient maculés de boue.

— Bienvenue à Laodicée, dit-elle en l'entraînant à l'abri. J'ai fait préparer vos quartiers. Une flambée vous y attend, et du vin chaud… Je n'ose vous demander si vous avez fait bonne route, par ce temps.

— Faut-il que je t'aime, cousine, pour avoir chevauché des jours dans la pluie et le froid !

— J'en serai pour toujours votre obligée.

— Je sais. Les autres sont là ?

— Depuis ce matin. Mais ils viennent de moins loin que vous…

— Alors le vin attendra. Laisse-moi juste le temps d'enfiler des vêtements secs et je vous rejoins.

— Arnoul, mon chambellan, est à tes ordres.

Alors que l'officier de cour s'empressait d'escorter leur hôte jusqu'à sa chambre, Alix l'observa pensivement tandis qu'il donnait ses ordres. Josselin et elle se ressemblaient, par bien des points. Ils avaient le même âge, étaient cousins par leurs mères, arméniennes l'une et l'autre, et avaient partagé la même haine, profonde, longuement recuite, envers leurs pères. Alors qu'il n'avait pas dix ans, Josselin le vieux l'avait laissé, lui son fils unique, en otage dans les mains du sultan turc Balak, pour obtenir sa propre liberté, tout comme Baudouin l'avait fait avec Yvette, la jeune sœur d'Alix. Deux ans entre la vie et la mort, avant que leur rançon soit finalement payée…

On disait que lorsque le vieux comte Josselin avait été blessé dans l'effondrement d'une mine, quelques semaines plus tôt, il avait demandé à son fils de mener l'armée à sa place pour libérer la place forte de Kaisûn, assiégée par un émir de Zengi. Le jeune homme avait refusé. Le vieux avait alors mené le siège depuis une litière et emporté la bataille. Il en était mort, et Josselin le Jeune passait depuis lors pour un lâche aux yeux de tous. Peut-être était-ce pour cela qu'il était venu. Faire taire les rumeurs. Au besoin, s'opposer à Foulque les armes à la main…

Qu'importe à Alix qu'il fût un couard. Édesse était le plus vaste comté de Terre sainte. Elle devait s'en faire un allié, par tous les moyens. Même le plus simple.

La cour se vidait peu à peu, alors que ses palefreniers entraînaient les chevaux des voyageurs vers l'écurie et que leurs cavaliers gagnaient les vastes quartiers de la soldatesque. D'un signe de tête, elle congédia ses chevaliers, puis attendit d'être seule pour s'engager sur les pas de Josselin et Arnoul, vers la chambre de son hôte. La porte en était restée ouverte, dans le va-et-vient des serviteurs. Elle resta au-dehors, sans adresser un regard aux hommes d'armes postés dans le couloir, attendant que tous s'en aillent avant d'entrer à son tour.

— Merci, Arnoul. Laisse-nous maintenant. Et ferme derrière toi en sortant.

Le chambellan s'inclina, réprimant un sourire devant la mine ébahie de Josselin. Le jeune comte d'Édesse s'était déjà débarrassé de ses vêtements trempés. Torse nu, il n'avait gardé que ses chausses. Arnoul referma derrière lui à l'instant où Alix posait la main sur son épaule nue.

— Voyons ce que je peux faire pour vous réchauffer, beau cousin…

La nuit était tombée lorsque Josselin les rejoignit dans la salle d'apparat, autour d'une table garnie de fruits, de terrines et de pâtés en croûte, d'oies et de chapons rôtis, arrosés des meilleurs vins de Laodicée.

— Venez vous asseoir à côté de moi, mon cousin ! dit Alix, assise en tête de la tablée. Je n'ai nul besoin de vous présenter au seigneur Pons…

Avant de prendre place à la gauche d'Alix tout en s'efforçant d'afficher un air détaché, Josselin s'inclina respectueusement devant son aîné. Le comte Pons était le souverain de Triple, certes le plus petit des états latins d'Orient, mais il régnait depuis déjà vingt ans.

— Savez-vous que le seigneur Pons et moi serons bientôt de la même famille ? poursuivit-elle. Ma sœur Hodierne doit épouser son fils Raymond.

— Et puisque Mélisende a épousé Foulque, il ne manque plus, seigneur Josselin, que vous mariez Yvette pour que les filles de Baudouin soient maîtresses de toute la Terre sainte ! s'esclaffa le comte Pons alors que le jeune homme s'asseyait face à lui.

— Quel que soit le bonheur de mes sœurs, je ne puis m'y associer, répondit Alix en souriant, puisque je ne règne pour l'heure que sur mon douaire de Jabala et Laodicée…

— Je crois que nous sommes là pour y remédier, ma chère !

Josselin dut se maîtriser pour ne pas sursauter lorsque la main de sa voisine se posa sur sa cuisse.

— Et quant à ma sœur Yvette, je crains fort qu'elle soit déjà mariée, poursuivit-elle. Elle a choisi d'épouser Dieu. Et je crois que ce n'est pas une union dont on puisse se défaire aisément, n'est-ce pas, monseigneur ?

Assis au côté de Pons, Raoul de Domfront eut une moue de circonstance, plus amusée qu'offusquée.

— Monseigneur Raoul est archevêque de Mamistra, en Cilicie, dit Alix à l'intention de Josselin. C'est surtout un ami très cher, qui a bien voulu se joindre à nous pour nous éclairer de la lumière divine.

— Ma propre lumière suffira, répondit Raoul. Avec vous, ma fille, on ne sait jamais si vous vous moquez…

Josselin sourit. L'homme, tout en force et d'aimable figure, ressemblait plus à un grand seigneur qu'à un prince de l'Église, fonction dont il ne portait aucun signe distinctif, hormis une simple croix pectorale. Il se demanda jusqu'à quel point allait cette amitié très chère. D'un rapide coup d'œil, il parcourut la tablée. Se pouvait-il qu'Alix leur ait offert à tous un accueil aussi chaleureux que celui dont elle venait de le gratifier ? Une telle perspective donnerait à leur assemblée de conjurés un tour singulier. La main d'Alix quitta sa cuisse pour désigner le dernier convive de la tablée.

— Je ne sais, mon cousin, si vous connaissez le seigneur Guillaume de Saône[1].

Celui-là ne pouvait être un amant d'Alix. Il était assez âgé pour être son père, courtaud, rougeaud, le cheveu rare et grisonnant, engoncé dans un surcot dont les coutures semblaient sur le point de se rompre.

— Je vous remercie de cet honneur, ma cousine, répondit Josselin. La richesse du fief de Saône est connue bien au-delà des limites de la princée.

— C'est moi que vous honorez, votre grandeur, répondit Guillaume.

De nouveau, la main d'Alix vint effleurer sa cuisse, et ce jeu commençait à amuser Josselin. Une telle assurance de la part de la jeune femme l'étonnait. On eût dit la reine des abeilles au centre de sa ruche, jouissant du bourdonnement de ses favoris, et non une proscrite, confinée dans son modeste douaire côtier.

— Mes seigneurs, nous savons tous pourquoi nous sommes réunis ici, commença-t-elle. Le roi Baudouin mon père a voulu prendre le contrôle d'Antioche en me dépossédant du trône au profit de ma fille, qui n'est encore qu'une enfant. Il ne s'agit pas ici de mes intérêts propres, qui n'importent guère, mais d'une manœuvre pour étendre l'autorité du Royaume d'un bout à l'autre de la Terre sainte, ce qui ferait de vous tous des vassaux qu'il pourrait à sa guise mettre à sa merci. À présent

1. Ou Sahiyûn, entre Antioche et Marquat, à quelques kilomètres à l'est de Laodicée.

qu'il est mort, monseigneur Foulque n'agit pas autrement…

— En Anjou, Foulque n'avait pas la réputation d'être tendre avec ses vassaux, grommela Pons.

— Précisément. Et je gage qu'il ne tardera pas à vous dicter à tous sa loi, tant qu'il tiendra vos terres en tenaille, depuis Antioche et Jérusalem.

— Nous savons tous cela, intervint Josselin. Et si nous sommes ici, c'est que nous sommes prêts à prendre les armes pour que la princée vous soit rendue. Mais je ne vois ici personne d'Antioche. Qu'en pensent vos barons, ma cousine ? Si nous devions faire le siège de la ville, c'est à une véritable guerre qu'il faudra nous attendre…

Un silence s'abattit sur la tablée, chacun arrêtant de boire ou de manger en attendant la réponse d'Alix.

— Je réponds du connétable Renaud Mazoir, dit-elle avec assurance. Et croyez-moi, j'ai assez de partisans à Antioche pour que les portes de la ville nous soient grandes ouvertes lorsque je m'y présenterai.

Josselin ne put répondre. Le chambellan fit son entrée dans la salle, précédant une suite de serviteurs apportant toutes sortes de pâtisseries et de crèmes, puis resta près de la porte tandis que sa troupe s'activait autour de la table. Avec l'air compassé et absent qui seyait à sa fonction, il observait les dîneurs. On eût dit un souper entre amis, et non une réunion de comploteurs prêts à défier la plus grande autorité des terres croisées. Tous, ils riaient de bon cœur, buvaient et mangeaient, tandis que Raoul de Domfront s'était lancé dans quelque histoire qui semblait les captiver.

— Qu'on ne nous dérange plus ! lança Alix quand les serviteurs se retirèrent.

Arnoul s'inclina respectueusement et referma derrière lui. Il en avait assez entendu. Revenu dans sa chambre, il rédigea rapidement une note qu'il scella à la cire, puis il gagna la poterne, sans chercher à se dissimuler des gardes, affairés autour d'une partie de dés. Tous, ici, étaient des hommes de confiance, placés par le connétable Renaud Mazoir. L'un d'eux se redressa en le reconnaissant.

— Porte ceci au seigneur Renaud, dit Arnoul en lui tendant le parchemin. Cette nuit même.

À l'aube, les feux de camp grésillaient dans l'humidité du bord de mer, barrant le ciel orangé de hautes colonnes de fumée que nul vent ne venait dissiper. Renaud avait à peine dormi, la nuit entière couché à la belle étoile, calé contre sa selle, à écouter le ressac. Et pourtant, les derniers jours avaient été épuisants. À chaque heure, il ne cessait d'envoyer ou de recevoir des messagers d'Antioche et de Jérusalem, tout en organisant la défense de sa forteresse, si d'aventure le seigneur Guillaume de Saône, dont le fief se situait presque exactement à mi-distance entre Antioche et Margat, décidait de s'attaquer à lui. Il avait confié à son homme lige, Guilhem Le Roux, une mission dont nul autre ne devrait avoir connaissance. Prévenir Saïf Ibn Ammar du danger et requérir son aide. Après tout, Al-Kahf n'était qu'à quelques lieues des frontières de Triple, et le domaine des Assassins pouvait lui aussi être menacé.

Durant ces journées de fièvre, la réaction de Foulque avait été foudroyante. Sitôt averti du complot, il s'était mis en route à la tête d'une petite armée vers le comté de Triple, et avait signifié à Renaud de le rejoindre en personne par voie de mer à Béryte[1], dans le fief de Gauthier Brisebarre, l'un des grands feudataires du Royaume.

Tandis qu'il essayait d'attirer un chat errant avec des restes de poisson grillé de la veille, piqués au bout d'un bâton, la troupe s'éveillait peu à peu autour de lui. D'un instant à l'autre, les sergents d'armes allaient se mettre à brailler, les chevaux à hennir, et le chat s'enfuirait à toutes jambes. Il s'était mis en tête l'une de ces idées stupides : s'il parvenait à l'amadouer suffisamment pour venir manger dans sa main, tout se passerait bien.

Des sentinelles, à l'autre bout de la plage, se mirent à crier et sonner du cor. Le chat s'enfuit.

Comme tous ceux qui dormaient autour de lui, enroulés dans leurs manteaux, Renaud se releva en grimaçant, étira son corps courbatu, dégaina son épée et s'élança vers l'attroupement qui se formait déjà autour du poste de garde. Il ralentit en apercevant ce qui avait causé l'alerte. Une dizaine de cavaliers avaient rejoint l'ost royal, sans doute des éclaireurs envoyés par Foulque reconnaître l'autre rive du Fleuve du Chien[2], qu'ils devaient franchir dans la matinée pour marcher sur le comté de Triple. Il s'immobilisa tout à fait en découvrant avec horreur que les cavaliers étaient maintenus en selle par une armature de bois attachée dans leur dos, les bras ballants et la tête renversée, pour ceux qui en avaient encore. Certains étaient percés de flèches, d'autres

1. Ou Béritus, aujourd'hui Beyrouth, capitale du Liban.
2. Le Nahr el-Kelb, au nord de Beyrouth, au Liban.

proprement décapités. Renaud s'était détourné et s'éloignait de l'attroupement bruyant formé autour des malheureux, le cœur au bord des lèvres, lorsqu'un chevalier fendit la foule et s'interposa devant lui.

— Seigneur Mazoir ? dit-il en le saisissant par le bras. (Puis, lui laissant à peine le temps d'acquiescer :) Venez avec moi, il faut prévenir le roi.

L'homme était déjà reparti à grandes enjambées, lorsque Renaud le reconnut enfin. Celui qui l'entraînait ainsi vers la tente du roi était Gauthier Brisebarre, seigneur de Béryte. Il ne réalisa qu'alors qu'il était lui-même pieds nus, vêtu uniquement de sa chemise et de ses chausses, l'épée à la main. Une bien piètre façon de se présenter au roi. La mise de Foulque le rassura sur ce point. Le roi avait jailli de sa tente, ébouriffé et la mine plus rougeaude que jamais, guère plus habillé que lui.

— Brisebarre ! Mazoir ! Que se passe-t-il ?

— Nos éclaireurs, sire, répondit le seigneur de Béryte. Les gens de Triple les ont tous tués et renvoyés à nous en travers de leur selle.

— Sans message ?

— Si vous les aviez vus, sire, le message était assez clair…

Foulque réfléchit en silence, s'avança pieds nus dans le sable pour essayer de distinguer quelque chose du poste de garde, puis il se tourna vers Renaud.

— Messire de Margat, si nous en doutions encore, il semble que vous aviez raison. Dieu sait comment, cette maudite Alix a donc bien réussi à gagner le comte Pons à sa cause. Et s'il décide de nous barrer le passage les armes à la main… Il faut en avoir le cœur net. Prenez dix hommes, mon ami, et franchissez la rivière au plus loin vers Juine[1]. Et ne vous faites pas tuer, je vous prie.

— Je vais essayer, sire.

— Faites cela. J'ai besoin de savoir ce que nous avons en face de nous.

Le soleil était levé lorsque Renaud franchit le Fleuve du Chien, galopant à la tête d'une bannière de dix chevaliers. Comme eux, il s'était équipé pour la guerre, le corps couvert de son haubert de mailles et la tête d'un camail de fer. Son casque et son bouclier étaient accrochés à la selle de son destrier de bataille, caparaçonné d'une lourde housse de cuir matelassé. Six archers, montant des chevaux arabes et vêtus de simples broignes de cuir, ouvraient la marche en avant de leur troupe.

Sitôt sur l'autre rive, ils ralentirent l'allure et les archers encochèrent, les yeux fixés sur les roches et le maquis qui les surplombaient. L'endroit puait l'embuscade. Le passage entre la montagne et la mer ne devait pas faire plus d'un mille[2], si étroit qu'en longeant le rivage, ils distinguaient nettement les broussailles recouvrant la roche. À moins d'une lieue au-delà du fleuve, ils aperçurent la fumée d'un feu de camp et des traces de combat. Autour des braises mourantes, des armes abandonnées, du sable piétiné, taché par endroits de flaques de sang noir et luisant, piqueté de flèches. Les éclaireurs semblaient s'être laissés surprendre dans la pénombre du petit jour… Renaud dégaina son épée qui crissa lugubrement contre son fourreau. Devant eux, à un demi-mille, une falaise rocheuse s'avançait presque jusqu'aux flots, en leur masquant la vue.

1. Aujourd'hui Djouni, village frontière du comté de Triple.
2. Mille pas, soit environ 1,5 kilomètre.

— Espacez-vous, dit-il à ses hommes. Et restez aussi loin que possible des rochers… Toi, va voir devant !

L'archer de tête opina d'un air grave et mit son cheval au trot. En le suivant, au pas, avec les autres, Renaud réalisa avec un temps de retard que son ordre envoyait peut-être cet homme à une mort aussi certaine que celle des éclaireurs. Il faillit l'appeler, lui dire de les attendre, mais il se contenta de talonner son cheval pour forcer l'allure. La falaise n'était plus qu'à un jet de pierre lorsque l'archer poussa un cri. Dans le même instant, une volée de flèches cingla l'homme et sa monture, laquelle fit un brusque écart et jeta son cavalier à bas avant de s'enfuir au galop. Alors que le cheval emballé passait entre eux, ils virent l'archer se redresser à demi, le visage grimaçant et les mains pressées sur le trait qui l'avait transpercé. Renaud n'eut pas la moindre hésitation. Il se lança au galop vers le blessé, sauta à terre à son côté et le releva, en s'abritant derrière le flanc de son destrier.

— Accroche-toi à la selle !

Des flèches tombaient autour d'eux, frappaient parfois avec un bruit mat le caparaçon de sa monture. Alors qu'ils faisaient demi-tour, Renaud, soutenant d'une main l'archer et tenant fermement de l'autre les rênes du destrier, jeta un rapide coup d'œil en arrière, au-delà du promontoire, et son sang se glaça. Au loin, une longue palissade de pieux barrait la plage, hérissée des bannières rouge sang à croix d'or du comté de Triple. Toute une armée semblait massée derrière, prête à livrer bataille.

Le bras à demi arraché par les écarts de son cheval affolé, dégoulinant de sueur sous son haubert et avançant pas à pas en soutenant le blessé, Renaud vit ses chevaliers charger en ligne, les dépasser dans un grondement qui fit trembler la plage et se déployer devant eux, comme un bouclier. Les autres archers arrivèrent au galop. L'un d'eux sauta à terre et libéra Renaud de son fardeau.

— Rentrez au campement ! cria-t-il. Dites au roi que l'armée de Triple nous barre la route ! Nous allons essayer de les retenir !

Puis il se hissa en selle, le visage cramoisi par l'effort et le souffle court. Il n'eut que le temps d'enfiler son casque et de glisser son bras endolori dans les énarmes de son long bouclier avant que ses chevaliers tournent bride et se regroupent autour de lui.

— Ils attaquent, sire Renaud !

— Formez la ligne.

On entendait le martèlement de la cavalerie adverse sur la plage, au-delà du promontoire. D'une seconde à l'autre, ils déboucheraient, à moins de deux cents pas. Une rigole de sueur coulait depuis le front de Renaud jusque dans ses yeux. Sa bouche était sèche, sa gorge rêche, son bras lourd.

— Faites voir à ces traîtres ce que valent les chevaliers du Royaume ! cria-t-il à pleine voix en levant son épée. En avant !

Les chevaux s'ébranlèrent, au trot puis au galop, en gardant la ligne, chaque cavalier à deux coudées à peine de son voisin. Leur seule chance était que l'ennemi ait sous-estimé leur force et n'ait lancé contre eux qu'une cavalerie légère. En les frappant de corps et de cheval, à pleine puissance, ils pouvaient les mettre en déroute.

— Chargez !

Les épées tendues en avant luisaient dans le soleil. Les sabots de leurs lourds chevaux martelaient le sable comme un tambour. Ils avaient presque atteint le saillant de la falaise lorsque les cavaliers de Triple surgirent devant eux. Peut-être vingt ou trente hommes, formés en colonne et non en ligne. Les chevaliers du Royaume se mirent à hurler en fondant sur eux et percutèrent leur premier rang comme une lance formidable, avec une force telle qu'hommes et chevaux furent balayés. Emporté par la charge irrépressible, Renaud n'eut que le temps de porter un coup, au hasard. L'épée s'enfonça dans un corps, fit gicler le sang. Un choc résonna sur son bouclier. Déjà, il avait dépassé l'ennemi.

En face, une agitation fébrile s'était emparée du camp de Triple. Il tira sur les rênes de son destrier, fit volte-face et le relança à l'assaut. En un regard, il aperçut au moins trois hommes à terre et d'autres qui rompaient le combat. Dans l'élan de sa monture, il bouscula un cavalier adverse en train de ferrailler avec l'un de ses chevaliers, et lui porta un coup d'estoc dans le dos, qui lui fit vider ses étriers. Surgissant à sa gauche, un homme au visage barbu poussa un cri de rage en lui assenant un coup de masse qui ripa sur son bouclier puis ricocha contre la tempe de son casque en lui meurtrissant l'oreille. Renaud leva le bras en un geste réflexe et le frappa à la face, d'abord du coude, puis du pommeau de son épée. L'homme vacilla, juste le temps que le maître de Margat dégage son bras et le cingle d'un large coup de taille qui fracassa chair et os, transformant son visage en une abomination sanglante. Autour de lui, le combat prenait fin. Autant qu'il puisse en juger, aucun de ses chevaliers n'était tombé.

— Sur moi ! hurla-t-il. En retraite !

Il éperonna sans se retourner, droit vers le campement de Foulque. Quand enfin la troupe mit les chevaux au pas pour traverser le fleuve, Renaud ôta précautionneusement son casque bosselé, rejeta en arrière son camail de fer et aspira une grande goulée d'air, tout en observant chacun de ses chevaliers. Certains étaient mal en point, maculés de sang et courbés sur l'encolure de leur destrier, mais aucun ne manquait. Tous lui adressèrent un sourire ou un salut en passant devant lui, sauf l'un d'eux, le dernier, qui vacillait sur sa selle, les yeux divagants. Un coup d'épée avait tranché son surcot et démaillé son haubert depuis la poitrine jusqu'à l'aine. Le chevalier qui avait pris ses rênes et chevauchait à son côté se pencha vers Renaud.

— N'ayez crainte, messire Mazoir, il tiendra jusqu'au camp… Et vous-même, seigneur, vous voulez de l'aide ?

En suivant le regard inquiet du chevalier, Renaud porta la main à sa tempe et grimaça au contact. Il ramena devant ses yeux son gant luisant et rouge de sang.

— Ça ira, dit-il. Occupons-nous plutôt de votre compagnon…

Il poussa son destrier pour venir se poster de l'autre côté du blessé et, l'encadrant ainsi étroitement, ils franchirent le gué. Renaud jeta un dernier coup d'œil en arrière. Au moins, il n'avait perdu personne… Le jour se levait à peine, et la journée promettait d'être longue, quelle que soit la décision de Foulque.

Les nouvelles étaient bonnes. Depuis deux jours, les armées du roi restaient cantonnées au sud du Fleuve du Chien, sans oser un nouvel affrontement, ni faire demi-tour. Le comte Pons congédia le messager d'un hochement de tête, roula le parchemin et, sans se préoccuper de la dizaine de convives réunis à sa table, il se tourna pensivement vers l'arcade bordant la salle. Au travers des arcs de plein cintre, la pleine lune faisait miroiter une mer d'huile. Après une journée pesante, dans tous les sens du terme, le vent du large rafraîchissait la citadelle du Mont-Pèlerin, son orgueilleuse et imprenable forteresse, jusque dans cette coursive surplombant les remparts. D'ici, on dominait toute la ville de Triple, la campagne environnante et l'immensité de l'horizon.

Conscient des regards braqués sur lui, Pons sourit pensivement, en faisant rouler le parchemin sous sa main, puis jeta un coup d'œil vers son fils Raymond, assis à sa gauche. Il y avait trop de monde, trop d'oreilles indiscrètes pour qu'ils puissent parler librement, évoquer la situation dans laquelle se trouvait Foulque et le dilemme auquel leur ennemi était désormais confronté. Attaquer en force le comté de Triple soulèverait contre lui tous les barons de Terre sainte. Lever le camp équivaudrait à un aveu de faiblesse. D'un jour à l'autre, sans nul doute, le nouveau roi n'aurait plus d'autre choix que de lui adresser une ambassade pour tenter de le fléchir.

Pourquoi pas…

Il y avait de bonnes terres à prendre au sud. Tout autant que sur sa frontière nord, où Alix était prête à lui concéder la ville épiscopale de Valénie. Il suffirait de bien jouer sur les deux tableaux…

— Quelque chose vous tracasse, Votre Grâce ?

Le comte sourit à Alix, et à tous les visages anxieux tournés vers lui.

— Au contraire, ma chère. Notre démonstration de force semble avoir porté ses fruits. Il n'y a pas eu de nouvel affrontement.

— Ce Foulque n'est qu'un lâche ! intervint Guillaume de Saône d'une voix pâteuse. J'étais certain qu'il n'oserait pas s'opposer à vous, Votre Grâce.

Pons le toisa d'un air qui suffit à faire disparaître le sourire triomphal de son interlocuteur puis, se levant brusquement de table, il alla s'appuyer à deux mains sur la balustrade de l'arcade et inspira l'air nocturne. Le parfum subtil des jardins de Triple s'y mêlait à celui, plus capiteux, des cultures de cannes à sucre, dans la campagne alentour.

— À présent, dit-il en se retournant, c'est à vous de jouer, ma chère. Tant que l'armée du roi sera bloquée à ma frontière, vous aurez les mains libres pour reprendre la princée.

— Je ne doute pas que j'y parviendrai, grâce à l'aide du seigneur Guillaume, ajouta la jeune femme, avec un sourire qui pansa un peu l'orgueil froissé du châtelain de Saône.

— Et avec l'aide de Josselin d'Édesse, intervint le jeune Raymond. Foulque doit comprendre que tous les États d'Orient sont ligués contre lui, et en votre faveur, Votre Altesse.

Alix remercia le jeune comte d'un sourire, et saisit du coin de l'œil la réaction de son père. Lui d'ordinaire si dur semblait ravi de cette intervention.

— Mon fils a raison ! s'exclama Pons. Il faut que Josselin soit de l'affaire, même symboliquement… Mais laissons cela. Il vous faut agir vite. Les armées du Royaume ne resteront pas indéfiniment plantées sur cette plage, l'arme au pied. Je suggère que vous vous mettiez en route dès demain.

— Avant le soir, nous serons à Saône, répondit le seigneur Guillaume d'un ton sec. Et dans deux ou trois jours, j'aurai regroupé mes bannières à Château-Rouge, à dix lieues d'Antioche.

Alix allait reprendre la parole lorsqu'une nuée de serviteurs se répandit dans la coursive pour s'affairer autour de la tablée. La plupart desservaient les plats ou remplissaient de vin les gobelets sans qu'elle y prête garde, mais quelque chose attira soudainement son attention. Elle releva les yeux et réprima aussitôt un cri d'effroi. En face d'elle, au-dessus de l'épaule de Guillaume de Saône, Païtsare la regardait fixement, de ses yeux jaunes qui semblaient brûler d'un feu intérieur. De nouveau, ce fantôme surgi de nulle part ! Dès que leurs regards se croisèrent, le spectre de la servante tendit la main et désigna quelque chose derrière sa maîtresse. Alix se retourna d'un bond. Une main dissimulée sous sa livrée, un serviteur syrien s'approchait de Pons, toujours abîmé dans sa contemplation pensive.

— Seigneur, prenez garde !

Le cri d'Alix fit sursauter le comte ainsi que l'homme qui s'approchait de lui. Cela ne dura guère. La main jaillit de sous la tunique, brandissant un long poignard courbe, et l'homme se rua vers Pons en poussant un hurlement terrifiant. Ce dernier recula vivement, buta contre la palissade et tomba à terre, à l'instant même où son agresseur l'atteignait. D'un geste réflexe, le comte leva le pied et frappa le Syrien au ventre, d'un coup qui le fit reculer. Mais alors que Raymond et les autres avaient dégainé leurs dagues et se précipitaient sur lui, le tueur se rua de nouveau à l'assaut. Dans le même temps, Alix perçut une ombre, aussi vive qu'une rafale de vent, qui semblait passer au-dessus de la table et voler droit vers les deux hommes. Pons avait levé la main en un geste désespéré pour se protéger, mais au moment précis où le poignard s'abattait l'ombre se matérialisa devant l'agresseur et le rejeta en arrière, par-dessus la rambarde. Il y eut un choc sourd, atroce, lorsque le corps s'écrasa en contrebas des remparts, puis un brusque silence pétrifié.

Alix tremblait convulsivement, les yeux écarquillés, le visage pâle comme la mort. Pons passait ses mains sur son visage, son torse, semblant avoir du mal à croire que son assaillant ne l'ait pas touché. Auprès de lui, Raymond tournait la tête en tous sens, la dague brandie. Puis la coursive s'emplit de cris et de chaos lorsque les gardes de Triple réagirent enfin. Les uns saisissaient les serviteurs terrifiés et les jetaient à terre, d'autres se pressaient autour du comte.

Alix fit volte-face vers Guillaume de Saône. Derrière lui, Païtsare avait disparu. Le fantôme de Païtsare, une fois encore apparu pour la sauver d'un danger imminent. Païtsare qui avait été cette ombre volant au-dessus de la table pour faire basculer le tueur dans le vide, avant de disparaître, comme une fumée dans le ciel. Le simple fait de formuler une telle aberration lui semblait à la fois insensé et terrifiant. Pourtant, c'est ce qu'elle avait vu. Païtsare, une fois encore, morte depuis des mois mais qui ne cessait de la hanter… Dès qu'elle ferma les yeux, elle revit son regard perçant, son bras tendu pour désigner le meurtrier, et un détail dont elle n'avait eu conscience sur le moment la fit sursauter. La croix arménienne qu'elle avait fait tatouer sur son bras était devenue noire, comme brûlée…

Le seigneur de Saône la dévisageait, blême et balbutiant, frappé par l'expression terrifiée de la jeune femme.

— Comment… Comment avez-vous su ? dit-il.

— L'ombre, murmura-t-elle, vous l'avez vue ?

— Quelle ombre ?

Pons s'était relevé, entouré de son fils et de gardes en armes. Seuls Alix et le seigneur Guillaume étaient restés assis. Tous les autres s'étaient vivement écartés de la table et se pressaient contre le mur. Les hommes avaient eux aussi dégainé leurs dagues et protégeaient leurs dames, comme si d'autres meurtriers hurlants allaient surgir du néant. Alix glissa ses mains tremblantes sous la table et les serra contre ses cuisses en s'efforçant de reprendre le contrôle d'elle-même.

— Cet homme était sûrement un nizarite, reprit Guillaume de Saône. L'un de ces assassins prêts à se sacrifier pour remplir leur mission. Je les connais bien, ils sont en train de s'installer dans les montagnes, à quelques lieues de mon fief. Croyez-moi, s'il y en avait un, il doit sans doute y en avoir d'autres…

— Ne craignez rien, messire Guillaume, tous les serviteurs mahométans seront dûment questionnés, intervint Pons en revenant vers eux. Et croyez-moi, ils parleront…

Le comte tendit la main pour aider Alix à se lever et s'inclina devant elle.

— Madame, votre intuition m'a sans doute sauvé la vie. Je suis à jamais votre débiteur. À présent, permettez-moi de…

— Père, pardonnez-moi, mais le seigneur Guillaume a raison, l'interrompit Raymond de Triple. Cet assassin n'a pu agir seul. Tant que nous n'aurons pas démasqué ses complices, vous êtes en danger. Quittons au moins cette coursive…

— En danger, dans mon propre château !

Le comte balaya du regard le rang des serviteurs à genoux, sous la garde de ses chevaliers. Tous, hommes et femmes, baissaient la tête et se lamentaient. Certains parmi eux pouvaient cependant être des Assassins…

— Venez, ma chère, reprit-il. Je crains malheureusement que mon fils ait raison.

Alors qu'ils quittaient la salle, ni Alix ni Pons ne virent l'un des serviteurs relever les yeux pour observer la princesse avec un mélange de crainte et d'incrédulité, jusqu'au moment où elle regagna l'abri des murs. La salle attenante bourdonnait d'une agitation désordonnée, comme si la citadelle du Mont-Pèlerin venait subitement d'être assiégée. Partout des hommes d'armes, des chevaliers et des barons s'apostrophant et parlant fort, la main sur la garde de leur épée. Parmi toute cette fièvre, un chevalier portant une cape de voyage et des bottes poussiéreuses se fraya un chemin à travers toute cette presse, jusqu'au comte.

— Un message du seigneur Gauthier de Betran pour Son Excellence !

Des gardes s'interposèrent, mais Pons les écarta. Betran était l'un des bannerets de l'armée de Triple postée sur sa frontière sud, face à l'ost royal.

— Je suis Pons, dit-il. Quel est ton message ?

— Excellence, dit l'homme en tirant de sa ceinture un parchemin froissé qu'il tendit au comte, mon seigneur vous fait savoir que nos espions ont vu le roi Foulque embarquer sur une nef à Béryte, avec un petit groupe de chevaliers.

À un jet de pierre de la poterne de Margat, Guilhem Le Roux s'était assis sur une borne, caressant la tête d'un gros chien noir, l'un de ceux qui tenaient compagnie aux gardes durant les veilles de nuit. Le jour se mourrait dans les dernières lueurs du crépuscule, on ne distinguait plus du pays qu'une masse sombre, parsemée d'arbres et de vallons, devant l'immensité de la mer. Ce ne serait pas encore pour aujourd'hui. Ni ordres ni nouvelles. Sans autre instruction, le chevalier devait organiser les défenses du château, envoyer des messagers à travers toutes les places fortes, villages et casaux du fief pour rassembler les chevaliers et les hommes d'armes. Protéger Margat et le jeune Renaud, l'héritier du domaine, si les armées de Triple envahissaient la princée avant que le Seigneur Renaud revienne. Ou si Renaud ne revenait pas…

— Il reviendra, ne t'en fais pas.

Guilhem sursauta et se retourna vivement. Ni lui ni le chien n'avaient entendu approcher qui que ce soit, et pourtant la voix venait de murmurer à son oreille, comme si quelqu'un avait été assis auprès de lui, et comme s'il venait de formuler ses pensées à voix haute. Il ne vit personne, si ce n'est les gardes, à la poterne, et une femme qui descendait le chemin dans sa direction. Il reconnut en même temps son visage voilé et sa voix. C'était Malaïka, la Persane qu'ils avaient ramené de la forteresse des Assassins. C'était elle qui venait de lui parler à l'oreille. Ce qui était bien sûr impossible.

Lorsqu'elle ne fut plus qu'à quelques pas, le molosse quitta Guilhem et vint lui faire la fête comme un jeune chiot, ce qui était tout aussi impossible.

— Comment fais-tu ?

Malgré le voile qui recouvrait le bas de son visage, Guilhem la vit sourire, et ce sourire le troubla.

— Avec le chien, reprit-il. Comment fais-tu ? D'habitude, il faut les retenir pour les empêcher de se jeter au cou de ceux qu'ils ne connaissent pas.

— Alors, c'est que je le connais, dit-elle.

Le chevalier cherchait encore quoi répondre lorsqu'elle s'assit à côté de lui. Le chien vint poser sa tête sur ses cuisses et elle le caressa distraitement en regardant le coucher de soleil, exactement comme il le faisait avant qu'elle n'arrive.

— As-tu déjà ressenti une présence, alors que tu ne pouvais voir ni entendre quoi que ce soit ? demanda-t-elle d'une voix douce, sans le regarder.

— Eh bien…

— Je parle d'une présence hostile. Une menace. Quelque chose de terrifiant…

Sans que Guilhem eût besoin de chercher bien longtemps, un épisode lui revint en mémoire. Cette nuit aux portes d'Harrenc, quand un cri déchirant avait interrompu le banquet donné par le seigneur du lieu au roi Baudouin. Comme tous ceux qui s'étaient rués au-dehors, l'épée au poing, il avait éprouvé une terreur indicible en parvenant à la porte du château, alors qu'il n'y avait rien… Rien, si ce n'est un cadavre exsangue, réduit à l'état de squelette. Une vision d'horreur qu'il n'était pas près d'oublier.

— Non, tu ne l'oublieras pas. Et c'est aussi bien, car cette horreur rôde encore…

Malaïka désigna le paysage, bientôt plongé dans la nuit.

— Elle est là, quelque part, liée à ton maître d'une façon que j'ignore… Le jour où il devra y faire face, le seigneur Mazoir aura besoin de nous.

— De nous ? s'exclama Guilhem Le Roux. Mais qui es-tu, à la fin ? Une sorcière ?

La jeune femme resta silencieuse, les yeux fixés sur l'horizon. Puis elle détacha lentement son voile et se tourna vers le chevalier.

— Est-ce que j'ai l'air d'une sorcière ?

7. CHÂTEAU-ROUGE

Margat, février 1132

— Pons n'est pas mort. Je croyais que tes fédayins n'échouaient jamais…

— Ne crains rien. Pons mourra, car son destin est écrit. Les nouvelles que je t'apporte ne sont pas bonnes, ni pour les tiens ni pour nos modestes possessions du Djabal Bahra, mais elles le sont encore moins pour cet homme et son comté. Mais tu as raison, nous avons échoué. Pons est en vie, parce que ce soir-là, il a été protégé et cela, mon ami, devrait t'inquiéter bien davantage.

Renaud dévisagea Saïf Ibn Ammar d'un air sombre. En fait de « modestes possessions », les Assassins venaient d'acheter au clan montagnard des Banu'Sulaia le village fortifié de Kadmous. Leur territoire s'étendait, peu à peu. Quant à leur tentative de tuer le comte, ses espions rapportaient toutes sortes d'histoires sur ce qu'il était advenu dans la forteresse. L'un disait que Pons avait proprement occis l'assassin qui avait tenté de l'abattre. Un autre parlait d'une attaque en règle des nizarites sur le Mont-Pèlerin. Un troisième avait évoqué une intervention de la princesse Alix… Tout ce qui était certain, c'est que leur ennemi avait survécu et que rien, désormais, ne pouvait empêcher une guerre entre les royaumes francs.

— J'envoie toujours deux hommes, le savais-tu ? reprit Saïf. Non pas pour qu'ils agissent ensemble, mais pour que le deuxième puisse frapper si le premier échoue.

Renaud émit un rire désabusé et allait répondre, mais l'ismaélien anticipa sa remarque.

— Non, cette fois le deuxième homme n'a rien tenté, parce qu'il savait qu'il serait tué lui aussi avant même d'avoir pu l'approcher, mais aussi parce que ce qu'il a vu ce soir-là était plus important que la vie ou la mort du seigneur Pons.

— Vraiment ?

— Je sais que tu ne crois plus en rien, dit Saïf en souriant. Pas même aux esprits qui hantent cette terre, malgré ce que tu as vécu dans nos montagnes… Et pourtant, c'est ce que mon homme a vu. Pons a été sauvé par un esprit malin.

Le seigneur de Margat hocha la tête, ne songeant plus qu'à écourter cette conversation inutile. Saïf allait lui parler de goules et de sorcellerie, alors que tant de choses requéraient son attention immédiate. Si les armées de Triple se mettaient en marche vers Antioche, son château était lc premier obstacle sur leur route. Pons pourrait aisément le contourner, mais Renaud avait promis à Foulque de les arrêter, au moins le temps que le roi rassemble les barons loyaux de la princée. Trois jours, au moins. Davantage si Guillaume de Saône et d'autres feudataires ralliés à la cause d'Alix se dressaient sur le chemin des armées royales.

— J'aurai besoin d'hommes, dit-il. Peux-tu m'aider ?

— Ah, mon ami, tu l'ignores encore, et pourtant j'ai déjà fait beaucoup pour t'aider ! s'exclama Saïf en souriant. Mais je t'aiderai encore. Mon escorte se battra pour toi, s'il le faut.

Renaud se détourna pour jeter un coup d'œil sur l'esplanade intérieure de sa forteresse. L'escorte du rafiq, une vingtaine de cavaliers, attendait, immobile, alors que tout autour d'eux Margat se préparait à la guerre. Depuis des jours, Guilhem Le Roux avait battu la campagne à travers tous les casaux de son fief. En espérant que tous répondent à son appel, ils ne pourraient guère compter que sur quatorze ou quinze chevaliers, une centaine d'hommes d'armes et quelques poignées d'archers. Bien assez pour défendre la forteresse, mais largement insuffisant pour affronter l'armée de Triple en rase campagne. Vingt hommes de plus, c'était peu, mais mieux que rien…

— Par contre, Malaïka repartira avec moi, ajouta l'ismaélien. Elle sera plus utile hors de ces murs…

Le maître de Margat allait protester, mais il se tut. Depuis leur retour d'Al-Kahf, Renaud n'avait cessé d'être sur la route et de batailler. Il pouvait compter sur les doigts d'une main les journées passées dans son château. Chaque fois, la présence de la jeune femme l'avait pris au dépourvu, de même que sa façon de se comporter avec lui. Quelle que soit sa beauté, la noblesse indolente avec laquelle elle se mouvait et l'ascendant naturel qu'elle semblait avoir sur tous les habitants de la forteresse, il l'avait tout d'abord considérée comme une sorte de préceptrice chargée de l'éducation des enfants, puis comme une invitée de marque, que Saïf avait peut-être voulu protéger en l'éloignant d'Al-Kahf. Mais elle devait être plus que ça. À chacune de ses arrivées, elle était là pour l'accueillir à la poterne, tenant par la main son fils Renaud et le petit Fahd. À chaque souper elle s'asseyait à sa table, participant sans effort aux conversations, parlant même latin avec le chapelain. Avant même qu'il commence à penser à elle, les gens de Margat la considéraient déjà comme la nouvelle maîtresse du château. Et à présent, l'idée qu'elle s'en aille le peinait, même s'il en était le premier surpris. D'un geste familier, il lissa sa barbe grise, mais Saïf l'arracha à ses pensées en le saisissant par le bras.

— Écoute-moi encore, dit-il. Ce qui a protégé le seigneur Pons, ce soir-là dans sa forteresse de Triple, c'était un djinn.

— Et personne ne l'a vu.

— Nul homme ne peut voir un djinn, à moins d'être un initié, ou que le djinn veuille être vu. Les hommes peuvent au mieux ressentir une présence, un courant d'air glacé. L'homme que j'avais envoyé était un fidaïs, instruit dans les arts obscurs et en qui j'ai une confiance absolue. S'il me dit qu'il a vu un djinn tuer son compagnon à l'instant où il allait frapper Pons, je le crois. Et tu devrais me croire aussi. Mais ce qui importe, mon ami, c'est que le djinn émanait de cette femme, Alix d'Antioche. Comprends-tu ce que ça signifie ?

— Pas le moins du monde, avoua Renaud, troublé malgré lui par la conviction de son ami.

Le rafiq prit un moment avant de répondre, le temps de rassembler ses pensées.

— Ton fils Martin a été marqué, et j'ai cru que l'œil jaune du djinn était sur lui, ce qui est à la fois une chance inouïe et un fardeau terrible. Mais peut-être n'a-t-il été marqué que pour être préservé de la malédiction.

Je crois maintenant que l'esprit malin a pris possession de cette femme, d'une manière ou d'une autre. Peut-être est-ce le djinn qui la domine, peut-être est-ce l'inverse et que c'est elle qui s'en sert, même sans le savoir. En tout cas, ce soir-là, c'est la femme Alix qui a sauvé la vie de Pons, en libérant l'Invisible. Je crains, mon ami, que quiconque s'en prenant à elle doive en même temps affronter son démon.

Lorsque Saïf se tut, le connétable resta silencieux, plus accablé que jamais.

— Alors il faudra tuer ce démon, murmura-t-il enfin… Si tant est qu'on puisse tuer un démon.

— Ton fils le pourra, mon ami. Martin pourra le tuer. Si nous empêchons cette femme de le tuer avant.

— Et Malaïka ?

— Oh oui, dit Saïf en lui souriant. Malaïka pourrait le tuer…

Renaud poussa un long soupir, puis s'efforça de sourire à son tour, comme si tout cela était parfaitement normal. Il commençait à tomber une pluie fine, pareille à des embruns chassés de la mer, qui faisait luire la pierre noire des remparts. Alors qu'il s'essuyait le visage du revers de la main, il repensa aux paroles du rafiq.

— Tu parlais d'une nouvelle néfaste pour nous deux et encore plus pour le comte, dit-il. En quoi est-ce mauvais pour Pons, si Alix le défend ?

— Ce n'était pas de cette nouvelle-là que je voulais parler, répondit Saïf en souriant à son tour. Celle-ci vient de mes espions de Mossoul, à la cour de Zengi. L'attabeg a eu vent de la rébellion du comte Pons et il a chargé Sonqor Diraz, l'un de ses principaux généraux, d'attaquer Triple depuis Alep, à la tête d'une armée de Turcomans.

Renaud opina en silence, partagé entre un sentiment de soulagement et la perspective affreuse de voir les Turcs fondre sur une ville quasiment privée de défenses. Si par malheur le comté était envahi, sa chute couperait en deux les terres chrétiennes d'Orient.

— Comme je te le disais, reprit Saïf, d'une façon ou d'une autre le destin de Pons est écrit.

Ils n'étaient pas assez nombreux. En débarquant à Saint-Siméon presque seul, Foulque avait pris un risque insensé, mais Alix devait bien l'admettre, à présent, ce coup d'audace avait réussi au-delà de ce qu'on pouvait imaginer. Aucun des hommes sur lesquels elle croyait pouvoir compter à Antioche, que ce soit le vieux sénéchal Barisan, grand maître des finances de la princée, l'archevêque Raoul de Domfront ou le patriarche orthodoxe Jean, n'étaient de taille à s'opposer au roi de Jérusalem. Des lâches, tous autant qu'ils étaient. Une dizaine de chevaliers à peine servaient d'escorte à Foulque. Le moindre des barons d'Antioche aurait pu l'arrêter avant qu'il atteigne la ville, et le faire disparaître à jamais. À présent, il était trop tard. Foulque réunissait de gré ou de force une armée capable non seulement de défendre la capitale de la princée, mais aussi de dissuader Josselin d'Édesse de faire sa jonction avec les troupes venues de Triple. Si tant est que Josselin ait encore l'intention de s'opposer au roi…

Une bourrasque chargée de pluie vint soudainement cingler les pierres massives de Château-Rouge et fit claquer les bannières aux armes de Saône, tout en haut de la tour où Alix s'était réfugiée. Le temps que passe l'averse, elle se détourna du paysage que le mauvais temps confondait en une même grisaille, jusqu'à la mer au loin. Les armées de Pons devaient venir du sud, par cette plaine, en longeant le littoral. Mieux : elles devraient déjà être là. Chaque heure qui passait affaiblissait leur position et renforçait celle de son beau-frère. Car si Foulque décidait de passer à l'offensive, au lieu d'attendre leur attaque à Antioche, tous ses espoirs seraient ruinés, une fois de plus… Château-Rouge n'était au mieux qu'un fortin, voire un simple poste de guet, réduit à une grande tour à deux étages protégée par une modeste enceinte. Faute de place, la plupart des chevaliers, archers et piétons rassemblés par Guillaume de Saône et ses affidés étaient forcés de camper à l'extérieur de ses murs, sans aucune défense naturelle. Et malgré le renfort de la petite armée qu'Alix elle-même avait pu réunir, ils n'étaient vraiment pas assez nombreux.

Malgré la pluie qui ne faiblissait pas, Alix se tourna une fois encore vers le sud et cette plaine désespérément vide. Encore six ou sept heures de jour pour que les bannières de Triple apparaissent enfin sur la route de la côte. Six ou sept heures avant de souper face à Guillaume de Saône dans la salle commune. L'idée de devoir supporter une soirée de plus ses rodomontades maladroites et sa courtoisie de lourdaud mal dégrossi lui était insupportable. Tout autant que la perspective d'une nouvelle nuit dans cette tour humide et sombre, à devoir affronter seule les démons qui venaient hanter ses longues heures de veille nocturne.

Alix sentit soudainement sa gorge se nouer et des larmes lui venir aux yeux. Ce n'était plus le froid ni la pluie qui la faisaient frissonner, mais une irrépressible vague de désespoir. Si Pons ne venait pas, qu'adviendrait-il d'elle ? Un nouvel exil, le couvent peut-être, ou un mariage forcé avec quelque vassal de Foulque, l'un de ces fervêtus du Sud, toujours à batailler dans son royaume de sable et de pierres ? Et même s'il venait, même s'ils parvenaient ensemble à lui reconquérir son trône d'Antioche, quelle serait sa vie ? Le pouvoir, sans doute, ou du moins l'apparence du pouvoir, entourée d'intrigues et de bassesses, à devoir affronter seule la rouerie des officiers du palais, les lamentations des notables et des prélats, les exigences des barons et les menaces des Turcs, avant l'inévitable mariage qui finirait tôt ou tard par la déposséder de tout… Elle était maudite, voilà la vérité. Maudite par cette sorcière, à Jabala, qui avait fait basculer sa vie dans un gouffre sans fond, sans autre compagne que le spectre hideux de Païtsare. Maudite et condamnée à échouer dans tout ce qu'elle entreprenait, sans aucun amour, sans aucun ami, loin de ses sœurs, loin même de sa fille Constance qu'elle avait rejetée et qui était devenue sa rivale.

Autant tout arrêter. Se jeter dans le vide. Mettre fin à cette existence ruinée, à la folie et au désespoir qui la rongeaient peu à peu… Alix s'approcha un peu plus des créneaux et se pencha pour regarder en contrebas. Ce fut le contact rugueux et froid de la pierre trempée sur sa main qui la fit reculer. Pas ainsi. Pas déjà… Elle s'en écarta vivement et jeta un coup d'œil furtif vers les gardes en faction, massés autour d'un brasero qui fusait et crachotait sous l'averse. Au moins, sous la pluie, ils ne pouvaient voir ses larmes.

Pons allait arriver. Il l'avait promis. Et rien ne pourrait l'empêcher de les rejoindre ici, à Château-Rouge, puis de marcher ensemble sur Antioche.

À hauteur d'homme, l'inanité de leur bravade ressemblait à un sacrifice. Depuis les murailles de Margat, l'armée de Triple pouvait sembler à leur mesure, mais ici, dans la plaine, ils ne pouvaient faire illusion. Pas même à leurs propres yeux. En rassemblant toutes les forces de son fief et en laissant la garde de sa forteresse à une poignée de vieux soldats encadrant une populace armée d'arcs et de frondes, Renaud n'était guère parvenu qu'à aligner quinze chevaliers portant lance et moins d'une centaine de piétons, piquiers ou archers, auxquels venaient s'ajouter les cavaliers laissés par Saïf, dont il ignorait la valeur au combat. En face, Pons déployait sa chevalerie sur trois rangs, derrière lesquels grouillait une foule innombrable de soldats à pied. Leurs oriflammes agitées par la brise de mer ondulaient comme les frondaisons d'une forêt et le grondement des troupes se rangeant en bataille faisait trembler la terre, même à distance. Renaud savait qu'il aurait dû parler à ses hommes, lancer quelque plaisanterie pour soutenir leur moral, mais il n'osait pas même les regarder, de crainte de lire dans leurs yeux une terreur semblable à celle qui le paralysait. Puis il aperçut un groupe de cavaliers qui se détachait de la masse ennemie et galopait à leur rencontre.

— Vous voyez ça, compagnons ? Ils nous envoient des parlementaires ! Vous croyez qu'ils veulent se rendre ?

Renaud avait reconnu la voix de Guilhem Le Roux, bientôt couverte par les rires de ses hommes. Sans un mot, il rabattit la visière dc son casque, puis leva sa lance. Les rires s'arrêtèrent aussitôt. Dans les secondes suivantes, Renaud abaissa son bras et les chevaliers de Margat se ruèrent à l'assaut au grand galop, lance baissée.

À cent perches de distance[1], les émissaires de Pons ne réagirent pas tout de suite. Le temps qu'ils comprennent que la faible troupe qui galopait vers eux leur donnait la charge, qu'ils fassent volter leurs montures et repartent vers leurs lignes, Renaud et ses hommes les avaient rattrapés et en avaient renversé la moitié. La lance serrée sous le bras, Guilhem vit l'un de ceux qui étaient parvenus à s'enfuir basculer soudainement à terre, une flèche dans le dos. Il jeta un coup d'œil par-dessus son épaule et découvrit que les cavaliers nizarites s'étaient joints à leur assaut. Ceux qu'il aperçut chevauchaient au grand galop sans même tenir les rênes de leurs montures et brandissaient leurs arcs à double courbure. C'était la tactique habituelle des Turcomans contre lesquels il avait si souvent combattu. Charger l'ennemi, décocher des flèches et s'enfuir, hors de portée des lances franques, puis faire demi-tour et charger de nouveau. Étrange de voir pour une fois cette manœuvre s'appliquer dans ses propres rangs. Encore plus étrange, sans doute, l'idée de tuer des Francs au côté d'alliés turcs ou sarrasins… Il n'eut pas le temps d'y réfléchir davantage. Emportés par leur élan, les quinze chevaliers de Margat frappèrent comme un coin la ligne de ceux de Triple, qui s'étaient

1. Environ 500 mètres.

à peine ébranlés et n'avaient pas eu le temps de pousser leurs lourds destriers au galop. Sans élan, leurs lances étaient sans effet, et ripèrent sur les longs boucliers de leurs assaillants. À travers l'étroite fente de son ventail, Renaud eut pourtant l'impression de galoper droit sur un mur, contre lequel sa longue lance se brisa, avec une force telle qu'il fut rejeté en arrière, le bras endolori jusqu'à l'épaule, dans un vacarme de fin du monde. Une giclée de sang l'aveugla à demi, alors que la course irrépressible de son cheval le projetait à travers les rangs adverses comme un boulet de pierre jailli d'un trébuchet. Alors qu'il tentait de dégainer son épée, il ressentit les chocs de corps ennemis sur ses jambes, des piques ou des lames le frapper au passage, comme s'il s'était jeté dans les branches d'une futaie, et tout soudain, il n'y eut plus rien. Il avait franchi.

Le temps qu'il reprenne le contrôle de son destrier et relève sa visière, il était cinquante pieds en arrière de la ligne des chevaliers de Triple, sur lesquels l'escouade des nizarites décochait une volée de flèches qui rajouta à la confusion.

— En retraite à dextre ! hurla l'un de ses hommes en passant en trombe.

Renaud éperonna et le suivit au galop. Pour ce qu'il en voyait, une demi-douzaine des cavaliers de Margat seulement chevauchait à ses côtés. Dieu sait ce qu'il était advenu des autres.

À sa grande surprise, nul ennemi ne les suivit. Il vit les nizarites battre en retraite eux aussi, en décochant des flèches derrière eux. En avant, à un demi-mille, ses hommes d'armes et ses archers s'étaient formés en bataille. Ils ne ressemblaient pas à un mur ni à une forêt, tout juste un bosquet, presque ridicule dans l'immensité de la plaine, d'une faiblesse désespérante face à l'armée de Pons. C'est là pourtant derrière ce faible obstacle qu'ils se regroupèrent, alors que ses archers piquaient leurs flèches en terre pour pouvoir tirer plus vite, quand les autres donneraient l'assaut.

— Tu es blessé ? cria Guilhem en pressant son cheval à ses côtés.

Renaud défit la sangle de son heaume et le jeta à terre. Il contempla sa cotte d'armes, lacérée et éclaboussée de longues traces sombres, puis sourit à son homme lige.

— Ce n'est pas mon sang…

— Par Dieu, c'était une belle charge !

— La charge d'une guêpe qui pique un taureau, Guilhem… On les a surpris, mais ça n'arrivera pas deux fois. Pied à terre, mes amis ! Abritez-vous sous vos boucliers !

Au loin, on voyait encore la trouée que leur assaut avait laissée dans les rangs adverses. Cela ne durerait pas. Pons allait faire avancer ses troupes à portée de tir, les accabler de flèches et lancer ses chevaliers, suivis de milliers d'hommes d'armes courant derrière pour achever le massacre. Renaud claqua la croupe de son destrier qui s'enfuit au galop, puis il passa son bras dans les énarmes de son long bouclier normand. Les autres l'imitèrent en silence, la tête basse, et vinrent former autour de lui une mince et courte ligne derrière laquelle s'abritèrent les archers. Les cavaliers nizarites survivants étaient restés en selle, groupés à un jet de pierre en retrait. En les observant, Renaud se souvint d'avoir vu l'un d'eux tomber, au moment où ils avaient tous battu en retraite. Sans doute les Assassins n'étaient-ils que de piètres cavaliers, après tout… Quant à ceux qui avaient survécu, peut-être prévoyaient-ils de charger à nouveau. Peut-être allaient-ils fuir. Quoi qu'ils fassent, ça ne changerait pas grand-chose… Guilhem poussa l'un de ses hommes pour prendre place au côté de Renaud, qui l'accueillit par un sourire.

— On dirait que c'est notre dernier combat, murmura-t-il dans sa barbe sans quitter des yeux l'armée de Triple.

— On s'est déjà tirés de quelques situations désespérées, répondit son ami. Mais cette fois-ci, pour nous en sortir il va nous falloir un bon ange gardien…

Le comte Pons s'était retiré sous sa tente avec quelques-uns de ses barons, laissant à Raymond l'honneur de mener l'ultime assaut. Il était temps que son fils rougisse un peu sa lame et remporte une victoire, certes sans grande gloire, mais que ses hérauts et troubadours ne manqueraient pas de magnifier. Une fois Mazoir tué ou captif, sa forteresse de Margat ne serait pas en mesure de se défendre… Et une fois le fort tombé sous son contrôle, tout le fief reviendrait entre les mains du comte. Une belle prise, avec l'évêché de Valénie, l'abbaye Sainte-Marie, ses innombrables casaux, ses fours et ses moulins. Jamais il n'aurait imaginé gagner autant, pour si peu d'efforts… Le bruit sourd d'un coup de poing, suivi d'un cri de douleur, l'arracha à ses pensées.

— Pas trop fort, dit-il à un chevalier qui se tenait debout à côté de son fauteuil, l'épée à la main. Ce chien va nous être utile…

On avait traîné jusqu'à son tref[1] un cavalier mahométan, tout de noir vêtu. Le seul prisonnier qui soit

1. Grande tente conique servant en campagne ou lors des tournois.

tombé entre leurs mains… Tandis que le chevalier allait calmer les ardeurs des gardes qui l'interrogeaient rudement, Pons l'observa. Sans doute possible, l'homme était un nizarite, de ceux qui s'étaient établis dans la montagne, à la limite du comté. De ceux qui avaient attenté à sa vie… Ainsi, Mazoir s'était-il acoquiné avec ces brigands. Si l'alliance était avérée, voilà qui ternirait la réputation de leurs adversaires, d'un bout à l'autre de la Terre sainte. Tout en supant lentement une coupe de vin frais et sans plus prêter attention à l'interrogatoire, il songea à Renaud Mazoir, avec un délicieux mélange d'amusement et de pitié. Qu'est-ce qui lui avait pris de quitter l'abri de ses murailles pour venir le défier en rase campagne, avec si peu d'hommes ? En lui donnant sa bénédiction, il avait recommandé à Raymond d'essayer de l'épargner, tant pour en tirer rançon que pour le plaisir de lui poser lui-même la question. Mazoir était trop vieux et trop expérimenté pour se laisser aller à une simple bravade. Trop aguerri en tout cas pour croire qu'il pouvait réellement arrêter l'armée de Triple avec une poignée de chevaliers et une piétaille sans valeur. Pons suspendit sa coupe au bord de ses lèvres, puis la reposa lentement, taraudé par une pensée désagréable.

Il ne pouvait y avoir qu'une raison à un sacrifice aussi stupide. Mazoir essayait de le retarder.

— Silence ! cria-t-il brusquement en se levant de son siège.

Ce cri soudain et la mine alarmée du comte firent aussitôt disparaître les sourires, parmi ses bannerets. Le visage en sang et le corps recroquevillé comme une vieille botte racornie par le soleil, le prisonnier s'était mis à parler. L'un des turcopoles[1] syriens au service de Triple était agenouillé à son côté, écoutant avidement les paroles hachées du supplicié.

— Eh bien ! lança Pons quand il se tut enfin. Qu'a-t-il dit ?

— Seigneur, c'est bien un Assassin, confirma l'interprète. Il vient d'Al-Kahf, avec une vingtaine des siens, et leur maître leur a ordonné de se mettre au service du seigneur Mazoir.

— Voilà ! N'est-ce pas exactement ce que je vous ai dit, messires ?

— Ce n'est pas tout, Votre Grâce, reprit le turcopole. Il parle aussi d'une armée envoyée par Zengi pour nous prendre à revers !

Un tumulte de commentaires ponctua cette annonce, que Pons fit cesser d'un geste de la main.

— Seigneur de Pennes, montez en selle et dites à mon fils de ne pas bouger de ses positions.

— Votre Grâce, vous ne pensez tout de même pas que ce chien…

— Faites ce que je vous dis !

Le baron s'inclina et quitta la tente, alors que Pons s'était rapproché d'une table encombrée de fruits, de vaisselle et de pichets, qu'il déblaya d'un revers du bras pour y étaler une carte. Un simple coup d'œil lui confirma ce qu'il avait déjà entrevu. Son armée s'était largement avancée sur la bande côtière s'étirant entre la mer et le Djabal Bahra, à plus de soixante-dix milles[2] de Triple. Si une armée turque surgissait dans

1. Archers à cheval orientaux (turcs, syriens, grecs ou arméniens) au service des croisés.

2. Environ 100 kilomètres.

leur dos, rien ne pourrait les empêcher de marcher sur sa capitale… Tandis qu'il réfléchissait, les autres se rapprochèrent de lui en tâchant de suivre ses pensées. Mais alors qu'il allait prendre la parole, un sergent d'armes pénétra sous la tente.

— Excellence, il y a là une femme indigène qui insiste pour vous parler !

Autour du comte, quelques-uns de ses bannerets se mirent à rire, ce qui l'exaspéra.

— Ce n'est vraiment pas le moment, grommela-t-il. Demande-lui ce qu'elle veut et dis-lui de revenir plus tard…

— Je lui ai déjà demandé, Excellence. Elle dit que c'est à propos de Montferrand, qui serait attaqué…

Un silence glacé succéda aux paroles du sergent. À l'ouest du comté, entre les hauteurs impraticables du Djabal Bahra et du Djabal Akkar, la forteresse de Montferrand contrôlait l'ancienne route de Tortose à Hama, et surtout l'accès à la plaine d'Akkar, la côte et la ville de Triple. L'homme hésita, troublé par les regards interloqués braqués sur lui. Si Zengi avait réellement l'intention d'attaquer le comté, Montferrand était le premier obstacle sur sa route.

— Alors, qu'est-ce que je fais ?

— Tu la fais entrer, imbécile ! lança l'un des barons.

Le sergent fit un geste vers l'extérieur, et deux gardes apparurent, tenant par les bras une Syrienne qu'ils jetèrent à genoux à côté de l'Assassin, sans ménagement, comme s'il s'était agi d'une autre prisonnière.

— Hors de ma vue ! hurla Pons avec une telle rage que les soldats et leur sergent refluèrent précipitamment de la tente.

Sur un signe de tête du comte, un chevalier banneret s'approcha de la femme, l'aida à se relever et l'éloigna du prisonnier. Lorsqu'elle se redressa et qu'elle parcourut du regard leur assemblée, tous eurent la même réaction. Malgré la rusticité de ses vêtements de voyage, elle était d'une beauté saisissante, avec des yeux noirs perçants qui vous saisissaient le cœur.

— Pardonne-les, dit Pons en lui souriant. Tu dis que tu viens de Montferrand ?

— Je ne dois parler qu'au comte Pons de Triple, répondit-elle d'un ton hésitant.

— C'est moi.

La femme eut un mouvement pour s'agenouiller de nouveau, mais Pons la retint par le bras.

— Dis ce que tu as à dire.

— Excellence, c'est le seigneur Amaury de Boccombe qui m'envoie. Je suis au service de dame Bertrande, comme mes compagnes…

— Quelles compagnes ?

— Alors je suis la seule à avoir réussi à passer, murmura-t-elle. Les Turcs ont envahi tout le fief, Votre Grâce. Des cavaliers ont investi tous les casaux alentour, Rafanée, Cartamare, mais le gros de leur armée est devant Montferrand, avec des machines de siège et des chariots, et toute une multitude de soldats… Le seigneur de Boccombe savait que vous marchiez vers Antioche, mais je sais qu'il a aussi envoyé des messagers vers Chastel Blanc, Arima et Triple…

— Tu parles d'une armée, intervint l'un des barons. Combien sont-ils ? Cent, deux cents ?

— Seigneur, au moins deux mille… Sans compter les cavaliers turcomans et des rezzous bédouins à travers tout le pays.

À cet instant, l'Assassin se releva si brusquement qu'il parvint à s'arracher à l'étreinte de ses gardes. Avec un cri de rage, il se rua vers la jeune femme comme pour l'étrangler, mais un chevalier tripolitain le bouscula et, avant qu'il se relève, l'étendit d'un coup du pommeau de son épée. Pons contempla longuement le corps inanimé d'un air horrifié, saisi malgré lui d'un tremblement. Ces hommes étaient de véritables démons, indifférents à leur propre sort et aussi enragés que des loups…

— Emmenez-le ! cria-t-il, avant de faire brusquement demi-tour pour se pencher de nouveau sur sa carte.

Si ce que cette femme disait était vrai, les Turcs pouvaient fondre sur Triple en moins de trois ou quatre jours… À moins qu'il s'agisse d'une ruse. Il se retourna et dévisagea la messagère d'Amaury de Boccombe. Après tout, Foulque était assez retors pour imaginer une telle machination. Mais il aurait envoyé un chevalier, avec un message scellé et toutes sortes de preuves, non pas un Assassin et une Syrienne. Et puis il avait eu lui-même l'intuition d'un danger imminent.

— Tu le savais, murmura la femme sans le quitter des yeux. Tu as eu cette intuition…

— Je le savais ! s'écria Pons. J'ai eu cette intuition ! Seigneur Ogier !

— Votre Grâce ?

— Sautez en selle et rejoignez mon fils. Qu'il se replie immédiatement. Et vous autres, faites lever le camp, nous partons sur l'heure vers Montferrand !

Tout d'abord, ils crurent à une ruse, puis à une marque de dédain. Les chevaliers de Triple se retiraient, laissant la curée à leur piétaille comme si leur modeste troupe n'était même pas digne d'un assaut. Puis ils virent la poussière soulevée par l'armée qui battait en retraite et restèrent près d'une heure sans bouger, abrités derrière leurs boucliers, s'attendant à tout moment à ce qu'une horde hurlante jaillisse des collines pour les submerger.

— Je crois qu'ils sont partis, murmura enfin Renaud Mazoir en rejetant sur sa nuque le camail de fer qui lui couvrait la tête. Toi qui parlais d'un ange gardien…

Guilhem opina en silence, aussi incrédule et méfiant que chacun des survivants. Renaud regarda en arrière, vers sa forteresse de Margat et la plaine qui l'environnait. Il ne vit âme qui vive. Pas même les chevaux qu'ils avaient chassés après leur unique charge. Fugacement, il espéra que son destrier ait eu la bonne idée de rentrer à l'écurie.

— Eh bien les gars, on est bons pour rentrer à pied ! lança Guilhem sur un ton hilare.

Des rires soulagés libérèrent la tension des hommes, qui rompirent la ligne et se mirent à danser, lancer des insultes aux fuyards ou les menacer de leur épée.

— Tu as raison, dit Renaud en lui claquant l'épaule. Ramène tout le monde en nos murs et fais-nous préparer un festin. Je crois qu'on le mérite tous ! Pas vrai, vous autres ?

Une acclamation lui répondit, tandis qu'il faisait signe aux cavaliers nizarites de s'approcher. Celui qui semblait en être le chef poussa sa monture jusqu'à lui et descendit de selle, en signe de respect.

— Quel est ton nom, mon ami ?

— Abdelmadjid, seigneur, à ton service.

— Eh bien Abdelmadjid, tu vas pouvoir ramener tes hommes à Al-Kahf et raconter au seigneur Saïf ce que tu as vu aujourd'hui, et lui porter le témoignage de ma gratitude pour votre vaillance... Mais d'abord trouve-moi un cheval et trois ou quatre hommes d'escorte.

Il tendit le doigt vers la colline qui leur barrait l'horizon, derrière laquelle avait disparu l'armée de Triple.

— Je veux voir où ils vont...

L'ismaélien lança un ordre bref, et l'un des siens mit pied à terre pour venir offrir sa monture au connétable. Quelques minutes plus tard, Renaud avait atteint la crête et faisait signe à son escorte de ralentir l'allure. Inutile de tomber au grand galop sur une arrière-garde de Pons. Prudemment, ils avancèrent au pas jusqu'à ce qu'ils aperçoivent les restes du campement des Tripolitains et, à distance, la poussière soulevée par l'armée en retraite.

Le spectacle était inouï, insensé. Pour Dieu seul savait quelle raison, le comte avait soudainement renoncé à une victoire facile, mais aussi, semblait-il, à sa marche vers Antioche. Ils n'avaient pas pris le temps de démonter leurs tentes, autour desquelles traînaient quelques mules abandonnées, deux chariots et même un troupeau de chèvres, dont le lait et la viande devaient nourrir l'armée en rase campagne. L'espace d'un instant, Renaud se demanda si une telle fuite était l'œuvre de quelque magie opérée par Saïf, mais ses hommes semblaient aussi ébahis que lui.

— Envoie un des tiens à Margat, dit-il en se tournant vers Abdelmadjid, tout en mettant pied à terre.

Dis-leur d'envoyer une escouade de cavaliers pour récupérer tout ça...

Tandis que l'ismaélien donnait ses ordres, Renaud dégaina et s'avança vers un tref de larges proportions, surplombé de la bannière de Triple. Du bout de son épée, il souleva le rideau qui en masquait l'entrée et pénétra sous la tente. Il vit tout d'abord les meubles abandonnés par l'ennemi, le lit de camp du comte, une grande table encore encombrée de vivres, un tapis de prix sur le sol.

— Je t'attendais...

Il reconnut la voix avant d'apercevoir son visage. Malaïka avait pris place sur la chaise de Pons, dans un recoin d'ombre. Elle avança le visage dans le rai de lumière ménagé par le rideau entrouvert et lui sourit.

— Par Dieu, murmura Renaud. Comment est-ce possible... Est-ce toi qui les as fait fuir ?

Avant même qu'elle ait pu répondre, il réalisa à quel point ce qu'il venait d'énoncer n'avait aucun sens. Comment une femme seule aurait pu forcer une armée à battre en retraite ?

— C'est toi qui as choisi de te battre, dit-elle de sa voix basse et chaude. Tu aurais pu rester abrité entre tes murs, mais tu as risqué ta vie pour honorer ta parole. Tu aurais pu mourir aujourd'hui, tu le sais ?

Malaïka se leva et apparut enfin en pleine lumière. Malgré ses pauvres vêtements de voyage, elle était d'une beauté irréelle, presque effrayante. Devant elle, Renaud eut honte de l'épée qu'il tenait toujours à la main, du sang séché qui avait éclaboussé son haubert, honte même de sa vieillesse et de ses rides. Il se sentit épuisé, vidé de ses forces, au point que le simple geste de rengainer son épée lui demanda un effort presque insurmontable.

— Dis-moi qui tu es…

— Voyons, mais tu l'as dit toi-même, tu ne t'en souviens pas ?

Elle eut un sourire amusé, puis quitta la tente du comte. En la rejoignant au-dehors, Renaud vit tout d'abord les cavaliers d'Al-Kahf, réunis autour de la dépouille d'un des leurs, auquel on avait tranché la gorge. Les chevaliers de Triple n'avaient pas voulu s'encombrer de leur prisonnier. Malaïka s'était penchée sur lui et avait posé la main sur son front. Elle resta ainsi un moment, puis elle se releva et leur sourit.

— Il est avec Dieu, maintenant.

Alors, d'un seul mouvement, tous ces hommes rudes s'agenouillèrent devant elle et ployèrent la nuque. Quand elle se retourna vers Renaud, le soleil l'illuminait d'une aura presque aveuglante et le chevalier, lui aussi, tomba à genoux.

— Tu es un ange, murmura-t-il. Tu es mon ange gardien…

— Quelle étrange idée, dit-elle en le regardant. Personne n'a d'ange gardien.

L'instant suivant, elle avait disparu.

8. MALAÏKA

Antioche, mai 1132

— Il est temps, Votre Grâce…

Alix ne se retourna pas. Assise devant un miroir de métal poli, elle prit le temps de vérifier son chignon haut perché, ses lourdes boucles d'oreilles d'or et d'émaux byzantines, ainsi que les traits de khôl qui soulignaient son regard, avant d'étudier le reflet imprécis de celui qui venait de parler. Cette voix. Cette silhouette à la fois massive et déjà un peu voûtée… Bien sûr. Ce ne pouvait être que lui.

— Laissez-nous.

Les servantes se retirèrent aussitôt, mais les gardes se tournèrent vers Renaud, qui confirma l'ordre d'un hochement de tête résigné.

— Le roi a insisté pour que vous ne soyez pas en retard, reprit-il après qu'ils furent tous sortis.

— Laisse-moi te regarder, dit-elle en s'appuyant sur le dossier de son fauteuil pour lui faire face. Tu as encore vieilli, mais ça te va bien. Et puis ce manteau rouge, ce collier d'or de connétable… Tu me fais penser à mon défunt mari Bohémond. Ça fait combien de temps, Renaud ? Deux ans ?

— Le roi…

— Le roi est ici chez moi, et il n'a même pas eu la courtoisie de venir me saluer. Alors il attendra.

Renaud dissimula un sourire en baissant la tête. Ainsi, c'était le rôle qu'elle entendait jouer. Après des semaines de campagne, des jours et des nuits passés à rameuter autour de lui les barons loyaux, à flatter, à négocier puis finalement à combattre les derniers rebelles qu'elle-même, Alix, avait entraînés dans sa sédition, il n'était pas certain que Foulque tolère une telle outrance. Il avait encore fallu partir en campagne contre les bandes de Turcomans de l'émir Saouar jusqu'aux abords d'Antioche, tandis que le roi affrontait les troupes d'Alep à Qinnâsrin[1]. Nombreux étaient ceux, à Antioche ou à Jérusalem, qui avaient insisté pour que la princesse soit au nombre des accusés, ce qui n'aurait été que justice. Mais le roi, peut-être sous l'influence de la reine Mélisende, avait préféré ménager sa belle-sœur. Aujourd'hui, on ne jugerait que des comparses, mais sans doute estimait-il que le fait de devoir assister à la déchéance de ses alliés était une punition suffisante pour celle qui était la cause d'une telle folie.

Folie… En formulant cette pensée, Renaud cessa de sourire. Sans doute y avait-il de cela. Il releva les yeux et croisa son regard. Alix n'avait pas bougé et l'observait en jouant distraitement avec un peigne d'ivoire.

— Je comprends, dit-elle d'un ton soudainement méprisant. J'imagine que c'est toi qui as demandé l'honneur de m'escorter devant les juges ? Maître Renaud Mazoir, qui tient sa vengeance et vient jouir de son triomphe ! Ne nie pas, Renaud ! J'ai appris que Foulque avait l'intention de te donner la princée !

1. Aujourd'hui Al-Iss, à 30 kilomètres au sud-ouest d'Alep.

— Croyez-moi, Votre Grâce, c'est une charge dont je me passerais bien. Et puis je ne ferai office que de régent, jusqu'à ce que la princesse Constance soit en âge de se marier.

D'un brusque mouvement, elle quitta sa table et s'avança jusqu'à lui, si près qu'il recula d'un pas.

— Et moi ? dit-elle en le saisissant par un pli de son manteau de pourpre, afin de l'obliger à affronter son regard. Est-ce qu'il compte me juger, moi aussi, avec tous les autres ?

Renaud saisit son poignet et se dégagea doucement, en s'efforçant de ne pas la brusquer.

— Cela ne dépend que de vous, Votre Grâce. Chacun sait que vous avez voulu saisir le trône d'Antioche de vive force, en ralliant les comtes à votre cause. Nombre d'hommes sont morts pour vous avoir soutenue, et les Turcs ont bien failli profiter de nos divisions. Si vous persistez à provoquer de tels troubles, alors oui, vous serez jugée, et ce sera la prison, ou le couvent…

Il s'interrompit, le temps d'observer l'effet de ses paroles.

— … Mais ce n'est pas ce que souhaite le roi, reprit-il. Tout à l'heure, vous allez siéger parmi les juges, et tenir votre rang. S'il en est ainsi, vous ne serez pas inquiétée, Votre Grâce. Ni vous ni le comte Josselin, ni même seigneur Pons. Mais le roi tient à ce que vous soyez présente, afin que chacun sache que le jugement de Guillaume de Saône et des rebelles sera rendu également en votre nom.

Alix secoua la tête avec un soupir mêlé de mépris et de résignation, puis elle se détourna pour aller ramasser sa cape, qu'elle entreprit de fixer à ses épaules avec des fibules d'or.

— Tu me hais, n'est-ce pas ?… Tu me hais et tu jubiles de me voir vaincue. Pourtant tu m'as aimée, Renaud. Si tu le voulais…

— Non.

La princesse ne dit plus un mot, jusqu'à ce qu'elle ait fini d'attacher son manteau. Quand elle posa de nouveau les yeux sur lui, Renaud crut y discerner des larmes.

— Est-ce parce que notre fils est mort ?

— Non.

— Crois-tu que c'est de ma faute ? Crois-tu que c'est moi qui l'ai fait tuer ? Comment aurais-je pu…

— C'est inutile, Votre Grâce, l'interrompit-il. Mais puisque vous l'ignorez encore, notre fils s'appelle Martin. Martin Mazoir. Et il n'est pas mort. À présent venez, il est plus que temps.

Au soleil couchant, les montagnes devenaient bleues, mauves, noires, sous un ciel immense où l'on devinait déjà les étoiles. Saïf Ibn Ammar était assis sur un rocher surplombant un profond ravin et duquel on dominait toute la région. Il avait quitté seul la forteresse d'Al-Kahf, laissé derrière lui les tâches incessantes de sa fonction, entre les soucis d'approvisionnement du village et de la garnison, l'entraînement des recrues et la formation religieuse des fedayin, pour marcher sans but jusqu'à ce promontoire. Par temps clair, comme ce soir, on apercevait au loin les fumées de Qadmus, que la secte avait achetée quelques semaines plus tôt au clan des Banu'Sulaia. La ville était plus vaste et la forteresse bien plus imposante que le pauvre bastion dont il avait la charge. Bientôt, à en croire Kiya

Buzurg-Ummîd, l'imam nizarite qui avait la charge de toute la Syrie, l'ensemble du Djabal Bahra serait couvert d'un réseau de châteaux et de points fortifiés, avec sans cesse plus d'hommes, plus de routes, plus de villages sous leur contrôle, et tout cela sans verser la moindre goutte de sang. Ou le moins possible…

Acheter plutôt que conquérir. Convaincre plutôt que forcer. C'était ainsi depuis qu'ils avaient échoué à s'emparer de Damas, cinq ans plus tôt, et que des milliers d'entre eux avaient été massacrés par la populace révoltée. Pourtant, cette conquête pacifique n'avait pas de sens, aux yeux de Saïf. Jamais il ne pourrait en parler à quiconque, mais il était convaincu que le plan du Vieux de la Montagne n'aboutirait pas. Il faudrait des années, peut-être des décennies pour que leur territoire soit assez vaste, assez puissant pour résister à tous leurs ennemis, et le temps était justement ce qu'il leur manquait, alors que de toutes parts, il sentait venir un embrasement général. Les Turcs avaient entrepris d'unifier toute la Syrie sous la bannière du sultan, chasser les Francs d'Édesse, d'Antioche et de Triple, et de là marcher vers Damas et Jérusalem. La poignée de forteresses nizarites du Djabal Ansarieh était sur leur route, et la haine de ces nouveaux convertis à peine dégrossis envers les chiites ismaéliens était plus forte encore que celle qu'ils éprouvaient pour les chrétiens.

— Tu as raison, Saïf, la guerre est proche…

Le rafiq sourit et se retourna lentement. Elle était là, surgie silencieusement du néant comme à son habitude, répondant à une pensée qu'il n'avait pas formulée à voix haute, pareille à une apparition dans la lumière cuivrée du couchant.

— Malaïka…

— Tout ce que nous pouvons faire, c'est gagner un peu de temps, poursuivit-elle comme s'ils conversaient depuis des heures. Chaque jour sans guerre est une victoire contre les démons, même si chaque nuit les renforce. Tu le sais mieux que personne, cher Saïf. Et tu ne devrais pas rester là après le coucher du soleil…

— Ah oui, les démons… J'ai essayé d'envoyer des hommes à leur recherche, sais-tu, fouiller chaque grotte, chaque bosquet, mais c'est comme s'ils disparaissaient durant le jour. Après tout, qu'ils viennent ! Au moins, je pourrai les combattre.

Malaïka posa sa main sur la joue de l'ismaélien, puis elle vint s'asseoir à son côté, en contemplant comme lui les derniers feux du couchant.

— Tu les combats déjà, Saïf. Tu es un être de Dieu. Cela, au moins, tu l'as compris ?

Le rafiq ne répondit pas. La soirée était douce, mais au contact de la jeune femme, il se sentit glacé jusqu'aux os, le corps saisi de tremblements qu'il ne pouvait refréner.

— Renaud, lui aussi, est un être de Dieu, reprit-elle. Lui et quelques autres… Et mon devoir est de vous aider.

Elle sourit et se tourna vers lui.

— … Moi et quelques autres.

D'un brusque mouvement, Saïf arracha sa main et se leva pour s'éloigner de quelques pas, en tentant de retrouver son calme. En vain.

— Mais il y a tant de mal ! cria-t-il en se retournant. Tant de peines, tant de souffrances ! Tu ne vois pas que le pays tout entier est en guerre ? Chrétiens contre chrétiens, musulmans contre musulmans, chrétiens contre musulmans, tous pris d'une frénésie guerrière sans limites ! Tu parles du seigneur Renaud ? Le jour viendra où je devrai le combattre, tu comprends ? Le combattre parce que c'est un Franc et qu'il n'a rien à faire ici !

— Et toi, qu'as-tu à faire ici, Saïf le Persan ? Pourquoi as-tu quitté les montagnes d'Alamut pour cette terre lointaine ? Crois-tu que ce soit pour une autre raison que Renaud et tous ces croisés sont là ?

Du bout du pied, elle frappa une pierre qui roula jusque dans le précipice, avec des claquements qui résonnèrent longuement dans la quiétude du soir.

— Il n'y a rien ici, dit-elle. Que des pierres et des arbres secs et tordus. Est-ce pour ça que tu es venu ? Bien sûr que non. Tous, vous êtes là parce que Dieu vous a appelés, même si bien peu d'entre vous en ont vraiment conscience. Vous êtes là parce qu'une guerre se déroule, en ce moment même, sur cette terre. Non pas la guerre des hommes, qui n'en est qu'un écho lointain, mais celle que les créatures du Malin livrent depuis l'aube des temps pour submerger toute forme de vie terrestre. Une guerre, Saïf, qui renaît en ce moment même et qui ne finira peut-être jamais…

Le rafiq ne répondit pas, et qu'aurait-il pu répondre ? Un long silence s'installa entre eux, alors que les dernières lueurs du soleil frangeaient d'or la ligne des roches lointaines.

— Renaud et les siens sont persuadés de défendre la Terre sainte, murmura Saïf. Mais pour ce que j'en ai vu, cette terre est plutôt maudite…

— Sainte ou maudite, ce ne sont que des mots, répondit Malaïka. Les mots des hommes, et non les mots de Dieu.

— Je ne comprends pas. À t'entendre, il n'y aurait ni bien ni mal.

— Le bien, le mal… Je vois que tu ne crois pas à ton propre enseignement, rafiq Ibn Ammar. Le mal fait partie de Dieu, tout comme le bien. La lumière comme la nuit, les anges, les hommes, les djinns et même les démons. Crois-tu qu'il y ait une seule créature sur terre, un seul insecte, une seule pousse de lierre qui ne soit une créature de Dieu ? C'est ce qu'enseignent vos Da'is : rien n'est vrai, tout est permis.

— Alors pourquoi combattre ? cria Saïf, dont les yeux brillaient de larmes. Pourquoi se battre contre les démons, les goules et tous les monstres de la nuit ?

— Mais parce que c'est le sens même de la vie humaine. Tout est permis, puisque tout fait partie de Dieu, le mal comme le bien. Mais au jour du Jugement, chacun sera mesuré selon ses actions, Saïf, les hommes comme les djinns. Comme il est dit dans le Livre, « des Anges notent par écrit chacun de vos actes et de vos paroles. Ils savent tout ce que vous faites[1] ». Te souviens-tu de la sourate Al-A'Raf ?

— La création d'Adam et la rébellion d'Iblis…

— Les versets 11 et suivants : « Nous vous avons créés, puis Nous vous avons donné une forme, ensuite Nous avons dit aux Anges : Prosternez-vous devant Adam. Ils se prosternèrent, à l'exception d'Iblis qui ne fut point de ceux qui se prosternèrent. "Je suis meilleur que lui, dit le Shaytan. Tu m'as créé de feu, alors que Tu l'as créé d'argile." Allah dit : "Descends d'ici, Tu n'as pas à t'enfler d'orgueil ici. Sors, te voilà parmi les méprisés." "Accorde-moi un délai, dit le Shaytan, jusqu'au jour où ils seront ressuscités." Allah dit : "Tu es de ceux à qui un délai est accordé." »

1. Sourate 82, versets 10-12.

Elle s'interrompit, le temps de laisser Saïf se remémorer les termes de la sourate.

— Iblis Al-Shaytan n'était pas un ange, mais le premier djinn, comme Adam fut le premier homme. Et en s'opposant à Dieu, il s'est opposé aux hommes, qu'il n'a de cesse de détourner de Dieu.

— « Je les assaillerai de devant, de derrière, de leur droite et de leur gauche, récita Saïf. Et, pour la plupart, Tu ne les trouveras pas reconnaissants. »

— « Revêtez-moi de toutes les armes de Dieu, afin de pouvoir tenir ferme contre les ruses du Diable. Car nous n'avons pas à lutter contre la chair et le sang, mais contre les dominations, contre les autorités, contre les princes de ce monde de ténèbres, contre les esprits méchants dans les lieux célestes[1]. »

— Je ne connais pas cette sourate, dit Saïf après un moment de réflexion.

— Ce n'en est pas une. Dieu n'est pas que dans un seul livre… Tu voulais savoir pourquoi il te faut combattre, Saïf ? Simplement parce que ceux qui se sont abandonnés au Malin deviendront ses créatures, jusqu'au jour du Jugement, quand cette terre tout entière aura basculé dans un sens ou un autre.

— Et si tout bascule dans le sens du Shaytan ?

— C'est pour éviter cela que nous luttons, Saïf.

Il faisait nuit, à présent. Les flambeaux avaient été allumés sur les murailles d'Al-Kahf et jetaient leur éclat vacillant à travers les arbres.

— Il faut rentrer à l'abri, reprit-elle d'une voix douce. Plus que jamais, tu dois veiller sur Martin… Plus que jamais.

1. Éphésiens, 6 : 11-13.

Alors qu'elle s'était déjà mise en route, Saïf pressa le pas pour la rejoindre.

— Pourquoi ? Que se passe-t-il ?

— C'est une longue guerre, murmura-t-elle sans se retourner. On ne gagne pas toujours…

Depuis qu'il avait fait une entrée solennelle au bras de la petite princesse Constance dans la salle d'apparat de la forteresse d'Antioche, Foulque gardait le silence, savourant l'instant. Par une modestie toute protocolaire, il s'était installé à la droite du trône, lequel semblait bien large pour une enfant d'à peine six ans. Renaud Mazoir, lui, était assis à la gauche de la petite fille. De part et d'autre, deux marches plus bas, avaient pris place la reine Mélisende et les quelques dignitaires de la princée ou du Royaume qui allaient faire office de juges.

Au bas de la tribune, un héraut d'armes attendait un signe pour lancer son annonce, mais le roi n'avait aucunement l'intention d'épargner à ses ennemis l'angoisse qui devait les étreindre. Foulque ne l'ignorait pas, tous les conjurés étaient rassemblés dans cette salle. Certains tâchant de se faire oublier parmi l'assistance, comme l'évêque Raoul de Domfront, d'autres qu'il avait forcé à prendre place parmi les juges – et ceux-là, ceux qu'il n'avait voulu ou n'avait pu mettre en accusation, devaient vivre un moment détestable –, d'autres enfin enserrés dans des fers, face à lui, baissant la tête sous les regards de tous. À la lueur cuivrée des lustres à huile, seuls au milieu des colonnades de marbre, ils n'étaient qu'une dizaine face à lui, Guillaume de Saône et quelques seigneurs provençaux, tous pieds nus, vêtus d'une simple chemise crasseuse et chargés de chaînes, tels qu'on les avait tirés de leurs geôles. Dans le silence pesant, la détresse de leur mise contrastait cruellement avec l'éclat des hauberts de mailles et des cottes d'armes des barons et chevaliers, les riches étoffes de leurs dames, les caftans brodés d'or et les turbans des mahométans alliés de la princée. Du haut de son estrade surplombée d'un dais frangé d'or et jonchée de tapis persans, Foulque jeta un coup d'œil sur sa gauche, en contrebas. Josselin d'Édesse se tenait au bout de la rangée, raide comme une pique sur son siège, le regard perdu dans le vague. Le roi sourit et résista à l'envie de se tourner de l'autre côté, là où Alix était assise, elle aussi au bout de la rangée, à la gauche de Bernard de Valence, le patriarche d'Antioche. Il avait eu tout le loisir d'observer sa belle-sœur lorsqu'il s'était lentement avancé entre les colonnades, suivi de quelques-uns des grands chevaliers du Royaume, pour rejoindre l'estrade où l'attendait Renaud Mazoir. Alix semblait prostrée, le visage blafard, crispé en un rictus douloureux qui ne parvenait pas à passer pour un sourire. Il s'en était senti presque déçu. À vrai dire, il n'aurait pas été surpris qu'elle choisisse de se tenir parmi les accusés, affronter son jugement et se draper dans sa dignité outragée. C'eût été un drame pour son épouse Mélisende et sans aucun doute l'occasion d'infinis reproches à venir mais, heureusement, Alix avait cédé et se tenait là, reléguée tout au bout de la rangée des juges, comme un hobereau de province invité à la table royale. Une saine humiliation pour celle dont l'ambition démesurée avait mis en danger l'ensemble des terres latines d'Orient. Il n'avait nul besoin de la voir pour deviner que chacune des attentions qu'il prodiguait à la petite Constance devait la faire bouillir intérieurement, d'autant que chaque personne présente dans cette salle, jusqu'à sa propre sœur la reine, était témoin de sa déchéance.

Si, pourtant, un conjuré manquait en la circonstance. Pons… le seul qui ait eu le courage de se dresser réellement contre ses armées… Mais le comte Pons avait eu son content de honte en étant contraint d'appeler Foulque à sa rescousse pour repousser les Turcomans. Un appel à l'aide presque inutile, puisque avant même que l'armée du Royaume se mette en marche vers Montferrand, l'émir Saouar avait soudainement battu en retraite. Dieu seul savait pourquoi Zengi n'avait pas profité de ses premiers succès pour lancer une grande offensive. Qu'importe… Seul comptait cet instant de triomphe.

Foulque se pencha vers la petite Constance en faisant mine de la consulter puis, d'un simple mouvement des doigts, fit signe au héraut de procéder.

— Beaux sires, nobles dames, au nom de Dieu, oyez ! lança l'homme d'une voix forte, après avoir frappé le sol du talon de son bâton ferré. Nous, Foulque, roi de Jérusalem, comte d'Anjou et du Maine, souverain du Royaume, avons été mandé par sa seigneurie la princesse Constance d'Antioche pour rendre justice des crimes de trahison et rébellion contre la princée perpétrés par Guillaume, seigneur de Saône et les chevaliers de sa mesnie ! Qui parlera en son nom ?

Un long silence suivit la question du héraut. Guillaume de Saône lui-même semblait n'avoir aucune intention de se défendre. Comment le faire, sans mettre en cause celle qui siégeait parmi ses juges ? Dans un procès de pure forme, la seule chose qui importait encore était de ne pas déplaire davantage au roi.

Alors que des murmures commençaient à se répandre parmi l'assistance, l'archevêque Bernard de Valence se leva péniblement, en s'appuyant sur sa crosse. Chacun se tut aussitôt.

— Votre Altesse, Votre Grâce, seigneuries, permettez-moi de parler pour ces hommes, avant que vous rendiez votre jugement.

Foulque lui fit signe de poursuivre et, en les voyant, Renaud eut le sentiment d'assister à une pièce dans laquelle l'archevêque, tout comme lui-même, ne faisait que jouer un rôle.

— Nul ne conteste la gravité du crime commis par ces égarés. Lever le glaive contre ses frères, alors que nous sommes environnés de mécréants qui guettent le moindre signe de faiblesse, est non seulement une abomination insensée, mais aussi un péché devant Dieu. Avant tout, nous devons rester unis, car notre désunion ne profiterait qu'à nos ennemis, aux ennemis de Dieu. Voilà pourquoi j'implore cette cour de se montrer clémente, et de ne pas verser davantage de sang. « *Ecclesia abhorret a sanguine*[1] », messeigneurs… Au nom de Dieu et de la sainte Église, je demande qu'ils soient graciés, Votre Altesse, et qu'ils puissent racheter leur faute en combattant les ennemis du Christ.

— Éminence, répondit Foulque en se levant, vos paroles nous ont émus, et je suis certain que le verdict rendu par cette assemblée de justice en tiendra compte. À présent, si tel est le désir de Son Altesse, nous allons nous retirer pour délibérer.

Le roi s'étant levé, la petite Constance posa sa main sur la dextre qu'il lui tendait et quitta l'estrade à son

1. « L'Église a horreur du sang. »

bras, suivie de l'ensemble des juges. En passant devant sa mère, la princesse ne put s'empêcher de lui jeter un coup d'œil inquiet. Alix ne lui accorda pas même un regard. Elle s'était levée, comme tous ses pairs, mais avec un air absent, comme perdue dans de très lointaines pensées. Elle se laissa entraîner hors de la salle par Mélisende, qui semblait la soutenir par le bras. Alors que Renaud leur emboîtait le pas, il aperçut au pied de la tribune son homme lige Guilhem Le Roux qui lui faisait signe.

— Seigneur, une femme te demande.

— Une femme ? Quelle femme ?

— Je ne sais pas. Une Syrienne. Elle cache son visage sous le capuchon de son caftan. Mais elle a dit que c'était urgent, qu'il fallait qu'elle te parle avant que le jugement soit rendu.

Renaud haussa les épaules et s'apprêtait à rejoindre les autres, lorsqu'une idée l'en empêcha. Une Syrienne en caftan. Peut-être était-ce Malaïka. Malaïka qui avait disparu depuis des semaines, des mois. Longtemps, il avait attendu son retour, jusqu'à finir par douter de ce qu'il avait vécu sous la tente abandonnée du comte Pons. Durant les longues chevauchées qui l'avaient conduit de Margat à Antioche, il avait à chaque instant espéré qu'elle revienne, à chaque instant ressassé ses souvenirs confus. Tous ceux qui étaient là, tous ceux qui avaient vu Malaïka et qui auraient pu confirmer qu'il n'avait pas rêvé, étaient des nizarites, depuis longtemps repartis dans leur repaire des montagnes. Et lui-même, de peur de passer pour un fou, n'avait parlé à personne de la révélation qui l'avait illuminé ce jour-là, pas même à son ami Guilhem.

— Fais vite, dit-il.

Poussant son ami en avant, Renaud se laissa conduire à quelques pas de là, dans une petite pièce attenante à la grand'salle. Dans la lumière jaunâtre d'une fenêtre couverte de papier huilé, une femme leur tournait le dos, vêtue d'un long manteau à capuche qui la recouvrait entièrement. Guilhem attendit à la porte tandis que Renaud s'avançait jusqu'à elle. Il posa la main sur son épaule et elle se retourna brusquement. Le sourire du connétable s'effaça aussitôt et la stupeur le paralysa. Ce n'était pas Malaïka. Ce visage, sous la capuche, était celui d'Alix. Alix qu'il venait de quitter dans la salle d'audience, et qu'il avait vu s'éloigner avec les autres juges ! Avant qu'il ait pu prononcer une parole, l'éclair d'une dague lui trancha la gorge. Guilhem, à la porte, n'avait pas bougé. Il ne réagit que lorsque le connétable s'effondra aux pieds de sa meurtrière, et lui aussi resta interdit en découvrant le visage d'Alix, la dague ensanglantée dans sa main.

— Personne ne peut se mettre en travers de mon destin, dit-elle.

Le chevalier poussa un hurlement et courut se jeter à terre pour soutenir la tête de son compagnon. Renaud avait encore les yeux ouverts, le torse secoué de spasmes, couvert du sang qui s'échappait de l'horrible blessure et se répandait en flaque sur le sol dallé. Il sembla essayer de lui parler, puis sa tête bascula lentement sur son épaule et son corps s'affaissa. Sans hâte, Alix s'écarta et leur tourna le dos, sans chercher à fuir alors que Guilhem appelait à l'aide. Quelques instants plus tard, des gardes du palais faisaient irruption dans la pièce, la main sur la poignée de leur épée.

— Saisissez-vous d'elle ! Ellc vient de tuer le connétable !

Les hommes se précipitèrent vers Alix, l'empoignèrent sans ménagement et la jetèrent à genoux. À travers ses larmes, Guilhem poussa un cri d'horreur. La femme qui se débattait sous la poigne des gardes n'était pas Alix.

— Vois comme le vent a tourné…

Deux pas en arrière, les lieutenants d'Imad ed-Din Zengi échangèrent un regard dubitatif, ne sachant auquel d'entre eux il avait parlé. Peut-être simplement à lui-même… Vêtu d'une armure de lattes protégeant son torse et ses épaules, coiffé d'un simple turban, l'atabeg se tenait droit sur les remparts de briques qui protégeaient Mossoul, balayant du regard la foule en armes qui encerclait sa ville, les mouvements incessants des corps de cavalerie et les silhouettes menaçantes des machines de siège. L'armée du calife de Bagdad obscurcissait les collines et les vergers de sa multitude. Trente mille hommes, selon ses espions. Comment Al-Mustarchid avait-il pu réunir trente mille hommes, après deux batailles au cours desquelles lui-même, Zengi, avait presque tout perdu ?

En quelques semaines, c'était comme si l'empire turc tout entier avait basculé. Alors que Mas'ûd, l'héritier du sultan, attendait la période de deuil convenable pour monter sur le trône de Nishapur[1], son frère

1. Capitale du Khorasan, dans le nord-est de l'actuel Iran, centre de l'Empire seldjoukide.

Toghrul avait tenté de s'en emparer. Profitant de la confusion, les émirats de Syrie et de Perse s'étaient aussitôt rebellés et le calife Al-Mustarchid, jusque-là isolé et que lui, Zengi, s'apprêtait à mettre au pas au terme de ce qui n'aurait dû être qu'une promenade militaire, s'était trouvé soudainement à la tête d'une armée assez puissante pour le battre à deux reprises. À Tikrit, Zengi avait même failli être capturé et avait dû fuir honteusement par le fleuve, en abandonnant son armée encerclée. Et voilà à présent que ces chiens venaient le traquer jusque dans sa ville de Mossoul, comme un renard au terrier.

— Ce n'est qu'un temps d'orage…

Caressant d'un geste distrait sa longue barbe noire taillée en pointe, l'atabeg se pencha un peu plus, pour considérer avec dédain un groupe de sapeurs ennemis qui tentait d'approcher une palissade, sous une pluie de flèches et de pots à feu tirés par des *ziyar*[1], du haut des murs. Il était assez près pour distinguer leurs visages, voir la peur sur leurs traits. Alors qu'il les regardait, l'un d'eux s'effondra dans la poussière, et cette mort soudaine éveilla en lui un accès de rage. Ces hommes étaient des musulmans, et ils l'attaquaient au nom de Dieu, par une sorte d'aberration qui permettait à leurs véritables ennemis d'échapper à l'anéantissement. Tout ça pour conforter le pouvoir de traîtres qui ne cherchaient qu'à satisfaire leurs ambitions ! Écartant les bras, Zengi se redressa et hurla à pleins poumons :

— *Allah yarak !* Dieu vous voit ! Malheur à vous qui trahissez votre foi ! Vous périrez tous, ainsi que

1. Grande arbalète montée sur cadre, tirant des flèches ou des grenades incendiaires au naphte.

vos femmes, vos enfants et vos bêtes ! Vos maisons seront rasées, vos champs semés de sel !

À un jet de pierre en contrebas, les sapeurs turcs levèrent les yeux vers ce fou qui vociférait sur les remparts, et ses lieutenants se précipitèrent vers lui pour l'en arracher. Les murs n'étaient ni assez hauts ni assez bien protégés pour qu'un archer des avant-postes ennemis ne le prenne pour cible.

— Seigneur, au nom de Dieu, ne restez pas là ! cria l'émir Saouar.

Zengi eut un rire désabusé, mais il recula pourtant et vint rejoindre ses officiers.

— Je crains que Dieu se soit détourné de nous, mes amis…

— C'est ma faute, seigneur, répondit Saouar en s'agenouillant devant lui. Si j'avais vaincu le comte Pons à Montferrand…

— Ç'aurait été pire. Nos armées se seraient profondément enfoncées dans les terres franques, nous aurions dû livrer bien d'autres batailles, et pendant ce temps-là ces chiens auraient pris le pouvoir. Non, le Très-haut a voulu que tu échoues, afin que nous ne perdions pas tout. Tu as bien fait de te retirer.

De nouveau, l'atabeg contempla l'immensité de l'armée ennemie. Il y avait quelque chose de véritablement incompréhensible à subir un tel revers. C'était comme si le Très Miséricordieux avait voulu l'éprouver tout en ménageant ses ennemis, comme si l'heure inéluctable du châtiment n'était pas encore venue.

— Notre heure viendra, mes amis, reprit-il d'un ton plus ferme, en s'arrachant à ses pensées. *Bismillah ar-rahman ar-rahim. Ihdina as-sirat al-mustaqim. Sirat al-ladhina an`amta alayhim ghayri al-maghđubi* *alayhim wa la ad-dalin*[1]. Ces égarés seront vaincus, car telle est la volonté de Dieu.

— *Inch Allah*, murmura Saouar.

— En attendant, rassemblez tous les hommes de la ville, armez-les et envoyez-les sur les remparts. S'il le faut, armez les vieillards, les enfants et les femmes. Et Saouar…

— Seigneur ?

— Toi et tes bédouins, vous quitterez la ville, cette nuit, par le fleuve, avec autant de chevaux que possible.

— Seigneur, je veux rester à tes côtés !

Zengi sourit et prit familièrement l'émir par l'épaule, en l'entraînant enfin à l'écart des remparts.

— Tu enverras tes meilleurs cavaliers auprès du sultan, afin de l'informer de ce qui se passe ici, et le prier de venir à notre secours. Et avec les autres, tu attaqueras le camp de ces chiens, cette nuit, et tu mettras le feu à leurs machines de siège. Il leur faudra des semaines pour en construire d'autres, et ainsi nous serons sauvés.

L'émir s'inclina et quitta aussitôt le chemin de ronde pour donner ses ordres. Alors que Zengi lui emboîtait le pas et quittait le chemin de ronde à une allure plus tranquille, son fils Nurad-Din se porta à sa hauteur.

— Sait-il que vous l'envoyez à la mort, père ?

— Qu'importe la mort, puisqu'en fin de compte c'est ce qui attend chacun de nous. Dis-moi une chose, mon fils : si je t'avais donné cet ordre, n'aurais-tu pas obéi ?

1. « Au nom d'Allah, le Tout Miséricordieux, le Très Miséricordieux. Guide-nous dans le droit chemin, le chemin de ceux que Tu as comblés de faveurs, non pas de ceux qui ont encouru Ta colère, ni des égarés. » (Sourate d'ouverture du Coran.)

L'atabeg dévisagea le jeune homme, puis sans attendre sa réponse se remit en marche, avec une moue désabusée.

— La mort, tout comme la vie, est entre les mains de Dieu.

Le corps de Renaud avait été hissé sur une table, dans la pièce même où il avait péri. Les domestiques l'avaient couvert de son manteau rouge et avaient lavé le sang sur les dalles, sans parvenir à effacer totalement une trace sombre que tous ceux qui avaient envahi la chambre à la suite du roi Foulque évitaient soigneusement. Durant un long moment, ce dernier resta auprès de lui, une main posée sur le torse du connétable, tandis que l'archevêque Bernard de Valence administrait l'extrême-onction. Assis à l'écart, Guilhem ne le quittait pas des yeux, guettant le moindre signe sur le visage du souverain. Rien ne transparaissait. Foulque n'avait eu qu'un bref coup d'œil pour la misérable prostrée dans un coin, solidement encadrée par ses gardes, pas un regard pour lui-même. Sans doute n'avait-il rien d'un prince de légende, avec son embonpoint, ses jambes trop courtes et son teint rougeaud, mais il avait appris à ne pas céder à la colère, ni ne jamais laisser voir ce qu'il éprouvait. Autour de lui, les membres de sa suite baissaient respectueusement la tête avec des mines contrites qui, pour certains d'entre eux peut-être, n'étaient pas seulement de circonstance.

— Où est-il ? dit soudainement le roi.

Guilhem ne comprit qu'on parlait de lui qu'à l'instant où il vit le chevalier Guillaume d'Avise – le seul qu'il connaissait parmi toute la suite royale – le désigner au roi.

— Messire Le Roux, bailli de Margat et sans doute l'ami le plus proche qu'avait le seigneur Renaud. Il était là lorsque… Lorsque c'est arrivé.

Guilhem se leva, puis s'inclina gauchement alors que le souverain se rapprochait, en s'efforçant de refouler l'émotion que les simples mots du chevalier avaient fait naître en lui.

— Je connais messire Guilhem, dit le roi en lui prenant la main. Nous nous sommes vus à Harrenc, il y a quelques années. Déjà à cause d'Alix, il me semble…

— Majesté.

— Avez-vous la moindre idée de ce qui a pu pousser cette femme à s'en prendre au seigneur Renaud ? dit-il en désignant la prisonnière.

— Ce n'est pas elle, dit Guilhem en martelant ses mots. Je sais ce que j'ai vu, même si c'est impossible.

Foulque ne répondit pas. Il l'observait, attendant la suite.

— C'est de la sorcellerie, Majesté. La femme qui a tué Renaud, c'était la princesse Alix. J'étais à quelques pas, devant la porte, je ne peux me tromper. Je le jure devant Dieu. Et je l'ai vu changer de visage et se transformer en… En cette fille.

La raison de Guilhem lui-même se révoltait contre ce qu'il venait d'énoncer. Autour du roi, des murmures de protestation s'élevèrent et il vit le patriarche Bernard se signer.

— Paix ! cria Foulque. (Puis, se tournant vers l'archevêque d'Antioche :) Monseigneur, vous avez entendu comme moi. Pensez-vous qu'une telle diablerie soit possible ? »

Bernard de Valence observa un moment le chevalier puis hocha la tête gravement.

— C'est une terre étrange, dit-il à voix basse. Je suis un vieil homme, j'ai vu ici bien des choses effrayantes, depuis des années.

— Nous en avons tous vu, intervint l'un des barons de la suite royale, que Guilhem ne connaissait pas.

— Mais pour autant, reprit l'archevêque en levant la main pour faire taire l'importun, s'il y a eu sorcellerie, qu'est-ce qui nous prouve que c'est cette fille qui a pris l'apparence de la princesse Alix pour mieux approcher ce malheureux, et non le contraire ?

Guilhem baissa les yeux et fouilla sa mémoire à la recherche de quelque preuve irréfutable, sans parvenir à trouver que répondre.

— Nul ici ne met votre parole en doute, mon fils, murmura Bernard de Valence pour que seul le roi et lui l'entendent. Mais Son Altesse la princesse Alix était encore avec moi, il y a un instant, et je vous assure qu'elle n'aurait pu quitter notre compagnie sans que l'un d'entre nous s'en aperçoive. La reine Mélisende elle-même était à son côté.

— Je… Je ne sais pas.

Le patriarche hocha de nouveau la tête puis, prenant Guilhem par l'épaule, il se tourna vers l'assistance et reprit la parole d'une voix plus forte.

— Quand des choses étranges se produisent, qu'il s'agisse d'un acte de Dieu ou d'une diablerie inspirée par le Malin, l'homme de bien doit s'en tenir à la moins extravagante des explications. Si la princesse était avec nous et que messire Guilhem dit l'avoir vue commettre ce crime, c'est que cette femme a pris son apparence. Peut-être par sorcellerie, peut-être simplement en abusant le chevalier par quelque grimage. Vous nous avez dit, mon fils, que vous vous teniez à distance, n'est-ce pas ? Et cette pièce est bien sombre… Une seule chose est certaine, c'est que cette femme, quelle qu'elle soit, a tué le seigneur Renaud. Et ce qu'il adviendra d'elle, sire, n'est pas du ressort de l'Église.

Guilhem cherchait encore éperdument quelque argument pour les convaincre, mais le roi intervint.

— C'est une tragédie, messire Guilhem. Non seulement pour vous et pour le fief de Margat, mais pour la princée et chacun de nos États. J'entends, monseigneur l'archevêque, qu'on fasse donner une messe solennelle en sa mémoire. Quant à vous, mon ami, restez auprès de lui. Je vous enverrai des mires pour qu'ils embaument le corps, afin que vous puissiez le ramener en ses murs. Il avait un fils, n'est-ce pas ?

L'image de Martin passa fugacement dans l'esprit de Guilhem. Martin, le fils de Renaud et d'Alix. Alix qui venait de le tuer. De cela, quoi qu'ils disent, il était certain.

— Oui, sire, répondit-il en se resaisissant. Il se nomme Renaud, lui aussi. Il a cinq ans.

— Alors il y a encore un Renaud Mazoir… C'est bien. Ce sera à vous de veiller sur lui et sur Margat jusqu'à ce qu'il soit en âge de tenir son rang.

— Oui, sire.

Foulque hocha la tête, puis il lui claqua l'épaule et se tourna vers sa suite.

— Messieurs, nous avons un jugement à rendre !

Il se dirigeait déjà vers la porte quand il s'immobilisa brièvement, le temps de jeter un regard vers la prisonnière, recroquevillée dans son coin et comme hébétée.

— Qu’on l’emmène, celle-là, et qu’on la fasse parler, par tous les moyens ! Je veux savoir qui l’emploie. Mais qu’on la garde en vie jusqu’à ce qu’elle soit exécutée publiquement !

9. MÉLISENDE DE JÉRUSALEM

Jérusalem, juin 1135

Rien n'avait changé. Alix aurait pu se croire revenue quatre ans en arrière, sous le règne de son père. La même chaleur écrasante au-dehors et la même fraîcheur dans le palais, empli de la même foule jacassante de courtisans et de solliciteurs. Rien, si ce n'est que Mélisende était devenue reine et qu'elle-même n'était plus qu'une sorte de pestiférée qu'on maintenait désormais à distance. Durant de longs mois, elle n'avait espéré qu'une chose : que sa sœur aînée l'autorise enfin à lui rendre visite à Jérusalem, qu'elle mette un terme au confinement où l'avait réduite Foulque, qu'elle lui redonne sa place, si ce n'était sur le trône d'Antioche, au moins comme membre de la famille régnante ! Et lorsque enfin Mélisende lui avait écrit de venir la rejoindre, la princesse déchue en avait pleuré de joie.

Il y avait de quoi pleurer, en effet, mais de dépit, ou de rage. Son aînée avait changé, à tel point qu'Alix ne la reconnaissait plus. Pas un seul instant, les deux femmes n'avaient été seules. Pas un seul instant, Mélisende n'avait pris le temps de la réconforter, voire de lui parler en tête à tête. Depuis bientôt une semaine qu'elle était arrivée dans la Ville sainte, la princesse n'avait été au mieux que conviée à assister aux réjouissances ordinaires de sa cour personnelle, réduite à la regarder se pavaner devant ses favoris du moment, dans une sorte de joie feinte, toute de commérages et d'ostentation. Elle avait eu la sensation que sa sœur entendait lui faire jouer le rôle de la parente indigne et mystérieuse, mais son mutisme et son agressivité croissante avaient rapidement dissuadé les courtisans de badiner avec elle.

Alix, pourtant, ne pouvait se résoudre à repartir pour Jabala. C'était ici, à Jérusalem, que sa vie pouvait encore reprendre un sens. Depuis l'échec de son coup de force, tous ceux qu'elle avait réussi à rallier à sa cause lui tournaient désormais le dos. Des rumeurs insistantes l'avaient même longtemps accusée de la mort de Renaud Mazoir, bien que Mélisende et le patriarche Bernard en personne eussent affirmé qu'elle se trouvait auprès d'eux à l'heure du crime. La meurtrière du connétable avait été longuement questionnée, torturée, avant d'être écartelée devant les remparts de la ville, sans avoir donné la moindre explication à son geste. La misérable semblait hébétée, privée de sa raison, à peine capable d'articuler une parole sensée, et cette stupeur de demi-folle n'avait fait qu'alimenter les plus noirs échos.

Alix avait eu le temps de penser à ce jour néfaste, mais n'en gardait étrangement aucun souvenir précis, comme si elle-même avait été privée de sa raison. Sans doute la prenait-on à présent pour une sorcière, aussi dangereuse qu'imprévisible, et peut-être était-ce vrai. Ce qu'elle avait vu, ce qu'elle avait vécu, ne pouvait s'expliquer autrement. Quelque esprit malin devait avoir pris possession d'elle et la poussait à des actes insensés, des folies qui lui faisaient horreur, à moins qu'elle ne soit possédée mais plutôt ensorcelée, et que la sorcière soit Païtsare, dont le spectre n'avait cessé de revenir la hanter, bien après sa mort.

Pour autant, depuis que Foulque l'avait condamnée à l'exil dans son douaire de Laodicée, Alix n'avait plus jamais ressenti la moindre présence. Triste sorcière, en vérité, incapable de se sauver elle-même du gouffre dans lequel elle avait sombré, réduite à quémander durant des mois l'aide de sa sœur !

Lorsqu'elle daignait répondre à ses messages, Mélisende faisait preuve d'une froideur qui la blessait, même si Alix elle-même partageait ce mélange de crainte et de dégoût qu'elle inspirait à chacun. Foulque s'était montré clément, avait-elle écrit, et on ne pouvait demander plus. Clément parce qu'il ne l'avait pas fait exécuter, comme ce pauvre Guillaume de Saône ? Clément parce qu'il l'avait exilée, laissant la princée aux mains de Bernard de Valence, un vieillard déjà presque mort, incapable de la défendre ? Déjà, le roi Léon Ier de Cilicie et son fils le prince Mleh avaient osé occuper leur forteresse de Servantikar, l'ancienne Porte Syrienne protégeant l'accès à la plaine à travers les monts Amanus. Déjà, l'émir Saouar reprenait ses rezzous dans tout le Nord, au-delà du Pont de Fer, sans que personne ne réagisse. Elle avait bien essayé d'en parler à Mélisende, mais la reine affectait d'avoir en horreur toute discussion guerrière, qu'elle avait bannie de son cercle. Et puis Antioche était loin, et le Royaume, depuis des mois, vivait en paix.

Alix aurait dû repartir, sans doute, mais les quelques jours passés à fréquenter la coterie de sa sœur, parlant peu et écoutant beaucoup, avaient suffi à lui faire entrevoir quelques failles sous le vernis de façade. Elle et Foulque ne se voyaient presque jamais. Dieu seul savait où le souverain passait ses nuits, toujours par monts et par vaux, mais en tout cas pas dans la chambre de Mélisende, qu'on disait assiégée par de plus pressants que lui. L'information était plaisante, et lui avait donné une raison de rester.

L'après-midi d'une journée étouffante tirait à sa fin, et l'habituelle cour de la reine semblait peiner à entretenir l'atmosphère insouciante qui était de mise dans son entourage. Peut-être était-ce à cause de la chaleur, pesante jusque dans l'atrium ombragé où ils avaient pris place, et qui avait fini par tarir les conversations, quand chacun des gentilshommes et des belles dames admis dans le cercle de la reine suait à grosses gouttes sous ses vêtements chamarrés. Alix était sur le point de prendre congé lorsqu'un homme de belle mise, simplement vêtu d'un bliaut[1] largement délacé, fit irruption dans la cour.

— Ma reine, pardonnez mon retard !

— Eh bien, Hugues, j'espère que tu as une bonne excuse, lança Mélisende. Ou tout du moins une bonne histoire à nous raconter !

Nul sauf Alix ne sembla s'offusquer du tutoiement, dont elle faisait habituellement peu usage, pas plus que de voir le nouveau venu s'asseoir à même le sol, aux pieds de la reine. Puis elle le reconnut : Hugues du Puiset était un cousin éloigné, mais surtout l'ami d'enfance de sa sœur. Mélisende et lui avaient le même âge et avaient grandi ensemble à Jérusalem, jusqu'à ce

1. Robe longue réservée à la noblesse.

que le roi Baudouin le marie à la veuve du seigneur de Césarée et lui donne le comté de Jaffa[1], aux frontières de l'Égypte. Alix se souciait comme d'une guigne de la nouvelle vie de Puiset aux confins du Royaume, et encore moins de la réussite de sa vie matrimoniale, mais l'amitié du comte pour Mélisende, semblait-il, avait pris un regain nouveau…

— Il se trouve, ma cousine, que le connétable Guillaume vient d'évoquer devant le conseil restreint une histoire qui vous amusera peut-être.

— Si vous venez nous parler de batailles et d'intrigues, autant rompre là, mon cher.

— D'intrigues, oui, mais aussi d'amour, ma dame ! L'histoire s'est passée non loin d'ici, à Damas, il y a quelques semaines. Dame Zamarud, la mère de l'atabeg Isma'il, vient de le faire assassiner.

— Sans intérêt. Ils font ça tout le temps.

— Certes, mais ce qui est plaisant, c'est qu'elle a fait tuer son fils pour protéger son amant, que ce même fils s'apprêtait à pendre !

Il y eut quelques rires parmi les courtisans de la reine, mais Mélisende sourit à peine. Elle avait posé la main sur l'épaule de Puiset, ce qui n'échappa guère à l'œil attentif de sa sœur.

— Est-ce pour cela que le roi s'apprête à partir en campagne ?

— Je ne sais, ma mie, si notre sire Foulque a l'intention de se joindre à l'armée, mais ce qui est certain, c'est que le connétable Guillaume de Bures va marcher sur Damas, non pas pour l'assiéger, mais pour la défendre, à l'appel de cette dame Zamarud, qui craint que les

1. Aujourd'hui Tel-Aviv.

Turcs profitent de la confusion de leurs affaires pour tenter de prendre la ville.

— Les Turcs ?

— Zengi, l'atabeg de Mossoul.

Hugues du Puiset sourit, puis jeta un coup d'œil amusé vers Alix.

— Je crois que vous le connaissez bien, ma cousine ?

Le sourire amusé de Mélisende et les murmures d'indignation ravie de sa cour blessèrent la princesse bien plus que l'allusion du comte.

— Mieux que vous, mon cousin, ce qui n'est guère difficile, dit-elle en se levant. Parlez plutôt d'amants, c'est un sujet qui vous est plus familier !

Sans attendre la réaction d'Hugues, elle quitta leur assemblée à grandes enjambées, et parcourut ainsi les vastes salles du palais, le temps de reprendre le contrôle d'elle-même. Elle parvint aux remparts alors que le soleil commençait à décliner et s'arrêta au pied de la tour de Phasaël, dominant la ville. L'incident, en définitive, l'avait amusée. Brièvement, elle s'était de nouveau sentie elle-même, et non plus cette mendiante contrite qu'elle était devenue. Elle avait assez longtemps attendu une aide qui ne viendrait plus. Quelle que soit sa vie désormais, elle ne pourrait plus compter que sur sa propre volonté.

— Tu commences à comprendre, murmura une voix grave. Toi seule es maîtresse de ton destin.

Alix se retourna vivement et sentit tout son être se glacer. Celui qui venait de chuchoter à son oreille était son père, Baudouin. Elle recula contre les larges créneaux du chemin de ronde, incapable de prononcer une parole, ni de détacher les yeux de l'effroyable apparition.

— Personne ne t'aidera. Pas même moi, si tu continues à me fuir…

Pétrifiée par une terreur qui la secouait de tremblements incoercibles, la princesse parvint à tendre la main et toucher le spectre. Elle se recroquevilla aussitôt, fermant les yeux et serrant les poings contre sa bouche pour ne pas hurler. Elle avait senti le bras de son père, l'étoffe de son pourpoint.

— Tu n'as pas encore compris, reprit une voix différente, féminine. Je ne suis pas un fantôme, si c'est ce que tu penses.

Alix n'osait ouvrir les yeux. Cette voix chevrotante, cet accent, elle ne les connaissait que trop.

— Je suis tout ce que je veux être et tout ce que tu voudras que je sois, car nous ne sommes qu'un.

Lentement, elle détacha ses mains de son visage et s'enserra étroitement avant d'oser regarder. Païtsare se tenait à la place de son père, vêtue du voile et de la robe noire qu'elle portait au jour de sa mort, comme à chaque fois qu'elle était revenue la hanter. Peut-être parce qu'il lui était moins effrayant de faire face à une vieille servante plutôt qu'à ce père qui l'avait si longtemps terrifiée, sa frayeur se dissipait peu à peu. Elle parvenait maintenant à ne pas détourner les yeux de ce spectre qui avait lié son existence à la sienne. Non, pas un spectre… C'était elle-même, Païtsare, qui avait pour la première fois énoncé la nature de cet être, capable de prendre toutes les apparences et qui semblait lire en ses pensées. Il était l'un de ceux à qui on appartient. L'un de ceux qu'on ne nomme pas. Les *mluk*. Les djinns.

— Qu'est-ce que tu me veux, djinn ?

— Et toi, qu'est-ce que tu veux ? Retrouver le trône d'Antioche. Régner. Ne plus dépendre de personne.

— Si ce n'est de toi.

— Mais je *suis* toi.

Alix jeta un coup d'œil vers le chemin de ronde. Des gardes du royaume conversaient paisiblement, à un jet de pierre de là, et semblaient n'avoir rien remarqué. Elle les observa durant un moment en prenant de profondes inspirations afin de desserrer l'étau qui lui serrait la gorge, à l'étouffer.

— Est-ce qu'ils peuvent te voir ?

Quand elle se retourna, le djinn avait de nouveau changé d'apparence, et de nouveau elle dut se retenir de ne pas crier. L'homme qui se tenait face à elle, adossé contre le mur rugueux de la tour, était Renaud Mazoir.

— Personne ne me voit à moins que je le désire, dit-il. Certains le peuvent, cependant. Et de ceux-là il faudra te méfier car eux seuls pourraient rompre notre lien.

— En te tuant ?

— Rien ne peut me tuer, hormis un envoyé de Dieu. Mais si notre lien se brise, je redeviendrai une ombre dans la nuit… Et toi… Toi tu perdras l'esprit.

Alix baissa les yeux, puis se retourna pour contempler le coucher de soleil sur la ville basse, jusqu'au mont des Oliviers. De ce Dieu-là, elle était bien éloignée, à présent. La Bible était pleine de paraboles évoquant le démon venant tenter le Christ ou ses saints. Sans doute devrait-elle le repousser, refuser cette aide sacrilège, mais elle n'était pas une sainte.

— Tu dis que nous ne sommes qu'un, murmura-t-elle sans se retourner. Mais je peux te parler, te toucher, te voir.

— Je suis dans ton esprit. Nous n'avons pas besoin de parler, je sais à quoi tu penses.

Dans le même instant, un spasme violent la secoua de la tête aux pieds et, cette fois, elle ne put retenir un cri. Aussitôt, les gardes accoururent, mais ils s'immobilisèrent à quelques pas et, d'un seul mouvement, mirent un genou en terre. Comme elle ne disait rien, le corps tremblant, l'un d'eux se releva et s'approcha d'elle.

— Est-ce que tout va bien, Votre Grâce ?

Lorsqu'elle parvint à répondre, Alix ne reconnut pas sa propre voix. C'était la voix de Mélisende. La robe bleue qui la recouvrait était celle de Mélisende. Elle toucha ses hanches, ses seins, son visage. Elle était devenue Mélisende.

La caravane longeait les montagnes, dérisoire dans l'immensité de la steppe. Ils ne devaient être qu'une centaine, à cheval, à pied ou en chameau. Voilà tout ce qu'il restait de l'armée d'Abû al-Mansûr Al-Mustarchid. Le puissant calife de Bagdad qui avait vaincu Zengi à deux reprises et l'avait assiégé jusque dans sa ville de Mossoul, l'homme le plus puissant de l'Erak[1], capable de dicter sa loi au sultan Mas'ûd, n'était plus qu'un fugitif, abandonné par ses émirs, perdu dans les montagnes iraniennes. Zengi s'était porté en personne auprès de ses éclaireurs, dès que la troupe avait été aperçue et depuis il ne disait mot, immobile sur son cheval dans la

1. En persan « Bas Iran », l'ancien nom de l'Irak.

chaleur aride que le vent ne parvenait pas à faire oublier, les yeux fixés sur ce misérable ruban d'hommes qui s'étirait le long de l'ancienne route royale de Bagdad à Hamadan. Dieu seul savait si les fuyards les avaient vus et n'avaient plus la force de presser l'allure, ou s'ils croyaient encore atteindre Dâimarg avant la nuit. À quelques milles en arrière, l'armée du jeune sultan avançait au pas. Deux mille cavaliers turcomans, dont plusieurs centaines de ghulams vêtus de fer de la tête aux pieds, montant des chevaux caparaçonnés. Ce ne serait même pas une bataille…

Un bruit de cavalcade troubla le silence, et dans les instants qui suivirent, un cavalier turcoman, vêtu d'un caftan brodé et de hautes bottes à la pointe recourbée, sauta à terre et vint s'agenouiller devant lui.

— Seigneur, notre maître le sultan vous prie de le rejoindre sans tarder.

Zengi acquiesça d'un signe de tête et tira sur les rênes de sa monture tandis que le messager remontait en selle et que l'enseigne de l'atabeg levait son étendard pour alerter son escorte. Dès que le détachement eut franchi au galop la première colline, ils aperçurent l'armée, avançant rapidement en deux longues colonnes, sous une forêt de bannières louant le nom d'Allah, infiniment plus nombreuse que la pitoyable troupe du calife. Mas'ûd chevauchait en tête, environné de ghulams portant lances, épées et boucliers, vêtus de lourds hauberts de mailles et de hauts casques coniques surplombés d'une plume d'aigle. Dès qu'il aperçut le groupe de cavaliers, le jeune maître de Bagdad talonna son cheval pour galoper à sa rencontre, aussitôt suivi par une dizaine de ses hommes.

— Eh bien ! cria-t-il lorsqu'il fut à portée de voix. Tu les as vus ?

— À moins d'un mille devant nous, seigneur. Si faibles et étirés le long de la route que notre avant-garde suffirait à les mettre en fuite.

Mas'ûd mit son cheval au pas et vint auprès de Zengi, assez près pour que nul ne les entende. Il décrocha de sa selle une outre d'eau fraîche dont il but à la régalade avant de la tendre à son compagnon. Sous le soleil de plomb, l'un et l'autre étaient en nage, suant à grosses gouttes dans leurs cuirasses de cuir et de fer.

— Le voilà enfin à notre merci, murmura-t-il alors que l'atabeg buvait à son tour. Des mois et des années de guerre vont l'achever, et pourtant je ne sais que faire, mon ami.

Zengi prit le temps de reboucher soigneusement l'outre de peau et la rendit au sultan, tout en réfléchissant à ce qu'il venait de dire. Mas'ûd avait à peine vingt-cinq ans, tout juste quelques années de plus que son fils Nur, et il régnait sur l'immense empire des Seldjoukides, de la Perse à la Syrie. Mais le pouvoir du sultan lui était en principe confié par le calife, qui lui régnait sur les âmes de toute la région. D'un geste, il désigna l'armée, et les centaines d'oriflammes claquant au vent.

— Je comprends ce que tu ressens, seigneur. Toutes ces bannières ne suffiront pas à mettre le Très Miséricordieux de notre côté si nous devions tuer Al-Mustarchid. Et pourtant, *tanri bilir*, nul ne sait mieux que moi à quel point il mérite la mort pour tout le mal qu'il a fait.

Mas'ûd hocha la tête en silence, puis après une courte réflexion, il tira brusquement sur les rênes de son cheval.

— Tu vas mener l'attaque, mon ami. Prends cinq cents cavaliers et tous nos tambours de guerre[1], contourne-les pour leur barrer la route de Dâimarg. Sitôt que tu seras prêt, fais frapper les tambours. Je les prendrai alors à revers avec le reste de l'armée. Essaie de parlementer. Dis-leur que s'ils nous livrent le calife, ils auront la vie sauve.

— Et s'ils refusent, seigneur ?

— S'ils osent résister au sultan, je veux leurs têtes sur des piques, tout le long de la route d'Hamadan. Mais souviens-toi : le calife ne doit pas être blessé.

— J'ai compris, seigneur.

Alors que le sultan tournait bride, Zengi retira son casque entouré d'un turban et s'en essuya le visage. Le soleil était encore haut. Il devait rester trois ou quatre heures avant la nuit. Bien assez pour en finir.

À un demi-mille de là, l'armée de Bagdad s'était arrêtée. Au bout d'un court moment, il vit deux bataillons se détacher de la horde et galoper à sa rencontre. Sur un signe de tête de l'atabeg, l'enseigne se dressa sur ses étriers et leva son étendard à deux reprises. Sans les attendre, Zengi lança son cheval, aussitôt suivi par son escorte, en faisant un large détour pour rester sous la ligne sinueuse des collines. Derrière lui, les cinq cents cavaliers lancés au galop martelaient le sol dans un roulement sourd d'orage, et il n'imaginait que trop la frayeur que devaient éprouver les hommes du

1. Les cavaliers seldjoukides utilisaient des tambours de guerre pour communiquer et pour intimider l'ennemi.

calife en le percevant, puis leur soulagement lorsque la troupe s'éloigna et que le grondement décrut. Cela ne durerait guère. Dès qu'il aperçut au loin le minaret de la ville de Dâimarg, Zengi leva le bras, puis l'inclina vers la droite, et les bataillons, obéissant à une pratique longuement exercée, se rangèrent en ligne sur deux rangs, derrière l'atabeg.

— Les tambours, à moi !

Dix cavaliers, portant chacun deux tambours de cuivre coniques de part et d'autre de leur selle, s'avancèrent devant la ligne.

— En avant, lentement.

L'enseigne leva son étendard et les bataillons se mirent au pas, au rythme lent des tambours, avançant vers le nuage de poussière soulevé par la caravane. Chaque coup, battu en mesure, était comme un coup de tonnerre, qui faisait piaffer les chevaux et résonnait longuement dans la plaine. Et alors qu'ils pressaient progressivement l'allure, le rythme s'accélérait. Lorsqu'ils furent au trot, Zengi distingua la misérable armée du calife qui se mettait en ordre de bataille et une fois encore, comme lors du siège de Mossoul, il se sentit écœuré, bouillonnant de rage à l'idée qu'une fois encore des musulmans étaient prêts à croiser le fer, tuer ou être tués, tandis que les royaumes francs de Syrie ne cessaient de se renforcer.

Parvenu un peu au-delà d'une portée de flèche, l'atabeg leva de nouveau le bras. La longue ligne de cavaliers s'arrêta, les tambours se turent, et ce silence soudain, cette immobilité, lui sembla plus impressionnante encore que leur vacarme. Il n'eut pas à attendre longtemps. Un grondement sourd porté par le vent et un vaste nuage de poussière précédèrent le déploiement de la horde du sultan sur la crête des collines. Alors seulement il talonna son cheval et, suivi de son escorte, s'avança vers l'ennemi, la main levée en signe de paix. Ils parvinrent ainsi à moins de cent coudées[1], sans qu'aucun émissaire ne se détache des rangs adverses, et à l'instant même où Zengi commençait à s'en inquiéter, un cri guttural jaillit de leurs rangs, aussitôt suivi d'une volée de flèches. Avant qu'il ait pu réagir, l'une d'elles frappa l'arête de son casque et ricocha sur les lattes de fer couvrant son épaule. D'autres avaient touché. Il vit son enseigne s'affaisser lentement sur l'encolure de son cheval et basculer à terre, le torse percé de plusieurs traits. Au moins trois de ses hommes avaient également été blessés. Aveuglé par la rage, il dégaina son épée en hurlant et lança son cheval, sans attendre ce qu'il restait de son escorte, et encore moins le renfort de ses bataillons.

À la nuit tombée, la plaine de Daîmarg était jonchée de corps. Ceux qui s'étaient rendus avaient été décapités au sabre. Ceux qui avaient été blessés au combat avaient été décapités au sabre. Même les morts avaient été décapités. À la lueur de flambeaux, les ghulams plantaient leurs lances tous les cent pas et y fichaient les têtes des derniers soldats du calife, le long de la route caravanière, comme un avertissement à tous ceux qui songeraient encore à se rebeller contre le sultan.

Al-Mustarchid contemplait ce sinistre spectacle en chevauchant lentement au côté de Mas'ûd, sans un mot mais sans détourner les yeux. Pas un seul des siens n'avait survécu, et lui n'avait même pas été blessé. Zengi ne s'était pas joint à eux. À l'abri de sa tente,

1. Une coudée arabe vaut environ 50 centimètres.

il s'était défait de son armure de cuir et de fer maculée de sang, démaillée en maints endroits et portant les traces des coups qu'il avait reçus par dizaines lors du combat. Il se lava soigneusement de la tête aux pieds, avec une stupeur croissante lorsqu'il comprit qu'aucune lame, aucune flèche n'avait entaillé ses chairs. Alors qu'il s'était jeté au milieu de ses ennemis, que son cheval avait été abattu dès les premières secondes de l'engagement, qu'il avait continué à s'enfoncer seul dans les rangs adverses même après que ses propres troupes ne soient venues en renfort et qu'il s'était battu comme un forcené, aveuglé par une colère insane qui aurait dû lui coûter la vie, l'atabeg était indemne. Il ne pouvait y avoir qu'une seule explication à un tel miracle. *Al-Majid*, le Très Glorieux, avait étendu sa main sur lui.

— Ma dame ! Vous ne devriez pas être ici sans escorte !

Alix mit quelques instants à réaliser que c'était à elle qu'on parlait, et quelques instants encore à reconnaître le comte Hugues du Puiset, fendant la foule qui encombrait les jardins de la citadelle pour s'avancer jusqu'à elle et lui prendre le bras.

— N'importe qui pourrait se glisser parmi ces gens, souffla-t-il en se penchant vers elle. Tu pourrais être enlevée, ou pire encore…

Elle le regarda dans les yeux, intensément, comme un défi. Mais il ne la reconnut pas. C'était Mélisende qu'il voyait, Mélisende qu'il prenait par le bras et qu'il tutoyait. Elle posa doucement la main sur le torse du comte et lui sourit.

— C'était toi que je cherchais, Hugues.

Le trouble manifeste d'Hugues l'amusa. L'homme, sans nul doute possible, était amoureux de sa sœur, peut-être depuis qu'ils étaient enfants. Elle se demanda s'ils étaient amants. Il n'y avait qu'une façon de le savoir…

— Mélisende, que fais-tu, murmura-t-il. Tout le monde peut nous voir.

— Qu'est-ce que ça peut faire ?

Se hissant sur la pointe des pieds, elle lui baisa les lèvres, puis s'enfuit en riant. Hugues resta interdit, ne sachant que faire. Il reprit conscience du lieu où il se trouvait en voyant s'approcher un groupe de chevaliers, parmi lesquels il eut le déplaisir de reconnaître son beau-fils Gauthier. En découvrant leurs visages fermés, leurs poings crispés sur la poignée de leurs épées, l'agressivité sourde avec laquelle ils l'entouraient, le comte eut un mouvement de recul.

— Comment osez-vous ? grinça le jeune homme en s'avançant vers lui, à le toucher. Non seulement vous salissez l'honneur de ma mère, mais vous trahissez le roi !

Hugues était grand, bien bâti, mais son beau-fils était un colosse, conscient de sa force et aimant en user lorsqu'il déambulait dans la ville, avec ses affidés. Seigneur de Césarée depuis la mort de son père, dix ans plus tôt, il était le fils aîné d'Emma de Choques, que le comte avait épousé en deuxièmes noces. Entre le jeune homme et son beau-père, les relations avaient toujours été désastreuses. Il fallait qu'il soit justement là ce soir, dans les jardins du palais, et qu'il ait vu ça.

— Ce n'est pas ce que tu penses, Gauthier. Ce n'était qu'un baiser amical et je…

— Je sais ce que j'ai vu ! Et croyez bien que le roi et ma mère seront informés de votre trahison !

Le mot fit tout d'abord sourire Hugues du Puiset tant il semblait hors de proportion, puis il en mesura le danger. Le parti des seigneurs du Sud, d'Ibelin, de Japhe et d'Ascalon, entre la mer, le désert et les montagnes de Juda, formait un clan à part, mal vu par les officiers et barons du Royaume. Si ce jeune fou avait l'impudence de l'accuser publiquement de félonie, il ne manquerait pas d'oreilles prêtes à l'écouter.

— Tu parles comme un insensé ! cria-t-il. Je te rappelle que je suis comte de Jaffa et ton père devant Dieu, et qu'à ce titre tu me dois doublement le respect !

Le jeune seigneur de Césarée se tourna vers ses compagnons avec une moue parfaitement odieuse, toute de mépris et de suffisance.

— Mon père est mort depuis plus de dix ans, dit-il en revenant vers lui pour le regarder droit dans les yeux. Il était vice-roi et connétable du Royaume, toute sa vie il a servi le roi avec loyauté. On verra ce que notre sire Foulque pense de la vôtre !

Saïf Ibn Ammar ne parvenait à trouver les mots. Il avait eu pourtant des jours et des semaines pour se préparer, depuis que Guilhem le Roux lui avait écrit. Mais tout ce qu'il avait imaginé, rabâché, revu cent fois dans sa tête en prévision de cet instant lui échappait comme de l'eau entre les doigts. Ses yeux allaient et venaient de Guilhem à l'enfant qui se tenait auprès de lui, vêtu comme un jeune seigneur franc. Depuis quatre ans qu'il vivait à Margat, Fahd avait changé bien au-delà de ce que l'ismaélien aurait pu imaginer.

Il y avait laissé un bambin à peine capable de tenir sur ses jambes, il retrouvait un enfant, guère moins âgé que ceux qui avaient déjà entamé leur formation, et dont le regard profond ne le quittait pas. Les traits de son visage étaient différents, mais son allure, sa chevelure noire et bouclée, sa façon même de le regarder évoquaient irrésistiblement Martin, fils de Renaud Mazoir. Il regretta de ne pas l'avoir emmené avec lui afin de les voir côte à côte. Alors que le silence se prolongeait, Guilhem se pencha vers son jeune compagnon de route.

— Maître Fahd, que va penser votre père ? Veuillez le saluer comme il convient, je vous prie.

— *Salam aleikum*, père.

— *Aleikum salam,* mon fils. Viens m'embrasser.

Le chevalier poussa en avant l'enfant, qui s'avança lentement jusqu'à ce que Saïf le prenne dans ses bras et le serre contre lui.

— Je me suis dit que ça n'avait plus de sens, énonça Guilhem lorsque Saïf se releva. Je veux dire garder Fahd à Margat, alors que sa place est ici. Ce n'est pas ce qu'aurait voulu messire Renaud.

Tenant toujours son fils par l'épaule, Saïf le remercia d'un signe de tête, plus ému qu'il n'aurait pu l'admettre.

— J'ai pris des dispositions pour que Martin rentre avec vous, si vous le souhaitez.

— Non. Je crois que…

Guilhem le Roux hésita durant quelques secondes. L'image de Malaïka traversa son esprit, avec le souvenir des heures sombres. Le retour à Margat, avec la dépouille de Renaud. L'enterrement, dans le cimetière de la chapelle. Les pleurs des enfants, Renaud le jeune et Martin, plus apeurés que tristes, et puis le lent écoulement des jours, alors que la vie reprenait, avec ses joies et ses tracas quotidiens. Malaïka était restée quelques semaines, et ils avaient longuement parlé, souvent. Et puis elle était partie.

— Non, reprit-il. Je *sais* que son destin doit se jouer ici.

Par mesure d'exception, les portes du *diwan*[1] étaient restées grandes ouvertes. Depuis le matin, des crieurs avaient parcouru les rues de Bagdad pour annoncer la nouvelle, et les mamelouks de la garde du palais avaient reçu pour consigne de laisser entrer toute personne, puissante ou misérable, afin que chacun entende et puisse répéter ce qui serait dit. La salle du conseil était trop petite pour accueillir la foule qui s'était pressée pour l'occasion, au grand dam des officiers du palais, peu habitués à une telle affluence, qui se courbaient sur leurs tables en veillant sur leurs calames et leurs parchemins, comme s'ils craignaient qu'on les leur vole. Trônant comme à son habitude sur une estrade richement parée, surplombant cette agitation inhabituelle, Mas'ûd s'était penché vers son vizir, feignant de prêter oreille à d'inutiles recommandations tout en observant Zengi à la dérobée. L'atabeg se tenait face à lui, accompagné de ses lieutenants, entre les deux rangées de ses conseillers. Le regard perdu dans le vague, il s'efforçait de rester impassible, la main posée sur la poignée de son sabre et portant son armure de lattes malgré la chaleur étouffante. Il pouvait bien attendre un peu. Lorsqu'il aurait quitté le *diwan*, Mas'ûd aurait

1. Le cabinet du gouvernement du sultan.

fait de lui l'homme le plus puissant de son empire, presque son égal… Mais il fallait encore qu'il joue sa partie, puisque le public était prêt.

D'un geste de la main, il signifia à son vizir qu'il était temps, et ce dernier se tourna vers la foule en levant les mains pour obtenir le silence avant de déclamer d'une voix puissante la requête déposée par Zengi.

— Le seigneur Imad el-zain Zankay ibnou Takaykh al-zewane, fils d'Aq Sunqur al-Hajib, atabeg de Mossoul et d'Alep, général des armées du sultan, demande humblement audience à Son Excellence le sultan Ghiyath ad-Dîn Mas'ûd, Lumière des Croyants !

Le jeune maître de Bagdad inclina la tête en guise d'assentiment.

— Excellence, commença Zengi d'une voix assez forte pour que tous puissent l'entendre, j'apporte de tristes nouvelles. Tandis que l'estimé Abû al-Mansur Al-Mustarchid, calife de Bagdad, était escorté vers la ville de Damas par l'un de mes officiers, un drame est survenu durant une nuit, alors que nous longions de Djabal Bahra. Le calife a été retrouvé mort dans sa tente, nu et lardé de plusieurs coups de couteau, le nez et les oreilles coupés.

Une rumeur de murmures étouffés ponctua les paroles de l'atabeg. Zengi s'interrompit, le temps que la nouvelle se propage jusqu'au-dehors de la salle, parmi tous ceux qui n'avaient pu entrer. Une rigole de sueur coulait depuis son turban jusque sur l'arête de son nez.

— Le calife était sous ma responsabilité, reprit-il en haussant encore la voix. J'implore votre clémence, seigneur, pour cette faute impardonnable.

Le vizir allait répondre, selon le protocole, mais Mas'ûd se leva, faisant taire aussitôt le brouhaha.

— Seigneur, cette nouvelle affreuse brise mon cœur ! Mais nul ici ne saurait vous en tenir responsable. Tout indique que le saint homme a été victime de la secte des *hashishiyyin* nizarites ! Ne sont-ils pas installés dans cette région ?

— Cela est vrai, Lumière des Croyants ! intervint le vizir sur le même ton grandiloquent. Les nizarites ont des forteresses dans le Djabal Bahra, et on sait qu'ils ont déjà essayé à plusieurs reprises d'imposer leur foi impie par le couteau en s'en prenant aux habitants et aux seigneurs de Damas !

L'assistance se manifesta de nouveau, entre commentaires et imprécations. Il y eut même quelques cris vengeurs, puisque ni le sultan ni le vizir ne semblaient les contraindre au silence, bien au contraire. Seuls les employés du *diwan*, qui s'acharnaient à noter scrupuleusement chaque parole du sultan, s'offusquaient de la tournure habituelle de cette séance.

— Ce crime odieux ne doit pas rester impuni ! lança Mas'ûd. Seigneur Zengi, qu'il soit noté que je vous confie le gouvernement non seulement de Mossoul et d'Alep, mais aussi de toute la Syrie, avec pour mission d'obtenir en mon nom l'allégeance des émirats de Shaïzar, Damas et Homs, soumettre ou détruire les royaumes et comtés chrétiens et venger la mort du calife en écrasant la secte nizarite dans ses montagnes !

— Il sera fait selon votre volonté, Lumière des Croyants.

À la tombée de la nuit, l'atabeg avait quitté Bagdad pour retrouver avec bonheur la fraîcheur de sa tente, en compagnie de ses fils et de ses généraux. Des mois d'une guerre fratricide et inutile venaient de s'achever et le rêve de sa vie pourrait enfin s'accomplir. Pourtant Zengi restait muet, sans partager la liesse de ses compagnons.

— Pourquoi cet air soucieux, père ? demanda Nurad-Din en venant s'asseoir auprès de lui. ? N'êtes-vous pas heureux ?

— Heureux n'est pas le mot, Nur.

— Flatté, alors ! Jamais, dans toute l'histoire de notre peuple, aucun chef de guerre n'aura eu autant d'hommes sous ses ordres, ni autant de terres à conquérir. De quoi batailler durant des années !

— Des années de guerre… Un jour, mon fils, tu comprendras que de telles années ne font que hâter ta mort.

— Tu ne mourras pas, père. Tu soumettras Homs, et Damas, et Shaïzar, et toutes les terres des roumis.

— Oui, je le crois. Et lorsque j'aurai conquis toute la Syrie, tu apprendras un jour que j'ai été assassiné. Le sultan, bien sûr, versera des pleurs et portera le deuil, mais toutes les terres que nous aurons conquises lui reviendront.

— Cela ne sera pas. Je ne le laisserai pas faire.

Zengi eut un sourire sans joie. Il prit son fils par l'épaule et le serra contre lui.

— *Inch' Allah.*

La Haute Cour des liges[1] siégeait à huis clos, dans la salle du chapitre de l'ordre du Saint-Sépulcre.

1. Ou Haute Cour des barons, créée par Godefroy de Bouillon, seule habilitée à trancher les litiges entre les nobles du royaume de Jérusalem.

Contrairement à l'usage, Foulque ne la présidait pas, puisque son honneur, ou celui de la reine Mélisende, était en cause. Il avait pris place parmi les barons dans l'une des places des longues stalles de bois sculpté garnissant les murs sur trois côtés, et laissé le connétable Guillaume de Bures, assisté d'un chevalier de l'ordre du Temple et d'un hospitalier, mener la séance. Ici, qu'il soit simple chevalier ou puissant seigneur, chaque homme comptait pour une voix, et pourtant tous épiaient ses réactions, ne sachant trop quel parti adopter en une si extravagante situation. Le roi, quant à lui, ne cherchait pas à faire bonne figure. Tandis que le connétable énonçait l'acte d'accusation, Foulque toisait d'un air renfrogné les deux hommes qui se tenaient face aux juges, au milieu de la salle capitulaire, surveillés par deux chevaliers de l'ordre du Saint-Sépulcre, des *milites sancti Sepulcri*, portant au-dessus de leur haubert de mailles une cotte d'armes blanche frappée d'une croix latine à double traverse écarlate.

Hugues du Puiset affichait un sourire confiant, voire un certain amusement, comme si les allégations de son beau-fils Gauthier de Césarée, debout à côté de lui, n'étaient que pure folie, ou pure malveillance de la part d'un jeune homme dévoré de jalousie. Ce dernier enrageait d'une telle désinvolture, mais guère moins que le roi, que l'impudence du seigneur de Jaffa commençait à exaspérer. Sans bouger la tête ni le torse, Foulque leva discrètement les yeux vers la galerie, où la reine s'était installée avec quelques-uns de ses gens, ce qui bien sûr était hautement irrégulier. Mais elle était entrée dans une telle rage lorsque Foulque lui avait demandé des comptes, tour à tour hurlante, pleurante, méprisante, comme si c'était lui, son mari et roi, qui avait fauté et non elle, qu'il n'avait osé lui interdire l'accès de la haute cour. Mélisende, au moins, ne souriait pas, drapée dans une indignation hautaine qui avait été jusqu'à présent sa seule défense. Ou plutôt non : c'était Alix, sa sœur, qui s'était chargée de cette besogne. Le jour et l'heure où, selon Gauthier de Césarée, la reine avait échangé un baiser avec le comte Hugues, Mélisende et elle étaient ensemble, loin de là, dans les propres appartements de la princesse déchue. Alix était prête à le jurer devant quelque cour que ce soit. Dès lors, il n'y avait plus grand-chose à dire, si ce n'est à accuser les deux sœurs de parjure.

— Messires, vous avez tous entendu les accusations déposées par le sire de Césarée, conclut Guillaume de Bures. Ce sont des faits graves, établissant s'ils étaient avérés le crime de félonie envers notre sire le roi Foulque. Seigneur Hugues, qu'avez-vous à dire pour votre défense ?

Puiset écarta les mains puis les laissa retomber avec un soupir.

— Messire Guillaume, l'idée même de devoir me défendre d'une telle ignominie serait une insulte, pas seulement envers moi, mais envers notre souveraine, que mon beau-fils, en me visant, a le front d'accuser elle aussi de traîtrise envers son époux… La longue et tendre amitié qui me lie à la reine depuis notre enfance a dû abuser Gauthier, ou lui inspirer quelque complot destiné à me nuire, mais en guise de preuve de ce qu'il avance, il semble que nous devions nous contenter de sa parole – le comte eut un geste méprisant de la main – ou du témoignage des gens de peu qui constituent sa suite…

— Quoi ?

Avec un hoquet de rage, le jeune seigneur de Césarée saisit son beau-père par le bras, avec une telle force que celui-ci faillit en perdre l'équilibre. Dans l'instant, les deux chevaliers du Saint-Sépulcre intervinrent pour l'immobiliser.

— Comment oses-tu nier ! cria le jeune homme d'une voix éraillée en se débattant. Je sais ce que j'ai vu !

— Ce que nous voyons tous, c'est que la rage et l'envie brouillent les sens de ce malheureux ! lança Hugues du Puiset en remettant de l'ordre dans sa tenue.

Le comte attendit que son beau-fils fût calmé, maintenu à l'écart par l'un des chevaliers de l'Ordre, et s'efforça lui-même de retrouver un ton égal.

— Et puisque c'est sa parole contre la mienne, reprit-il en faisant de nouveau face à ses juges, qu'il me soit permis d'appeler moi aussi un témoin, afin qu'il gage de ma bonne foi !

— C'est votre droit, messire Hugues.

— Je vous en remercie. J'appelle donc à comparaître devant cette assemblée notre bon roi Foulque !

Un tumulte succéda à l'annonce du comte. La plupart des barons s'étaient levés. Certains dressaient le poing et lançaient des imprécations devant une telle impudence. D'autres prenaient bruyamment la défense de Puiset. Foulque, lui, était resté assis. De nouveau, il jeta un regard vers la galerie qui les surplombait. Dans la pénombre de la salle capitulaire, éclairée par un seul lustre, il avait du mal à distinguer les personnages qui entouraient la reine. Et comme si elle avait vu ce regard braqué vers elles, Alix avança le buste dans le halo de lumière. Elle était bien là, siégeant à côté de sa sœur et aussi impavide qu'elle. Nul doute qu'elle n'hésiterait pas à prendre la parole, si elle le jugeait nécessaire.

— Messires, permettez-moi de parler, dit le roi en se levant avec un sourire forcé.

— Sire, commença le connétable. Vous n'êtes en aucun cas tenu à…

— Je vous remercie, seigneur Guillaume, mais je sais ce qu'attend le comte. Et puisqu'il le faut, je dirai à cette assemblée que la reine Mélisende et sa sœur, la dame Alix de Laodicée, sont prêtes à jurer sous serment qu'elles étaient ensemble, à l'heure des faits, toutes deux réunies dans la chambre de dame Alix. Et qu'en conséquence la reine ne pouvait se trouver au même moment avec le seigneur Hugues dans les jardins du palais.

Un silence pesant succéda aux paroles du roi, qui se rassit lourdement sans regarder quiconque.

Dans la galerie, Alix observait sa sœur aînée. Mélisende se tenait droite sur son siège, le visage fermé, ne laissant apparaître aucune émotion. Le témoignage de Foulque venait pourtant de sceller un parjure. Certes, Mélisende n'avait pas échangé de baiser avec le comte Hugues ce jour-là dans les jardins, Alix le savait mieux que quiconque. La reine pouvait de bonne foi protester de son innocence et s'irriter de ce qui apparaissait au mieux comme une malveillance, au pire comme un complot. Mais lorsque Alix lui avait proposé de la couvrir, son aînée avait accepté trop vite son aide pour qu'il n'y ait quelque fond de vérité dans les accusations de ce jeune fat. Elle-même, durant les longs après-midi passés à fréquenter la cour de la reine, avait remarqué des gestes, des regards, un ton de voix qui trahissait plus qu'une simple amitié entre Mélisende et Puiset. D'ailleurs, il n'y avait qu'à regarder Foulque pour comprendre à l'évidence qu'une femme aussi belle ne pouvait que rêver d'autres étreintes. Peu lui importait. Enfin Alix triomphait, après tant de mois d'humiliations. Bientôt viendrait le moment d'en tirer profit.

Alors que Foulque continuait à éviter soigneusement les regards, Guillaume de Bures hésita, tout comme ses assesseurs. Nul ne pouvait en conscience remettre en question la parole de la reine, puisque le roi lui-même, en l'énonçant, semblait la cautionner.

— Dans ce cas, commença le connétable, il semble que la Haute Cour des barons ne pourra trancher cette question.

— Puisque c'est ainsi, clama soudainement Gauthier de Césarée, il ne me reste qu'un moyen de prouver ma bonne foi. Le jugement des armes !

De nouveau, un vacarme de commentaires divergents résonna dans la salle capitulaire. Mais cette fois Foulque souriait. Lorsque Guillaume de Bures croisa son regard, un simple clignement d'yeux suffit à donner son assentiment.

— À défaut de preuve et puisque les témoignages sont contradictoires, le duel judiciaire est un recours acceptable, dit-il d'une voix forte, afin de faire taire l'assistance. Que tous ceux qui sont en faveur d'un jugement par combat lèvent la main !

La première main levée fut celle du roi, aussitôt suivie par celle de la plupart des barons.

— Qu'il en soit ainsi ! Le combat aura lieu dans un mois, en la citadelle de Jérusalem. Chacun de vous, messires, aura le loisir de se faire représenter par un champion.

— Ce serait une lâcheté ! lança Gauthier de Césarée. Et je gage que, s'agissant de défendre l'honneur de la reine, messire Hugues ne pourrait concevoir une telle bassesse !

Le comte n'accorda pas un regard à son beau-fils, ni à qui que ce soit. Les yeux baissés, le visage fermé, il se contenta d'acquiescer d'un hochement de tête.

Depuis la galerie haute, Alix avait suivi avec passion chaque minute du jugement, mais c'est à peine si elle en connut le dénouement. Alors que les barons quittaient la pièce et que Mélisende s'était levée, elle aussi, pour regagner ses quartiers, la princesse était restée assise, hébétée et comme vidée de ses forces, si bien qu'elle se retrouva bientôt seule dans la salle capitulaire. Le cœur au bord des lèvres et la tête brouillée par des vertiges, elle parvint enfin à quitter son siège et à descendre l'escalier, en se tenant aux murs. Ce ne fut que lorsqu'elle rejoignit l'air libre, sur le chemin de ronde des remparts, que son esprit égaré put formuler ce qu'elle venait de ressentir aussi violemment. Le djinn l'avait quittée.

Le lendemain Hugues du Puiset avait fui Jérusalem.

10. L'ÉPREUVE

Forteresse d'Al-Kahf, septembre 1135

Ils étaient nus, vêtus de simples pagnes et de sandales, incapables de détacher leurs yeux du trou sombre et béant qui s'ouvrait à leurs pieds, au sommet du toit arrondi d'une citerne. On aurait dit deux frères, presque des jumeaux avec leurs cheveux noirs, drus et bouclés, leur teint hâlé et leur taille comparable. Fahd, sans doute, était un peu plus grand et plus fin que Martin, qui semblait plus râblé et plus fort. Mais ce n'étaient que des enfants, pas même âgés de six ans. Fahd portait un bouclier de cuir trop grand pour lui, Martin un couteau. Rien d'autre. Il avait plu dans la journée, et le vent du soir, encore chargé d'humidité, les faisait grelotter. Autour d'eux, des hommes en noir brandissaient des torches qui crachotaient dans la brise en projetant des ombres changeantes sur les briques de la citerne. Aucun d'eux ne parlait, aucun d'eux n'avait le moindre geste, pas même Saïf. Pas même lorsqu'un jappement aigu, affreux, pareil à un rire insane, jaillit brusquement du puits obscur. Comme ses hommes, le nizarite examinait le visage des deux garçons, essayant de deviner ce qu'ils éprouvaient, au moment de descendre dans ce puits avec leurs armes dérisoires, et d'affronter l'hyène qui y était enfermée. De la peur, certainement. Mais jusqu'à quel point ? Jusqu'au point de céder à la panique et de renoncer à l'épreuve ? Le choix leur appartenait. Ne pas descendre, ne pas affronter ce fauve et ne pas oser rester dans ce trou terrifiant jusqu'à l'aurore, n'aurait d'autre conséquence que de les maintenir une année de plus dans la cour des femmes. En bas, on entendait les grognements de la bête, sans doute apeurée elle aussi, dangereuse et affamée. En bas, ce pouvait être la mort. Mais ce pouvait être une renaissance. En sortant de cette fosse, au matin, ils seraient devenus des *fidais*.

La nuit était presque tombée, on ne pouvait plus attendre. Saïf se racla la gorge pour attirer l'attention des garçons. L'un comme l'autre, ils tremblaient, sans doute aussi à cause du froid. Il ne dit rien, attendant qu'ils se décident, mais il leur adressa un regard interrogateur. Il les vit échanger un coup d'œil puis, d'un seul mouvement, ils hochèrent la tête.

— Jetez deux torches !

Obéissant à son ordre, deux de ses hommes laissèrent tomber leurs torches par l'ouverture, ce qui fit hurler et japper l'hyène. Martin et Fahd s'étaient déjà assis au bord du trou, prêts à s'élancer.

— Veillez à ce que les torches ne s'éteignent pas, murmura Saïf en s'accroupissant entre eux. Le feu tiendra la bête à distance, et il éloignera aussi les scorpions…

Fahd regarda intensément ce père qu'il connaissait si peu. Depuis que Guilhem l'avait ramené parmi les siens, trois mois plus tôt, il ne l'avait vu qu'en de rares occasions, jamais seul à seul. On disait que l'émir Zengi préparait une attaque contre les forteresses de la montagne, et que Saïf passait ses journées à lever des troupes. Peut-être était-ce vrai. Depuis tout ce temps, Martin et lui, malgré leur extrême jeunesse, n'avaient cessé de s'exercer au combat, avec tous les hommes de la forteresse et tous les enfants en âge de tenir une arme. Saïf ne dit rien, mais il soutint le regard de son fils et hocha la tête, avec un sourire tout juste perceptible. Alors Fahd sauta, en serrant son bouclier contre lui. À peine avait-il touché le sol, six coudées plus bas[1], que Martin s'élançait à son tour. Le choc, sur le plancher de briques inégal, fut plus rude qu'il s'y attendait, mais il ne s'arrêta pas à sa douleur et tendit son couteau devant lui. L'hyène avait reculé dans le fond, hors du halo de lumière vacillante des torches.

— Tu la vois ? souffla Fahd à côté de lui.

Martin ne répondit pas. D'un geste rapide, il ramassa l'un des flambeaux sur le sol détrempé, puis promena lentement les flammes autour d'eux, le long des murs. Partout, du sol au plafond, des taches noires, luisantes, parfois immobiles, parfois animées de brusques mouvements, quand la torche passait près d'elles. Des scorpions, par centaines, parfois longs comme la main… Il y en avait jusque sous leurs pieds, qu'il écrasa sous la semelle de sa sandale.

— Prends la torche, dit-il tout bas.

Fahd s'avança d'un pas, se pencha pour ramasser le flambeau et, quand il le releva de terre, ils virent l'hyène, pressée contre le mur, le poil hérissé le long de son échine et montrant les dents en un rictus affreux.

1. Environ 3 mètres.

D'un brusque élan, la bête se jeta en avant, tous crocs dehors, mais Fahd frappa son museau noir et pelé du plat de son bouclier avec un cri de terreur et de rage mêlées. Dans le même instant, Martin tendit sa torche, qui s'écrasa sur l'énorme mâchoire du monstre. L'hyène recula aussitôt, grognant et crachant, dans une odeur infecte de poil brûlé.

— On l'a eue ! s'écria Fahd. Viens, on la tue !

— Non, il faut juste qu'on vive jusqu'à demain. On l'a brûlée, elle nous laissera tranquilles. Si on l'attaque, au mieux on sera blessés, au pire c'est elle qui nous aura…

— Alors qu'est-ce qu'on fait ?

Martin leva les yeux. Le trou par lequel ils avaient sauté était proche, mais hors d'atteinte. Le ciel était déjà sombre. La nuit avait commencé.

— Recule lentement avec moi, dit-il. Fais attention à tes pieds. On va se mettre dans un coin, à l'autre bout…

Avant d'entrer, Foulque s'essuya le visage du revers de sa manche. La chaleur, en ce mois de septembre, était encore étouffante, jusque dans les couloirs du palais. Ce qu'il avait à annoncer à la reine était déjà assez pénible sans se présenter à elle le visage suant, au risque de lui donner l'impression d'éprouver un quelconque sentiment de culpabilité. Ce serait un comble. Depuis que ce maudit Puiset avait été jugé par la Haute Cour des barons et qu'il avait fui comme un lâche au lieu de défendre sa parole les armes à la main, Mélisende lui refusait sa chambre et ne lui adressait presque plus la parole. C'est bien simple, elle agissait en tout point comme si c'était lui, Foulque, qui avait été accusé d'adultère.

Sans doute avait-il mal réagi. Sans doute aurait-il dû lui faire confiance et rejeter avec elle les allégations de Gauthier de Césarée, mais le roi, comme chacun en sa cour, avait remarqué la tendre amitié qui unissait sa femme au comte de Jaffa, et l'accusation avait touché un point déjà sensible. Aux yeux de Foulque, Hugues du Puiset était un personnage arrogant, insupportable et d'une loyauté douteuse, qui se considérait comme l'égal du comte Pons de Triple ou de Josselin d'Édesse, et n'acceptait sa vassalité que du bout des lèvres. En outre, il était beau. Aussi beau que lui était laid. Aussi charmeur avec Mélisende que lui se sentait gauche, emprunté, obéi, certes, comme un époux imposé, mais guère aimé. Avec le temps, Foulque avait espéré que sa jeune épouse finirait par éprouver quelque sentiment à son égard. Lui, en tout cas, était rapidement tombé amoureux de cette femme élancée, à la peau mate et aux cheveux noirs, si différente des donzelles d'Anjou blondes et rougeaudes qui avaient parsemé sa jeunesse. Si différente surtout d'Erembourg, son épouse et la mère de ses enfants, dont la mort quelque dix ans plus tôt l'avait anéanti.

Avec Mélisende, tout était différent. S'il était devenu roi, c'était grâce à elle, et elle ne manquait jamais une occasion de le lui rappeler. La naissance de leur fils Baudouin lui avait fait espérer une forme de bonheur, dans ce pays si dur où rien, jamais, ne semblait définitivement acquis. Jusqu'à ce que tombe cette accusation, aussi humiliante pour la reine que pour lui.

Foulque en avait conçu une rage froide, non seulement parce qu'un adultère le ridiculisait aux yeux de tout le pays, mais aussi parce que Puiset était son homme lige et que sa trahison était aussi une forme de rébellion. Sa morgue, dans les premières minutes du procès devant la Haute Cour des barons, l'avait exaspéré au point qu'il l'aurait volontiers étranglé de ses mains. Et quand l'angoisse avait figé ce sourire hautain, lorsque le jugement des armes avait été rendu, Foulque en avait été écœuré. Comment la reine avait-elle pu s'éprendre d'un lâche qui n'avait pas même eu le courage de se battre pour elle ? La fuite infamante de Puiset en avait fait la risée de Jérusalem, puis la honte.

D'un geste, le roi congédia son escorte, ainsi que les gardes postés devant les appartements royaux. Il aurait pu en rester là. Prendre publiquement la défense de la reine en accablant ce couard. Couard et traître, puisqu'on disait qu'il s'était réfugié à Ascalon, en terre fatimide, sous la protection des Sarrasins d'Égypte. Quand la rumeur s'était confirmée, ses vassaux Baudouin de Rama et Barisan d'Ibelin en avaient été outrés, au point de le désavouer publiquement et de rompre leurs liens d'allégeance. Au moins, la disgrâce d'Hugues du Puiset et la rébellion de ses barons avaient permis à Foulque de mettre la main sur le comté de Jaffa, et de le rattacher à la couronne de Jérusalem. Sans doute était-il vain d'espérer que Mélisende comprendrait cette tournure inattendue des événements, qui méritait bien que le roi tarde à la défendre publiquement… Quoi qu'il en soit, avec ce qu'il venait de se produire, les choses ne risquaient guère de s'arranger entre eux.

Dans un long soupir, le roi poussa la porte et entra. Tout d'abord, les appartements de la reine lui semblèrent déserts, puis il l'aperçut, derrière un moucharabieh, prenant le frais sur sa terrasse tendue de voiles. Et lorsqu'il s'avança, il reconnut la princesse Alix, assise en silence auprès de sa sœur aînée.

— J'ai des nouvelles, dit le roi en pénétrant sur la terrasse. De mauvaises nouvelles, je le crains…

Mélisende ne répondit pas et se contenta de lever les yeux vers lui et de le toiser avec une froideur qui lui fit mal. À la voir ainsi, allongée presque à terre sur un empilement de coussins, devant une table basse damasquinée chargée de dattes et de gobelets d'argent exhalant une odeur de fleur d'oranger, vêtue d'une ample tunique et coiffée d'un voile transparent, il eut l'impression de faire face à quelque sultane d'un émirat lointain. Alix, au moins, était vêtue à la mode franque. Alix qui semblait absorbée dans une contemplation rêveuse de la ville et qui ne lui accorda pas un regard, comme si elle ne l'avait pas même remarqué.

— Cela concerne messire Hugues, reprit Foulque. J'ai appris qu'il avait quitté l'enclave sarrasine d'Ascalon pour tenter de s'embarquer depuis le port de Beroard pour la Sicile. Hélas…

Cette fois, Mélisende réagit.

— Que s'est-il passé ? dit-elle en se redressant vivement.

— Messire Hugues est vivant, répondit le roi. Mais il a été blessé. Gravement. On me dit qu'un chevalier breton l'a reconnu et l'a défié. Je n'en sais pas davantage, mais je crains que les jours du comte soient en danger.

Alors que Mélisende se levait et s'avançait vers lui, un bruit incongru attira l'attention de Foulque. Toujours aussi absente, Alix riait. Un rire presque silencieux, qui n'en finissait pas et qui l'exaspéra au-delà de tout. Il était sur le point de la faire taire lorsque sa femme le saisit par le col, avec une brutalité inattendue.

— C'est vous ! cria-t-elle. Vous avez envoyé des hommes pour le tuer, avouez !

Foulque ne sut que répondre, tant l'agressivité soudaine de la reine le prenait de court. Et puis cette Alix, qui ne cessait de ricaner, comme une pauvre d'esprit ! D'un geste brusque, le roi arracha la main agrippée à sa tunique, puis recula d'un pas, en se détournant de Mélisende.

— Je ne vous reconnais pas, ma dame. Et vous me connaissez bien mal si vous imaginez que j'aie pu ordonner l'assassinat du comte !

— Ne me prenez pas pour une sotte ! Jamais, pas un seul instant, vous n'avez songé à remettre en cause ce que disait ce misérable ! Par votre faute, je passe pour une adultère à travers tout le Royaume, et vous pour un cornard !

C'est vrai, il ne la reconnaissait pas. Toute la beauté solaire de la reine, toute sa jeunesse et toute sa grâce s'étaient muées en un masque de haine qui l'effrayait et le dégoûtait à la fois. On eût dit une folle, ou une possédée…

— J'ai pris votre défense, ma dame. Lors du procès, j'ai…

— Qu'importe ce procès, puisque vous aviez déjà décidé que messire Hugues devait mourir !

Malgré lui, Foulque jeta un coup d'œil vers la porte. Il était inutile d'essayer de calmer Mélisende. Il fallait juste écourter cette dispute sans lui donner l'impression de battre en retraite.

— Je ne peux que vous répéter que je n'y suis pour rien, dit-il en reculant. J'ignore qui est ce chevalier qui s'en est pris à Hugues du Puiset, mais je vous jure devant Dieu qu'il n'a pas agi sur mon ordre.

— Alors trouvez-le, et faites-le-moi amener ! Et en vie, afin qu'on entende ce qu'il a à dire !

— Telle était bien mon intention, et j'ai d'ailleurs déjà donné des ordres dans ce sens à Barisan d'Ibelin. À présent, je vais me retirer, ma mie. Je vous verrai plus tard.

Sans attendre une éventuelle réponse, Foulque s'inclina courtoisement et quitta la chambre de la reine. Sitôt qu'il eut refermé derrière lui, celle-ci se tourna vers Alix.

— Qu'est-ce qui t'amuse à ce point, toi ?

La princesse se leva avec une lassitude de vieille femme et s'approcha de son aînée, dont les yeux brillaient encore de colère.

— Est-ce que tu as senti sa force ?

— Mais de quoi parles-tu ?

— Le djinn. Je sais maintenant quand il est en moi et quand il me quitte. Et cette rage, cette hargne !... Foulque avait l'air d'un enfant, à côté de toi.

— Ma pauvre Alix, dit Mélisende en s'écartant d'elle. Parfois je me dis que ceux qui te prennent pour une folle n'ont pas tout à fait tort. Ne reparle jamais comme ça, ni à moi, ni à quiconque, surtout pas en présence d'un moine, ou tu finiras au couvent, comme Yvette ! Maintenant, laisse-moi.

Elle désigna sa porte d'un geste sec, mais Alix secoua la tête d'un air buté, qui alerta la jeune reine.

Des années plus tôt, Foulque lui avait raconté ce qu'il était advenu à Antioche, quand il avait accompagné le roi Baudouin pour mettre un terme à la rébellion de sa sœur. Alix elle-même avait prétendu avoir été envoûtée par une sorcière. À l'époque, Mélisende avait trouvé cette histoire ridicule, mais sa sœur en avait gardé, à travers tout le Royaume, une réputation sulfureuse. À la voir ainsi, perdue dans son monde impie, confite en sorcelleries absurdes, elle lui sembla presque effrayante, si elle ne lui faisait pas autant pitié. Il était temps d'en finir, temps qu'elle reparte dans son douaire de Laodicée.

— Peut-être qu'un jour c'est toi qu'il choisira, murmura Alix, les yeux dans le vague.

— Tu es fatiguée, dit Mélisende avec un sourire forcé. Va te reposer. Demain, je m'occuperai de ton voyage de retour…

Il ne te suffira pas de l'éloigner. Tu sais ce dont elle est capable.

— Quoi ?

Alix sursauta, surprise par le cri soudain de sa sœur, et s'apprêtait à répliquer qu'elle n'avait rien dit lorsqu'elle comprit. Il lui parlait. Il lui parlait comme il l'avait fait si souvent avec elle.

Tu ne pourras jamais te débarrasser d'elle. Le plus simple serait de la faire tuer.

— Il te parle, en ce moment même, murmura Alix en la dévisageant d'un air intéressé. Qu'est-ce qu'il te dit ?

Mélisende secoua la tête négativement, mais cette voix, aux tréfonds d'elle-même, l'horrifiait au point de lui couper le souffle.

— J'ai mis longtemps à comprendre, moi aussi… Tu n'es pas folle, tu sais. Les moines ont un nom pour ce que tu éprouves : tu es possédée. Possédée par un djinn, autant dire un démon. Prie pour que personne ne s'en aperçoive.

L'autre façon de t'en débarrasser serait d'obliger Foulque à lui rendre le trône d'Antioche. En fin de compte, c'est tout ce qui compte pour elle... Pour moi.

— Foulque n'est pas d'ici. Il est comme tous ces Fervêtus qui débarquent de France, d'Allemagne ou d'Italie en pensant plier cette terre à leur volonté. Ce n'est pas une terre comme les autres, tu le sais bien…

— La Terre sainte, murmura Mélisende d'une voix brisée, comme si ces mots venaient de prendre un sens nouveau pour elle.

Alix eut un rire empreint de tristesse.

— Sainte, oui, mais pas seulement. Et nous pouvons en être les maîtresses. Toi ici, à Jérusalem, Hodierne à Triple… et moi à Antioche.

— Tu reviendras chez toi, trancha Mélisende d'un ton brusque, qu'elle s'efforça d'adoucir par un sourire. Je sais tout ce que tu as vécu et tout le mal qu'on t'a fait. Je sais que je te l'avais déjà promis, mais cette fois, je te le jure, je vais tout mettre en œuvre pour qu'on te rende ton trône. Mais d'ici là, tu dois me promettre une chose…

— Ne t'inquiète pas, murmura Alix. Je me tairai.

Un choc contre sa jambe éveilla Martin en sursaut. Malgré lui, malgré les scorpions et les grognements de l'hyène, il s'était endormi. Son premier geste fut de chercher son couteau et sa torche, avant de se rendre compte que le jour s'était levé et qu'un rai de lumière oblique éclairait faiblement leur fosse.

— Regarde, murmura Fahd en lui frappant de nouveau la jambe.

Martin se leva d'un bond au côté de son compagnon. Tout d'abord il ne vit rien, comme si l'hyène avait disparu, comme si cette nuit affreuse n'avait été qu'un cauchemar. Et puis il distingua dans la pénombre une forme couchée, à l'autre bout de la citerne.

— Tu crois qu'elle est morte ? Peut-être que les scorpions l'ont piquée…

— Ou alors elle dort, souffla Fahd. Tu as vu ? Le jour s'est levé. Ils vont venir nous chercher.

Mais de longues minutes s'écoulèrent sans que le moindre visage apparaisse dans le rond de lumière, à six coudées au-dessus de leurs têtes. Les garçons n'osaient appeler, de crainte d'éveiller la bête, qu'elle soit morte, endormie ou tapie à les guetter. Ils avaient mal à la nuque et aux yeux à force de fixer l'ouverture de la citerne, éclatante de la lumière du soleil. Peut-être cela faisait-il partie de l'épreuve. Peut-être devaient-ils sortir de là tout seuls… Alors que la chaleur montante faisait fumer l'eau croupie autour d'eux et que des points noirs et luisants commençaient à se mouvoir sur les murs, Fahd grimpa sur les mains croisées puis sur les épaules de Martin afin d'agripper le rebord et se hisser au-dehors. Le jeune Franc connut de longues secondes d'angoisse en voyant disparaître son compagnon, à l'idée qu'il s'enfuie et le laisse là seul. Puis un linge blanc tomba de l'ouverture, et le visage de Fahd apparut.

— Attrape, je te tire !

Une peur panique d'être happé à la jambe par l'hyène soudainement réveillée décupla les forces de Martin, qui se sortit vivement du trou et s'écroula sur les briques de la citerne, au-dehors, en reprenant son souffle.

— Bon, ben maintenant rends-moi mon pagne, dit Fahd.

Martin leva les yeux vers son compagnon, nu comme un ver, et les deux garçons éclatèrent d'un rire libéré. Dans l'instant suivant, une détonation sourde, au loin, les interrompit brusquement.

— Qu'est-ce que c'était ?

Durant un moment, il n'y eut que le crissement lancinant des grillons et le bruit du vent, puis ils perçurent une rumeur, dans les vallons à l'est de la forteresse. Les deux garçons restèrent interdits, les sens aux aguets. La citerne abandonnée était à une demi-lieue de la forteresse et du village, loin de tout. De là où ils se trouvaient, ils ne pouvaient distinguer les murs d'Al-Kahf, tout juste une forêt de pins, de noyers et de chênes. Et puis, presque simultanément, ils entendirent des voix provenant du chemin en contrebas, et une nouvelle explosion, plus proche, dont ils distinguèrent le panache de fumée noire s'élevant au-dessus des fourrés. Les voix, à nouveau. Un groupe d'hommes, parlant une langue qu'ils ne comprirent ni l'un ni l'autre, le bruit d'une petite troupe en marche à moins d'un jet de pierre, le hennissement de chevaux, effrayés par la déflagration. D'un seul mouvement, les deux enfants s'étaient plaqués à terre, contre la citerne de briques. Un simple regard leur suffit pour comprendre qu'ils avaient l'un et l'autre la même impression. Al-Kahf était attaquée. Les détonations devaient être dues aux grenades incendiaires dont les défenseurs des remparts étaient largement pourvus[1], afin de bouter le feu aux broussailles. S'ils restaient là plus longtemps, ils risquaient d'être eux aussi pris dans les flammes, sans espoir de pouvoir rejoindre la forteresse. Martin avait glissé son couteau dans sa ceinture avant de se hisser hors de la fosse. Le bouclier et les torches étaient restés en bas. C'était bien peu pour se frayer un passage à travers une armée.

Quand la troupe qui était passée près de la citerne se fut éloignée, Martin et Fahd se mirent en mouvement, à l'abri du maquis, et retrouvèrent le sentier par lequel Saïf les avait amenés jusque-là. Personne. Le vent avait tourné, et ils percevaient maintenant le grondement des combats, devant la poterne principale d'Al-Kahf. Martin jeta un coup d'œil vers son compagnon et allait s'élancer sur le sentier, mais Fahd le retint pas le bras.

— Attends, murmura-t-il. Si on va par là, on va se faire prendre.

— Tu veux passer par où ?

— Je n'en sais rien, c'est toi qui vis ici depuis tout ce temps !

Martin réfléchit un instant, puis hissa le cou pour inspecter les alentours.

— On peut essayer par le ravin, souffla-t-il en s'accroupissant de nouveau. Il y a une falaise, on arrive de l'autre côté du mur… Tu as déjà grimpé sur des rochers ?

— Non.

1. Les armées musulmanes utilisaient lors des croisades des grenades en céramique emplies de naphte et maniées par des soldats spécialement entraînés, appelés *naffatun*.

— Je t'aiderai. Il faut bien se tenir et pas regarder en bas, c'est tout.

Fahd hocha la tête, et les deux compagnons s'élancèrent, courbés en deux. Au détour du sentier, un cri les arrêta net.

— *Kim oraya gider !*

Martin, qui marchait quelques pas en avant, resta figé sur place, alors que Fahd se jetait à l'abri des fourrés.

— *Kimsin sen !*

Le jeune franc se redressa et leva les mains. Un soldat coiffé d'un casque et vêtu d'une grosse broigne de cuir clouté lui barrait la route, énorme et effrayant, parlant une langue qu'il ne comprenait pas. Derrière lui, il aperçut une dizaine de chevaux attachés à une longe. Ce ne pouvait être qu'un Turc.

— Je ne comprends pas ! dit-il en reculant vivement, alors que l'homme s'avançait vers lui. Laisse-moi tranquille !

Alors que l'enfant reculait toujours, espérant que le Turc n'ait pas vu Fahd, ni le couteau que lui-même portait à sa ceinture, l'homme se mit à rire et lui tendit la main. Avant que Martin ait pu comprendre le sens de ce geste inattendu, Fahd surgit des fourrés et, d'un bond prodigieux, se jeta à son cou. On aurait dit un chien sur l'échine d'un taureau, un chat sur un lion. L'homme le saisit par le bras pour le faire basculer, mais Fahd s'accrochait comme un diable, avec des ruades désespérées qui commençaient à déséquilibrer le Turc. Martin fonça tête baissée, droit sur son ventre. C'était comme s'il avait percuté une porte. Mais en retombant en arrière, il agrippa une jambe du soldat et la tira de tout son faible poids, avec des coups de pied désordonnés et furieux. Sous leur assaut commun, leur adversaire mit un genou au sol, tout en portant à Fahd un coup de poing qui l'envoya rouler à terre. L'enfant se redressa aussitôt, aussi vif que le guépard dont il portait le nom, et parvint à saisir son bras avant qu'il n'assomme Martin. Celui-ci avait dégainé et se mit à frapper en hurlant, n'importe où, n'importe comment. Ses coups de couteau ricochaient sur l'épaisse broigne de cuir, mais certains portèrent, lacérant la jambe et l'aine du Turc qui hurlait et se débattait à présent pour échapper à ces furies. D'une brusque poussée de ses jambes, il se rejeta en arrière. Martin se jeta sur lui. Sa lame trancha la joue du soldat, ripa sur l'os de sa mâchoire et s'enfonça profondément dans son cou. L'homme eut encore la force de le repousser et de se redresser. Il arracha la lame qui l'égorgeait et un flot de sang se répandit sur son torse. Il gargouilla quelque chose qu'aucun des enfants ne comprit puis tomba à genoux et s'effondra, face contre terre.

Durant un long moment, Martin et Fahd fixèrent sans parvenir à y croire ce corps immobile et la flaque de sang noir qui s'élargissait lentement sur le sol caillouteux. L'un comme l'autre avaient la gorge nouée, les larmes au bord des yeux, partagés entre le dégoût, la peur et le sentiment honteux d'avoir commis une faute inexpiable. Peu à peu, ils reprirent conscience des cris lointains et du vacarme des combats devant les remparts. Ils se relevèrent sans un mot, sans un regard, le corps douloureux, marqué par les coups et les écorchures de leur propre bataille. Sans doute auraient-ils fondu en larmes et fui à toutes jambes s'ils avaient été seuls, ou s'ils s'étaient mieux connus. La présence de l'autre les força à se ressaisir, repartir vers le ravin. Quelques pas plus loin, ils découvrirent les chevaux que Martin avait aperçus plus tôt, attachés entre un noyer et un gros buisson.

— Il faut qu'on les chasse, murmura Fahd.

— Et s'il y en a un autre ? S'il y a un autre garde ?

Le fils de Saïf secoua la tête. Un autre garde aurait été attiré par les cris et le tumulte de leur combat. Il se dirigea lentement vers les montures mises à l'attache entre deux arbres, en regardant tout autour de lui. Comme il le pensait, il n'y avait personne. Durant les années passées à Margat, il avait appris à aimer les chevaux, à les calmer d'un geste, d'un souffle, alors que Martin avait perdu l'habitude d'en voir, encore plus d'en monter. Il resta à l'écart tandis que Fahd se glissait entre eux et commençait à s'escrimer sur les nœuds, apparemment en vain. C'était trop dangereux. À tout moment, d'autres Turcs pouvaient surgir et découvrir leur victime. Il jeta un regard en arrière et se précipita vers le corps du garde, dont il dégaina le sabre, dans un long crissement. En le tenant à deux mains, il courut vers le chêne et, d'un coup porté de toutes ses forces, il trancha la longe.

Tout ce que les Turcs qui avaient survécu à l'attaque d'Al-Kahf trouvèrent en battant en retraite fut la lame, fichée dans le tronc de l'arbre.

— Qui t'a ordonné de tuer messire Hugues du Puiset ?

La voix puissante du vicomte Roard résonnait dans un silence pesant, depuis le sommet de la poterne défendant le pont-levis de la tour de David, dont la grand-porte à doubles battants était ouverte sur le parvis empli de la foule des Hiérosolymitains venus assister à la pendaison. Au-dessus de lui, vêtu d'une simple chemise, pieds nus, les mains nouées dans le dos et la corde au cou, le chevalier breton qui avait poignardé mortellement le comte se tenait debout sur un merlon, à près de cinq toises du sol. Barisan d'Ibelin l'avait retrouvé sans peine. L'homme se vantait volontiers de son crime dans les tavernes de Jaffa, où il était fêté comme un héros, tant Puiset était considéré par tous comme un traître de la pire espèce.

— Qui t'a donné l'ordre de tuer le comte ? répéta Roard. Parle, et tu auras la vie sauve !

Contrairement à l'usage, le condamné n'avait pas eu la langue coupée, afin qu'il puisse parler jusqu'au bout.

— Personne, répondit le chevalier d'une voix sourde, qui alla en s'amplifiant. J'ai fait ce que commandait l'honneur !

Il termina en hurlant à pleine voix.

— Cet homme était un traître et un félon, vendu aux sarrasins !

En réponse, la foule à ses pieds explosa brusquement en un vacarme de cris, d'acquiescements et d'acclamations, lançant des imprécations contre le comte et réclamant l'indulgence pour son meurtrier. De l'autre côté des douves, sur le rempart surplombant la poterne, le roi Foulque et la reine Mélisende restèrent imperturbables, protégés du soleil aussi bien que des regards du peuple par un dais tendu entre deux mats. Le vicomte lui-même se tourna vers les souverains, espérant que le roi intervienne. En tant que châtelain du palais, le sire de Roard administrait la haute et basse justice du

Royaume, mais en un pareil moment il aurait volontiers renoncé à sa charge. Comme les juges qui avaient dû statuer sur son sort, il n'aurait pas retranché un mot à ce que venait de dire le Breton. Qu'il soit coupable était une certitude, l'homme n'avait pas cherché à le nier, mais coupable, sa victime l'était bien plus encore. Rares étaient ceux, au palais, qui en avaient conscience, et pourtant c'était là-haut, sur les remparts, que se jouait sa vie, entre Foulque et la reine. Sans doute le souverain était-il enclin à pardonner au meurtrier d'un homme que lui-même aurait volontiers fait pendre, mais le gracier, c'était admettre, au moins aux yeux de la reine, qu'il pouvait avoir commandité ce crime. Roard plissa les yeux, gêné par le soleil, pour essayer de discerner quelque réaction de la part du couple royal, en vain. Foulque n'interviendrait pas. Autant en finir tout de suite. D'un mouvement de tête, il fit signe au bourreau d'officier. La corde, nouée autour du merlon sur lequel le Breton se tenait, était longue. Le condamné se briserait la nuque en tombant. Une mort rapide.

Les cris de l'assistance redoublèrent lorsque le bourreau se hissa au côté du condamné et lui posa la main sur l'épaule. L'exécuteur hésita, chercha le regard du vicomte, qui hocha la tête sombrement, et, d'une simple poussée, il le fit basculer dans le vide. Malgré le brouhaha, chacun perçut le craquement sinistre des vertèbres.

— J'espère que vous êtes satisfaite, ma dame, grommela Foulque en se levant.

Le roi n'attendait pas de réponse et s'apprêtait déjà à vider les lieux, mais elle le retint, et s'appuya à son bras pour quitter les remparts avec dignité, sans un regard vers la foule.

— Ne comptez pas vous en sortir si facilement, murmura-t-elle assez bas pour que lui seul l'entende.

11. RETOUR À ANTIOCHE

Antioche, décembre 1135

Des yeux fuyants. Quelques regards hostiles, quelques autres guettant ses paroles avec une servilité courtisane. Certains, comme Raoul de Domfront, l'archevêque de Mamistra, ou le sénéchal Barisan, étaient des alliés de longue date. D'autres avaient été les artisans de sa chute, du temps de Renaud Mazoir. Alix se retint de sourire en venant s'asseoir en bout de table, dans la salle du conseil. Combien d'années, pour reprendre cette place. Combien d'épreuves, combien de manœuvres et d'intrigues ?

En fin de compte, les intérêts de la princée s'étaient joués sur l'humeur d'une épouse. À court d'idées pour calmer la fureur de Mélisende, Foulque avait fini par céder. Malgré le danger que représentaient son retour et la perspective d'une alliance renouvelée avec Josselin d'Édesse et Pons de Triple, le roi avait fini par autoriser Alix à reprendre son trône d'Antioche, en qualité de régente jusqu'à ce que sa fille Constance soit en âge de régner. Régente et non princesse. Qu'il s'accroche à cette illusion. À présent qu'elle était revenue entre ces murs, Alix allait remédier à ce détail une bonne fois pour toutes.

Avant de s'asseoir, elle jeta un coup d'œil derrière elle vers la cheminée dans laquelle on avait allumé un feu plus tôt dans l'après-midi, sans parvenir pour autant à réchauffer la salle qu'une pluie incessante avait fini par rendre humide et froide. Sitôt qu'elle fut assise, le sénéchal Barisan se leva et s'inclina profondément devant elle.

— Permettez-moi, Votre Altesse, d'exprimer au nom de tout le conseil la joie que nous éprouvons de vous voir de retour à la place qui est la vôtre.

— Je vous remercie, messire Barisan, dit Alix en lui rendant son salut. Je ne suis pas certaine que tous ici éprouvent une telle joie.

Ostensiblement, elle se tourna vers le patriarche Bernard de Valence, puis vers le seigneur Guillaume d'Avise, deux de ses plus farouches opposants. Le rougeoiement de la flambée, dans son dos, l'enveloppait d'un halo qu'ils trouvèrent tous inquiétant.

— Mais cela n'a aucune importance. Le roi Foulque de Jérusalem a estimé que la princée devait être de nouveau dirigée, et croyez-moi, elle le sera. Les Turcs sont à nos portes, l'émir Saouar mène ses pillards au-delà du Pont de Fer jusque sous nos murs et j'apprends que le roi Léon de Cilicie a pris possession de la forteresse de Servantikar. Ne fait-elle partie de votre domaine, messire Baudouin ?

Ainsi apostrophé, le baron Baudouin de Marash se leva, la mine sombre. Sa seigneurie, au nord de la princée, se trouvait à la frontière de la Cilicie arménienne et du comté d'Édesse. Une région montagneuse, dure, constamment menacée par les Turcs du sultanat de Roum.

— J'ai demandé l'aide de la princée, dit-il d'une voix chargée de ressentiment. Bien avant que ces chiens d'Arméniens marchent sur Servantikar. Je n'avais là-bas qu'une poignée de chevaliers et moins de cinquante hommes.

— Et que vous a-t-on répondu, seigneur Baudouin ?

— Votre Altesse, intervint Guillaume d'Avise, comme vous l'avez dit vous-même, nous avons dû faire face aux incursions de Saouar, et…

— Ferme ta gueule ! hurla Baudouin de Marash en frappant la table du poing. Vous êtes restés serrés entre les murs d'Antioche comme des vieilles femmes pendant que je me battais seul contre les Turcs et ces traîtres de Cilicie !

Avise blêmit sous l'insulte, et chacun put voir l'effort qu'il faisait pour se contenir.

— Il est certain que nous avons beaucoup d'ennemis, murmura-t-il. Mais le prince Mleh, fils de Léon, prince des montagnes, faisait partie de ce conseil il n'y a pas si longtemps. Les Arméniens de Cilicie sont nos alliés, ou du moins ils l'étaient…

— Eh bien, messire, il semble qu'ils aient changé d'avis, coupa Alix. Messire de Marash, soyez certain que désormais le territoire de la princée sera défendu, depuis les montagnes de Cilicie jusqu'au Pont de Fer.

Le seigneur Baudouin s'inclina, puis se rassit, sans regarder qui que ce soit.

— Cet incident à nos frontières montre que même nos alliés doutent de nos forces. Voilà pourquoi j'ai résolu de renforcer nos liens avec Byzance. Ma fille, la princesse Constance, vient d'avoir neuf ans. Je souhaite, messires, que l'on envoie une ambassade au

Basileus Jean Comnène, pour la proposer en mariage à l'un de ses fils.

— Le plus jeune, Manuel, vient d'avoir dix-sept ans, intercéda Raoul de Domfront. Ce serait une alliance de poids, Votre Altesse, et je serais honoré de mener cette ambassade au nom de la princée.

— Ce serait surtout une folie ! intervint Bernard de Valence. Pire, ce serait une faute !

Le sourire de gratitude qu'Alix adressait à l'archevêque Raoul se fana sur ses lèvres. Les mains posées à plat sur la table, le vieux patriarche d'Antioche la fixait sans ciller, avec une sorte de colère froide. Décidément, il n'avait pas fallu longtemps pour que ses ennemis abattent le masque.

— Peut-être monseigneur Bernard consentira-t-il à nous expliquer son point de vue ?

— Pardonnez-moi, Votre Altesse, mais offrir la main de la princesse au fils du Basileus équivaut à lui céder la princée. Depuis le traité de Déabolis[1], Byzance a toujours considéré que la ville et ses terres faisaient partie de l'Empire. Si la princesse devenait l'épouse du jeune Manuel Comnène, l'Empire n'aurait de cesse de nous imposer sa suzeraineté !

— Et quand bien même ! s'écria Alix. Est-il préférable d'être de fait les vassaux de Jérusalem ?

La princesse eut l'impression que Bernard de Valence allait s'étouffer. De nouveau, elle balaya la tablée du regard. La plupart gardaient les yeux baissés, acquiesçants ou soumis. Hormis le patriarche, seul le

1. Signé lors de la première croisade entre Bohémond d'Antioche et le basileus Alexis Comnène, faisant d'Antioche un état vassal de l'Empire byzantin.

chevalier d'Avise semblait scandalisé par ce qu'elle venait d'énoncer. Il ne faisait pas de doute que, sitôt sorti de la salle du conseil, ce misérable s'empresserait de rapporter chacune de ses paroles à son maître.

— Si c'est ce que vous pensez, Votre Altesse, je crois qu'il n'y a plus rien à dire.

— En effet, messire d'Avise. Nous reprendrons demain, et j'entends que des mesures me soient présentées pour le mariage de la princesse Constance. Le conseil est levé.

Chacun s'inclina et sortit prestement, à l'exception de l'archevêque, qui ne parvint à quitter sa chaise qu'avec l'aide du chevalier.

— Un mot encore, monseigneur... Vous aussi, Avise.

D'instinct, le seigneur Guillaume jeta un coup d'œil vers la porte. Tous les membres du conseil avaient quitté les lieux, à l'exception de Raoul de Domfront qui referma l'huis et vint lentement reprendre sa place, même si nul ne l'en avait prié, avec une mine de contrariété onctueuse qu'il trouva peu convaincante. Dès qu'il fut assis, Alix se tourna vers le patriarche Bernard.

— Je crois, monseigneur, qu'il est temps d'alléger votre charge et de laisser le pallium à quelqu'un de plus jeune.

— Quelqu'un comme vous, Domfront ? lança Avise avec mépris.

Bernard de Valence lui prit le bras pour lui intimer le silence.

— Votre Altesse, dit-il en soupirant, il est vrai que je suis un vieil homme fatigué, et que je ne désirerais rien d'autre à présent que de finir mes jours en prières dans un couvent.

Alors que la princesse s'apprêtait à enrober sa suggestion par le baume de quelque flatterie, le prélat leva la main.

— Mais…

Durant un moment, on n'entendit plus que sa respiration sifflante, le martèlement de la pluie et le crépitement du feu.

— … Mais ni la déposition d'un archevêque, ni la nomination de son successeur, n'est de votre ressort. L'archevêque doit être élu par ses pairs, et son élection ratifiée par Rome.

Avise jeta un coup d'œil vers Raoul de Domfront, pâle mais silencieux. Chacun savait qu'il avait fait partie de la conjuration des comtes lorsque Alix avait tenté de reprendre son trône par la force, quelques années plus tôt. Foulque avait choisi d'être magnanime et de feindre d'ignorer sa participation au complot, tout comme celle de Josselin d'Édesse. Cette fois, il faudrait trancher, pour de bon.

— Je vois, murmura Alix.

Lentement, elle se leva et s'approcha de la cheminée, en leur tournant le dos. Plus tard, lorsqu'il repensa à la scène épouvantable qui suivit, Raoul de Domfront se souvint du changement d'expression soudain de Guillaume d'Avise, assis en face de lui, alors qu'il l'observait en silence. Les yeux écarquillés, le chevalier s'était levé si brusquement que sa lourde chaise tomba en arrière sur les dalles. Et lorsque, à son tour, Raoul reporta son attention sur la princesse, il eut tout d'abord l'impression absurde qu'elle avait rapetissé. Puis elle leur fit face et l'archevêque bondit à son tour de sa chaise, avec un cri de dégoût et d'horreur. Le beau visage d'Alix était devenu méconnaissable, gris et ridé, la bouche édentée, ouverte sur un rictus hideux. Tout son corps s'était tassé comme celui d'une vieille femme, et lorsqu'elle s'avança vers eux, dans le halo de lumière des chandeliers disposés sur la taille du conseil, il éprouva fugacement un nouveau sentiment tout aussi insensé, celui de la reconnaître. Ce qu'il advint ensuite fut trop rapide, trop affreux et impensable pour qu'il en ait conservé un souvenir précis. La vieille femme toucha la main de l'archevêque Bernard, de cela il était certain, et la tête du vieil homme bascula en arrière, sans un cri. Il se souvenait que le chevalier d'Avise s'était précipité vers elle en dégainant, mais que son épée n'avait rencontré que le vide. L'instant suivant, il était mort, effondré au sol comme une poupée de chiffons.

Une image, encore, hantait l'archevêque de Mamistra. Le temps d'un battement de cœur, la vieille sorcière l'avait regardé au fond des yeux. Il avait eu alors la certitude qu'il allait mourir, comme les deux autres, d'un simple contact de sa main ridée. Jamais, de sa vie entière, il n'avait ressenti une terreur aussi abyssale. Il avait poussé un cri en se jetant en arrière et son corps avait heurté durement les dalles de pierre. Quand il avait relevé les yeux, Alix était assise à sa place, comme s'il ne s'était rien passé.

— Le seigneur d'Avise a essayé de me tuer, et vous l'en avez empêché, dit-elle doucement, en baissant les yeux vers lui. Malheureusement, le cœur de monseigneur Bernard n'a pas résisté à cet accès de violence… Relevez-vous, maintenant, et appelez à l'aide.

Sur des milles, la montagne avait été ravagée par le feu. Plus d'une semaine s'était écoulée depuis l'attaque d'Al-Kahf et de Kadmous par les Turcs et la terre, par endroits, fumait encore. Tout au long du chemin, dans une odeur écœurante de charogne, des cadavres calcinés d'hommes et de bêtes, pris au piège entre la fournaise et les ravins, gisaient, informes et torturés, parmi la cendre noire. Et là-dessus planaient des vols noirs de corbeaux, cerclant lentement. Les forteresses avaient résisté, mais le pays tout entier semblait plongé dans une nuit continuelle. Depuis les remparts d'Al-Kahf, noircis par les flammes, on apercevait les restes poignants des villages nizarites ravagés par les troupes de Zengi. Incapables de franchir leurs murs sans machines de siège, les Turcs s'étaient vengés cruellement sur les moindres hameaux, tuant hommes, femmes et enfants, égorgeant les troupeaux, abattant les vignes et les arbres fruitiers.

Saïf Ibn Ammar serra contre ses hanches les deux garçons. Il aurait voulu pleurer comme eux devant ce spectacle tragique. La plus puissante armée de la région avait échoué à les déloger de leurs montagnes, mais où était la victoire, quand on restait maître d'une terre brûlée ? Il leur faudrait des mois, peut-être des années pour rebâtir les villages, les citernes et les fermes, et d'ici là comment allaient-ils subsister ? Quitter ces murs, descendre du Djabal Bahra vers la vallée, c'était courir le risque de devoir affronter les hordes de Zengi en rase campagne, avec la certitude d'être vaincu. Ils étaient victorieux, mais prisonniers.

— Ce n'est pas ici que se jouera le destin de la Terre sainte.

Saïf sursauta malgré lui. Comme à son habitude, Malaïka avait surgi de nulle part, comme s'il n'y avait ni gardes ni portes, ni remparts, et à sa grande surprise, Martin et Fahd se jetèrent dans ses bras. Alors qu'elle s'accroupissait pour les embrasser et les serrer contre elle, l'ismaélien songea que pour les deux garçons, elle était sans doute ce qui se rapprochait le plus d'une mère.

— Comme vous avez grandi ! s'exclama-t-elle en riant. Vous êtes presque des hommes, maintenant !

— Ce sont des hommes, dit Saïf. Ils ont passé l'épreuve.

— Je sais.

Martin et Fahd échangèrent un regard gêné. Ils avaient survécu à l'hyène, aux scorpions, aux flammes et même à un soldat turc, mais ils étaient loin d'en éprouver une quelconque fierté. Ce qui aurait dû être le plus grand moment de leur vie ne leur laissait qu'un sentiment de dégoût, mêlé d'une peur rétrospective et de honte.

— Seuls les fous n'ont jamais peur, murmura Malaïka en les serrant de nouveau contre elle. Et seuls les êtres sans foi sont fiers de tuer.

Elle se releva et prit la main de Saïf.

— Je suis venue les chercher, tous les deux.

— Déjà !

— Tu savais que ça arriverait…

La gorge nouée, l'ismaélien hocha la tête, sans répondre. Il savait que les enfants le regardaient.

— Tu les emmènes où ?

— Là où ils doivent être. À Antioche. Un homme arrive, qui a besoin de mon aide…

Elle sourit aux enfants.
— Et de la leur.

— Quel étrange personnage…
Le roi reposa le parchemin qu'il venait de lire et en examina le sceau, aux armes de l'archevêché d'Antioche. Raoul de Domfront n'avait pas perdu de temps, après la mort du patriarche Bernard. Tandis qu'une assemblée de clercs et d'officiers du palais discutaient de la nomination de son successeur, Domfront avait harangué le peuple, distribué des offrandes, des promesses et des festins publics, au point de susciter toute une procession qui l'avait accompagné jusqu'à la cathédrale Saint-Pierre où il avait revêtu le pallium, sous les acclamations. On disait qu'il n'avait pas hésité à faire emprisonner les chanoines qui s'opposaient à lui, et ne se déplaçait jamais sans une escorte d'hommes d'armes. Malgré cela, la princesse Alix avait validé le coup de force en venant assister à la première messe qu'il avait donnée à Saint-Pierre.
— Ce Raoul de Domfront, quel genre d'homme est-il ?
— Votre Majesté se souvient qu'il faisait partie des conjurés, lors de la rébellion des comtes, commença le connétable Guillaume de Burcs.
— Oui, oui, répondit Foulque en écartant l'intervention d'un geste agacé. Mais en ce qui concerne sa charge, est-ce qu'il en sera digne ?
Assis face au roi, le patriarche Guillaume de Messine, archevêque de Jérusalem eut un soupir accablé.
— « Digne » ne serait peut-être pas le mot que j'emploierais, dit-il. Non qu'il ne soit pas assez intelligent

ou instruit pour cette charge, mais chaque fois que j'ai eu l'occasion de le rencontrer je me suis demandé ce qui avait pu pousser un homme comme lui à choisir le chemin du Christ.

— Ce doit être le cadet de sa lignée, hasarda le connétable. Il n'a pas dû avoir d'autre choix que d'entrer dans les ordres.

— Quoi qu'il en soit son argumentation n'est pas inintéressante, du point de vue du droit canon, reprit le patriarche. Il estime ne pas devoir faire confirmer sa nomination par Rome, puisque l'église d'Antioche a été fondée par saint Pierre avant qu'il ne fonde celle de Rome, ce qui marque selon lui la primauté d'Antioche.

Foulque eut un sourire amusé, avant de jeter sur la table le parchemin qu'il tenait toujours à la main.

— Digne ou pas, il est en tout cas assez malin, ou prudent, pour prendre ses distances avec Alix. Il m'écrit ici que cette folle a manifesté l'intention d'offrir la main de la princesse Constance à Manuel Comnène, le fils du Basileus.

— Si ce mariage a lieu, les Comnène revendiqueront leurs droits sur la princée, intervint le chancelier Francon.

— Je sais. Mais Domfront écrit aussi qu'il est en charge des négociations et qu'il va s'employer à les faire durer le plus longtemps possible.

— Comme vous le disiez, sire, c'est un étrange personnage…

— Effectivement. Bien sûr, il se peut aussi qu'il soit resté fidèle à Alix et que tout ceci soit l'une de leurs nouvelles machinations.

— Dans quel but, sire ? demanda l'archevêque Guillaume.

— Je ne sais pas, et d'ailleurs peu importe. Marier Constance est le seul moyen d'en finir une bonne fois pour toutes avec sa mère, et c'est donc ce que nous allons faire. Messire le chancelier, je désire que vous dépêchiez une ambassade en France, afin de trouver un prétendant digne de la couronne d'Antioche. Puisque Alix veut marier sa fille, eh bien nous allons la marier !

Il avait plu toute la journée, jusqu'à la nuit tombée. Les rues étaient presque désertes, privées de l'agitation habituelle des étals et des tavernes. Les églises étaient vides, la ville tout entière était recroquevillée sur elle-même, comme retenant son souffle. L'hiver n'avait pas arrêté les rezzous de l'émir Saouar et des Turcomans qui ravageaient la campagne. Voyager était redevenu dangereux, les caravanes marchandes se faisaient rares, au point que la ville commençait à manquer de vivres. La menace, en réalité, n'était pas si grande, mais les plus folles rumeurs ne cessaient de circuler. On disait que Zengi était au Pont de Fer, que les Arméniens de Cilicie déferlaient sur le comté de Marash et peu importait que rien de cela ne soit vrai. Antioche avait peur.

Emmitouflé dans ses fourrures et coiffé d'un bonnet de laine, auprès d'un feu de cheminée qui ne parvenait pas à chauffer sa chambre trop grande, Raoul de Domfront avait peur, lui aussi, mais pas des Turcs de Zengi. Depuis des jours, il vivait dans la terreur d'une convocation au palais. La guerre menée en Cilicie par Léon d'Arménie avait coupé les routes terrestres vers Byzance, ce qui lui avait permis de reporter son ambassade, mais le Basileus avait répondu favorablement à l'offre de mariage, et il ne pourrait indéfiniment remettre son voyage. Tôt ou tard, Alix lui demanderait des comptes, et le souvenir horrifié de ce qu'elle était devenue ne cessait de le hanter. Peut-être après tout ferait-il mieux de partir. S'embarquer à Saint-Siméon, quel que soit l'état de la mer, échapper pour quelques semaines au moins au monstre qui régnait désormais sur Antioche. Au message qu'il avait fait parvenir à Jérusalem, il n'avait reçu qu'une réponse vague, prudente. Et plus un mot, depuis des mois. On se méfiait de lui, c'était évident, mais qu'aurait-il pu écrire ? Que la princesse Alix était bien une sorcière possédée du démon ? Qu'il l'avait vu de ses yeux tuer l'archevêque et le chevalier d'Avise ? On l'aurait pris pour un fou, et d'ailleurs lui-même, avec le temps, finissait par douter de ce à quoi il avait réellement assisté ce soir-là, dans la salle du conseil. Une seule chose ne faisait pas de doute : Bernard de Valence et Guillaume d'Avise étaient morts, par la volonté de la princesse.

La flambée s'effondra dans la cheminée, dans une gerbe d'étincelles. Alors que Domfront se levait avec un soupir pour remettre une bûche, on toqua à sa porte et l'un des diacres affectés à son service vint lui parler à l'oreille.

— Un chevalier du Temple demande à vous parler d'urgence, monseigneur.

— Fais-le entrer.

Raoul de Domfront rejeta ses fourrures et ôta son bonnet. On commençait à parler à travers toute la Terre sainte de cet ordre de chevalerie d'un genre nouveau, qui venait de recevoir l'appui du pape et de l'abbé

Bernard de Clairvaux. Jamais encore un templier n'était venu à Antioche. Il s'attendait à voir entrer un moine portant la bure cistercienne et peut-être une épée au côté, pas le soudard trempé et crotté qui fit irruption dans sa chambre. L'homme était recouvert d'une longue cape de voyage qu'il défit et jeta dans les bras du diacre avant de s'agenouiller devant lui.

— Monseigneur.

— Relevez-vous, mon fils, répondit l'archevêque après lui avoir donné son anneau à baiser. Votre nom, je vous prie ?

Le templier se redressa et eut un mouvement de tête éloquent en direction du diacre.

— Merci, Cosimo. Ferme derrière toi et attends dans le couloir. Veille à ce que personne ne nous dérange.

Le temps qu'il les laisse seuls, Domfront observa le chevalier. Il portait une ample barbe, mais des cheveux tondus, presque ras. Par-dessus une simple broigne de cuir matelassé, il arborait la cotte d'armes de l'ordre, *argent à croix pattée de gueules*[1], serrée à la taille par une forte ceinture chargée d'une épée et d'une dague. Ce n'était certes pas un moine.

— Mon nom est André de Montbard, dit le chevalier après que la porte fut fermée. Je vous apporte un message de monseigneur Guillaume de Messine, patriarche de Jérusalem.

L'archevêque d'Antioche tendit la main, mais le templier sourit et secoua la tête.

— Pas de message écrit, monseigneur. Ce message ne doit être connu que de vous seul.

— Eh bien parle.

1. Blanche à croix rouge.

— Suite à votre missive, notre sire le roi Foulque a envoyé une ambassade en France afin de trouver un époux pour la princesse Constance.

Domfront retint un soupir de soulagement. En voyant la mise du templier, il s'était déjà vu convoqué à Jérusalem, déposé de sa charge, bafoué. Tout au contraire, il avait été entendu. Manifestement, Foulque avait mesuré toutes les conséquences des projets d'Alix et tentait de la prendre de vitesse.

— Parmi tous les candidats, poursuivit Montbard, notre sire a retenu le seigneur Raymond de Poitiers, fils de Guillaume IX, duc d'Aquitaine. Sa Grâce doit être déjà en route, mais son voyage doit être tenu secret, jusqu'à ce qu'il touche les côtes de la princée. Monseigneur Guillaume et le roi vous recommandent de ne rien faire qui éveille les soupçons de dame Alix et de poursuivre les négociations en cours avec Byzance, tout en les faisant durer le plus longtemps possible.

— C'est ce que je fais depuis des mois. Veillez à en informer monseigneur Guillaume.

— Il est convenu que Sa Grâce fasse escale dans l'île de Chypre, reprit le templier sans répondre. Dès que nous aurons confirmation de son arrivée, le roi fera prévenir dame Alix.

— Je ne comprends pas…

Le templier eut un moment d'hésitation et se rapprocha encore, afin d'être certain que nul n'entende.

— Raymond est un chef de guerre réputé et, dit-on, un homme d'une grande prestance. Notre sire souhaite faire croire à dame Alix qu'il est venu à Antioche pour demander sa main, et non pour épouser la princesse Constance.

— Je ne crois pas que Son Excellence souhaite se remarier, objecta Domfront.

— C'est sans importance. Tout ce qui compte, c'est qu'elle l'accueille dans vos murs. Après, monseigneur, ce sera à vous de jouer.

12. RAYMOND DE POITIERS

Antioche, mai 1136

Depuis que les côtes syriennes étaient en vue, Raymond de Poitiers se tenait à la proue de la nef, accroché à un hauban, ses longs cheveux blonds battus par le vent, scrutant avidement chaque détail de sa future terre d'adoption. La peur des pirates et de la flotte ennemie de Roger de Sicile, ainsi que la nécessité, clairement exprimée par les envoyés de Foulque, de garder le secret sur sa venue, avaient contraint le comte à voyager sous la défroque d'un pèlerin, accompagné de l'unique envoyé de Foulque, le sire Gérard Jeberron, chevalier de l'Hôpital, habillé, lui, comme un serviteur. Ainsi vêtus, ils n'étaient que des passagers parmi d'autres, deux de ces pénitents faisant route vers la Terre sainte, comme la flotte vénitienne en transportait des milliers chaque année. Une éclaboussure d'embruns obligea Raymond à se mettre vivement à l'abri. En se retournant, il croisa le regard de l'un des pérégrins qui l'observait depuis l'autre bord, une main sur la poignée de sa dague. L'homme se détourna aussitôt, feignant de s'intéresser aux embarcations de pêche amarrées au large du port de Saint-Siméon, mais le comte porta instinctivement la main à la dague accrochée à sa propre ceinture. Depuis la Crète, ce n'était pas la première fois qu'il éprouvait la sensation d'être épié.

— Cet homme, là-bas, souffla-t-il en baissant la tête. Celui avec la barbe, et la capuche sombre. Tu le vois ?

— Oui, messire Raymond, répondit l'hospitalier sur le même ton. Je l'ai déjà repéré.

— Ne le quitte pas des yeux.

En y réfléchissant, Raymond se dit que si cet homme avait été envoyé pour le tuer, il était sensé pour lui d'attendre le dernier moment, alors que leur navire entrait au port, afin de pouvoir s'enfuir. Il était hors de question de se faire tuer si près du but.

— Il m'a vu, murmura le chevalier à son côté. Il s'éloigne.

Dans les minutes qui suivirent, le capitaine appelait l'équipage aux manœuvres, et la nef fit bientôt son entrée dans le port de Saint-Siméon, jusqu'à son appontement. Alors qu'il s'avançait sur la passerelle pour rejoindre le quai, Raymond parcourut le port d'un regard circulaire. C'était l'Orient comme il l'avait imaginé. Une foule bigarrée où tous les peuples se mêlaient, un fouillis de barques de pêche et de navires marchands encombrant l'embarcadère sous un soleil éclatant, illuminant les pierres beiges des vieux remparts romains. Le comte de Poitiers chercha des yeux des gardes francs portant la livrée de la princée, afin de pouvoir enfin se faire reconnaître et escorter jusqu'à la grande ville, mais au moment où il allait poser le pied sur la terre ferme, il aperçut un groupe d'hommes en armes s'avançant vers lui. Lorsqu'il se retourna, l'homme à la capuche sombre leur adressa un signe, depuis la proue du bateau. Raymond empoigna sa dague, alors même que l'un d'eux s'était vivement porté jusqu'à lui et lui retenait le bras.

— Monseigneur, je suis André de Montbard, chevalier du Temple, et ces hommes sont venus vous faire escorte. Voici une lettre signée par le maître de notre ordre, messire Hugues de Payus, ainsi que par le patriarche Guillaume de Jérusalem.

Raymond décacheta le rouleau de parchemin que lui tendait le templier et le parcourut rapidement.

— Son Éminence me recommande de ne me fier qu'à vous…

L'ambassade du roi Foulque l'avait averti que la situation de la princée était compliquée. Il n'avait décidément pas menti.

— Eh bien, messire de Montbard, répondit Raymond en roulant le parchemin, puisque vous êtes désormais chargé de ma sécurité, commencez par vous assurer de celui-là !

Montbard se tourna vers l'homme qu'il désignait, à la proue du navire.

— Vous n'avez rien à craindre de lui, monseigneur, c'est un frère de l'Ordre. Il avait pour mission de vous protéger durant la traversée. Venez, ne restons pas là.

Raymond se laissa entraîner hors des quais, jusque dans une maison modeste, apparemment gardée par un groupe à l'allure aussi peu engageante que celle des templiers qui lui faisaient escorte. Dès qu'il entra, il découvrit une femme d'une beauté fascinante. Grande, les cheveux noirs remontés en un épais chignon maintenu par des rangs de perles, elle était vêtue à la mode byzantine en usage à la cour d'Antioche, d'une longue tunique d'un rouge profond et d'une stola[1] noire, brodée de fils d'or, le buste couvert par le large collier de pierreries que les Grecs nommaient *maniakis*. Raymond lui sourit, pensant qu'on avait songé à son délassement, après un si long voyage, mais à sa grande stupeur il vit Montbard et les autres mettre un genou en terre devant elle, puis se retirer sans un mot. Le comte en profita pour inspecter la pièce, moins pouilleuse que l'aspect extérieur de l'habitation lui avait fait craindre. Une table richement parée débordait de corbeilles de fruits, de plats fumants et de cruchons qui lui firent réaliser à quel point il avait faim et soif. Dans la pénombre de la pièce aux fenêtres closes, il distingua deux enfants, tranquillement assis à table, en train de manger des raisins.

— Mon nom est Malaïka, dit-elle dès que la porte se referma sur les templiers. Vous devez être surpris de cet accueil, mais il fallait être prudent : tout le monde n'est pas favorable à votre union avec la princesse Constance.

— Vous êtes au service de qui ? Du roi Foulque ? Et qui sont ces opposants dont vous parlez ?

— L'atabeg Zengi, pour commencer, répondit Malaïka en ignorant volontairement sa première question. Il est le principal commandant des armées turques de la région.

— Pardonnez-moi, ma dame, intervint Jeberron l'hospitalier, mais j'ai eu le temps, durant notre voyage, d'instruire le seigneur Raymond sur les dangers de la région.

1. Toge repliée autour des hanches, dont un pan est porté sur l'épaule et sur le bras.

Malaïka s'excusa d'un sourire. Depuis plus de vingt ans, l'ordre de l'Hôpital recueillait les blessés et les malades de toutes origines. Mais certains frères convers, comme le sire Jeberron, emplissaient bien d'autres tâches auprès de la maison royale.

— Vous aurez aussi à vous méfier du roi Léon de Cilicie, reprit la jeune femme en reportant son attention vers Raymond. Peut-être même les comtes Josselin et Pons, et bien sûr de la princesse Alix, qui règne sur la princée, et qui sera obligée de se retirer dès que sa fille sera mariée.

— Je vois…

Raymond jeta un coup d'œil vers son compagnon qui acquiesça en silence. Le comte se dirigea vers la table et examina le contenu des cruchons, avant de se servir un plein gobelet de laodicée, qu'il vida d'un trait. Tout en servant son compagnon, le comte adressa un clin d'œil aux deux garçons.

— Et ceux-là ? dit-il d'un ton amusé. Ce sont mon escorte ?

Malaïka sourit et, d'un geste, fit signe aux deux garçons de se lever et de la rejoindre.

— Voici Martin Mazoir de Margat et Fahd Ibn Saïf, qui vous serviront de pages. Ils ont déjà quelque expérience des armes, mais je pense que Votre Seigneurie préférera être escortée par les chevaliers du Temple. Pour le reste, nous avons ici de quoi vous constituer un équipage. Vêtements, armes, cadeaux pour la princesse, serviteurs, montures… Je pense d'autre part que messire Jeberron souhaitera revêtir la livrée de l'Hôpital.

La bouche pleine, l'hospitalier se contenta de lever son verre, avec un sourire de gratitude.

— Dès demain, si vous le souhaitez, nous pourrons remonter l'Oronte jusqu'à Antioche.

Raymond s'employa à cacher le soulagement qu'il éprouvait. Il faudrait des jours, des semaines peut-être, pour que ses bagages et les chevaliers poitevins de son escorte arrivent d'Aquitaine. Voyager sous la défroque d'un humble pèlerin était une chose, se présenter ainsi devant sa future épouse et les barons dont il allait prendre la tête en était une autre. Il se contenta de s'incliner devant Malaïka, une main sur le cœur.

— Et maintenant, mes gaillards, on va voir ce que vous valez, comme pages ! À boire, à manger, et une histoire pour nous divertir ! Toi ! Ton nom, déjà ?

— Martin Mazoir, monseigneur.

— Dame Malaïka dit que tu as l'expérience du combat ? Raconte-moi ça !

La ville était pavoisée aux couleurs de la princée, déployant bannières et étendards sur les centaines de tours carrées de son enceinte, elle-même protégée par un premier mur. Dans le soleil du couchant, l'Oronte miroitait comme un serpent d'argent, jusqu'aux noires montagnes que les remparts couronnaient. Malgré l'heure tardive, un chassé-croisé de chariots marchands ct dc cavalicrs cncombrait lc pont à quatre arches enjambant le fleuve, défilant entre deux haies de gardes portant lance et bouclier. Le spectacle était saisissant, écrasant, évoquant irrésistiblement à Raymond les murailles de son Poitiers natal et le pont Joubert jeté sur le Clain, l'immensité de la montagne en plus. Comment une telle ville, protégée par de si formidables fortifications, pouvait-elle être à ce point fragile et menacée ? À partir d'une telle forteresse, il n'était d'armée qu'il n'aurait pu vaincre, de royaume qu'il n'aurait pu conquérir !

Alors qu'ils s'approchaient du pont au petit trot, une procession montée, brandissant des bannières épiscopales, sortit de la ville en se frayant sans ménagement un passage parmi la foule. Raymond se dressa sur sa selle et leva le bras à l'intention de son escorte, qu'il inspecta d'un rapide coup d'œil. Malgré leur faible nombre, leur troupe avait fière allure. À son côté chevauchait Jeberron, impressionnant dans la cotte d'armes noire à croix blanche des hospitaliers. Derrière eux venaient André de Montbard et six frères portant le surcot blanc à croix rouge du Temple, et des flammes de même couleur en haut de leurs lances. Suivaient une dizaine de serviteurs et de sergents d'armes, entourant une voiture attelée chargée de coffres, où avaient pris place Malaïka et les enfants. Lui-même allait tête nue, vêtu d'un haubert de mailles et d'une cotte aux armes des comtes de Poitiers, *argent à lion rampant de gueules*[1]. Comme ils attendaient que le groupe les rejoigne, Jeberron désigna d'un mouvement de menton celui qui chevauchait en tête.

— Raoul de Domfront, dit-il sans aménité. C'est lui dont je vous ai parlé.

Raymond perdit un moment à chercher la mitre, le pallium ou la crosse d'un archevêque parmi la troupe qui s'approchait, et finit par comprendre que l'homme qui descendait de cheval et s'avançait vers lui en souriant, vêtu et découplé comme un seigneur oriental, était ce Raoul dont Jeberron se méfiait tant. À son

1. Lion dressé rouge sur fond blanc.

tour, il mit pied à terre et marcha à sa rencontre, entre les deux escortes qui se faisaient face. Au moment où il l'atteignit, Raoul tendit sa main ornée de l'anneau épiscopal, et le comte n'eut d'autre choix que de s'agenouiller pour le baiser.

— Quelle joie, mon fils, de vous voir parvenu à Antioche sain et sauf ! s'exclama le primat d'Antioche, avant de le saisir par l'épaule pour l'entraîner à l'écart.

Ils s'assirent sur un muret de pierres sèches, à l'ombre d'un figuier, tandis que leurs escortes respectives sautaient de selle de part et d'autre de la route.

— Peut-être l'ignorez-vous, mon fils, mais je suis l'artisan de votre mariage futur avec la princesse Constance.

— Je ne l'ignore pas, monseigneur.

— Bien, bien… Alors vous n'ignorez pas non plus la situation délicate représentée par la régente.

Cette fois, Raymond ne répondit pas et se contenta de le fixer avec un sourire aimable, attendant la suite.

— La princesse Alix… (Raoul de Domfront s'interrompit, avec la mine d'une profonde et douloureuse réflexion)… Eh bien vous comprenez certainement que le mariage de sa fille la privera *de facto* de la régence et de toute forme de pouvoir, ce contre quoi elle n'a cessé de lutter depuis des années. De sorte qu'il va nous falloir donner le change, afin qu'elle ne se doute de rien.

De nouveau une pause, un regard interrogateur, et le mutisme tranquille du comte de Poitiers. Le duc d'Aquitaine son père lui avait appris les vertus du silence, dans ce genre de circonstance.

— Fort heureusement, en ce qui concerne les affaires intérieures de la princée, l'administration de la ville et des baronnies, la régente m'a laissé les coudées franches, ce qui me permet aujourd'hui de garantir la sécurité de Votre Grâce, et l'accueil enthousiaste de la cour, comme celui de l'Église… Tant que je serai en charge, bien sûr.

On y était. Raoul de Domfront se tut et le dévisagea, attendant cette fois une réponse. Le comte résista à l'envie de se tourner vers Jeberron l'hospitalier. Mais tout au long de leur périple, ce dernier avait été parfaitement clair : quoi que dise l'archevêque, quoi qu'il demande, il fallait accepter. Il serait bien temps plus tard de revenir au besoin sur de telles promesses.

— J'entends ce que vous me dites, monseigneur. Et je suis conscient de votre rôle central dans l'administration de la princée. Croyez que je ferai tout ce qui sera en mon pouvoir, après nos épousailles, pour que la princesse Constance confirme vos prérogatives. Si j'en crois le tableau qui m'a été fait, il me semble d'ailleurs que mes efforts devront avant tout se concentrer sur la réorganisation de l'armée et la défense de nos terres.

Raoul de Domfront eut un geste emphatique pour marquer à quel point cette question le tourmentait, puis secoua la tête d'un air désolé et soucieux.

— Sur ce point, mon fils, il faut malheureusement reconnaître que la princesse a rapidement perdu la confiance de presque tous les barons, d'abord en voulant marier Constance au fils puîné du Basileus, puis en se montrant incapable de défendre la princée contre les visées des infidèles, ou même des Arméniens. Depuis la mort du connétable Renaud Mazoir, l'atabeg Zengi a pris nos forteresses de Tell Aghdi, Zerdana et Athareb, et son lieutenant Saouar ravage les campagnes jusqu'à

Laodicée. Il n'est que trop évident qu'il manque un vrai chef à notre armée.

— Je compte donc être ce chef-là, tandis que vous poursuivrez votre œuvre.

— Cela est très bien. Comme il se trouve que messire le sénéchal Barisan, ainsi que le chancelier Raoul ont tenu à m'accompagner pour accueillir Votre Grâce avec tous les honneurs dus à votre rang, je pensais que peut-être…

— Oui ?

— Il serait souhaitable… Non, il serait avisé de votre part, de me rendre un hommage lige, devant témoins, afin de rassurer tout à la fois la princesse Alix, les barons et l'Église. Le temps bien sûr de parvenir au mariage et à votre couronnement.

Raymond parvint à maîtriser sa surprise, mais la demande était d'une invraisemblable suffisance. Seul un homme ayant perdu le sens commun pouvait échafauder une telle absurdité. Imaginer qu'un comte, futur prince, puisse devenir l'homme lige d'un ecclésiastique, et se trouver dès lors inféodé à lui, était à la fois risible et révoltant. S'il n'avait été prévenu, Raymond l'aurait fait bastonner, quelles qu'en soient les conséquences. Les sens échauffés par la tournure de leur conversation, le comte détourna les yeux et prit une profonde aspiration, le temps de réfléchir à sa réponse. Après tout, Domfront devait s'attendre à ce qu'il refuse, à ce qu'il s'emporte. Céder trop vite ne ferait qu'éveiller ses soupçons.

— Je ne suis pas au fait des coutumes de Terre sainte, dit-il d'un ton glacial. Est-il fréquent que des princes s'humilient de la sorte ?

— Votre Grâce, au nom de Dieu, je vous prie de ne pas vous méprendre, s'empressa l'archevêque. Je ne cherche qu'à veiller au mieux aux intérêts de la princée, et à la paix de toutes les terres chrétiennes d'Orient. Il ne s'agit aucunement de quelque vanité de ma part, ou d'une quelconque recherche de je ne sais quelle gloire personnelle… Songez que si elle se méfie de vous, la princesse Alix peut tout simplement vous interdire l'accès au palais, et alors que ferons-nous ?

— Je vois que vous avez pensé à tout, répondit Raymond. Qu'est-ce que vous avez en tête ?

Domfront jeta un coup d'œil autour d'eux, comme s'il craignait que quelqu'un les entende, et se rapprocha de lui.

— J'annoncerai moi-même votre venue à dame Alix. Je lui dirai que les troubadours d'Aquitaine ont tant vanté sa beauté et son courage que vous en êtes tombé amoureux, par-delà les mers, et que vous souhaitez lui faire la cour. Vos titres, votre prestance, votre valeur dans les armes ne pourront la laisser indifférente. Et puis votre mariage lui apporterait le soutien des Provençaux, ce que vous n'ignorez pas… Puis-je vous demander votre âge, mon fils ?

— J'ai trente ans.

— C'est bien. La princesse n'a que quelques années de moins que vous, Votre Grâce, alors que sa fille Constance n'a pas dix ans. Comment pourrait-elle imaginer que vous préfériez une enfant à une femme comme elle, dont la beauté est sans égale ?

— Vous me demandez de la duper.

— Oh, Votre Grâce…

Raymond de Poitiers resta silencieux, tout en dévisageant le prélat. Le pire était que ce jeu de dupes infamant et cruel était sans doute le seul moyen de parvenir à ses fins.

— Si j'accepte, murmura-t-il avec une apparente soumission, il faut que l'hommage que je vous rendrai reste secret.

Domfront prit une mine ennuyée qui donna aussitôt à Raymond l'envie de l'étrangler.

— Je crains qu'il faille quelque peu l'ébruiter, afin de renforcer la position et que je puisse m'opposer à la princesse Alix, s'il en était besoin… Mais soyez certain, Votre Grâce, que je vous retournerai cet hommage dès que les choses seront rentrées dans l'ordre !

— Après tout, vous connaissez ce pays bien mieux que moi, dit Raymond en haussant les épaules. C'est bien. Faites venir les officiers du palais.

La ville basse était pleine de vacarme, chaque ruelle envahie d'une foule bigarrée où se côtoyaient des marchands grecs ou vénitiens, des paysans syriens tirant des ânes rétifs, des chevaliers et soldats francs, des prêtres de toutes les religions, des dames de la noblesse transportées en chaise ou des prostituées presque nues, des Juifs, des bédouins et des pèlerins venant de tous les pays d'Occident. Et tout ce monde s'apostrophait, commerçait ou se frayait un chemin entre les étals de poisson, de fruits ou de pâtisseries, les empilements de jarres des vendeurs de vin, les murs couverts de plats et de vases de cuivre rutilants des vendeurs de vaisselle ou les attroupements aux tablées des tavernes. L'air était empli de l'odeur suave des épices ou des parfums, jusqu'à ce qu'une saute de vent rabatte le relent pestilentiel d'une tannerie fleurant l'urine de vache et les excréments de pigeons utilisés pour apprêter le cuir.

Après des jours passés au palais, Raymond de Poitiers se sentait revivre parmi ce monde bruyant, où nul ne prêtait attention à lui. Nul si ce n'est Jeberron, qui marchait deux pas en arrière, l'air sombre et la main sur la garde de son épée, et les enfants, qui semblaient aussi émerveillés que lui. Pour la première fois de sa vie, le comte avait croisé des hommes à peau noire, d'autres au teint cuivré et aux yeux bridés, des prêtres étranges coiffés de longs chapeaux coniques, des Byzantins parfumés, habillés de longues robes de soie et portant des barbes taillées en pointe, tressées de fils d'or. Lui-même n'était vêtu que d'une large chemise, serrée par une ceinture lestée d'un sabre court et courbé, bien plus léger que les lourdes épées franques. N'étaient sa haute taille et ses cheveux blonds, rien ne le distinguait de cette foule hétéroclite. Il était sorti sans autre but que de parcourir la ville, découvrir ce peuple dont il aurait bientôt la charge, trouver peut-être quelque cadeau pour Constance, qu'il enverrait lui porter par ses pages. Martin et Fahd avaient le même âge que sa promise, à un ou deux ans près. Sans doute pourraient-ils devenir des amis, dans ce palais où la pauvre petite semblait vivre en recluse, sans le moindre compagnon.

Une semaine entière s'était écoulée depuis son arrivée avant qu'il l'aperçoive pour la première fois, au hasard d'une promenade dans les jardins du palais. Alix elle-même s'était montrée réticente à le recevoir, mais il fallait croire que l'archevêque Domfront avait su la convaincre. C'était une belle femme, sans aucun doute.

À la fois hautaine, dure et inquiète, mais souffrant sans doute de la solitude de sa fonction. Au fil des jours, la glace s'était rompue. Ils avaient pris l'habitude de ces promenades dans les jardins, aux heures fraîches du crépuscule. Raymond parlait de cette France qu'Alix n'avait jamais vue, de la cour d'Angleterre où le roi Henri l'avait armé chevalier, récitait les poèmes en langue d'oc des troubadours si nombreux à la cour de son père Guillaume IX d'Aquitaine.

— Celui-ci, ma dame, est de la main de mon père.

— J'ignorais qu'un duc pouvait écrire des vers.

— Ce n'est pas courant, sans doute, mais depuis son retour de croisade, la poésie a recouvert le bruit des armes, au palais de Poitiers. Je n'ai pas son talent, hélas, mais je me souviens de ses mots, qui me paraissent de circonstance. Puis-je les dire ?

Alix s'était assise au bord d'une fontaine, et Raymond s'était agenouillé devant elle, récitant les vers de son père d'une voix lente et grave.

— *Farai chansoneta nueva,*
Ans que vent ni gel ni plueva :
Ma dona m'assaya e-m prueva,
Quossi de qual guiza l'am ;
E ja per plag que m'en mueva
No-m solvera de son liam[1].

— Je n'entends pas la langue provençale, beau sire, murmura Alix quand il s'interrompit. Ne pouvez-vous les traduire en langue franque ?

1. « Ferai chansonnette nouvelle / Avant qu'il vente, pleuve ou gèle / Ma dame m'éprouve, tente / De savoir combien je l'aime / Mais elle a beau chercher querelle, / Je ne renoncerai pas à son lien. » (Poème de Guillaume d'Aquitaine.)

— Seulement les derniers vers du poème, ma dame. *Quar senes lieys non puesc viure, tant ai pres de s'amor gran fam…* Car sans elle je ne puis vivre, tant de son amour j'ai grand faim.

C'est à cet instant-là que la petite Constance était apparue, accompagnée d'une dame de compagnie qui ressemblait à une nonne. Alix l'avait présentée comme fiancée au prince Manuel Comnène, et Raymond s'était contenté de la saluer aimablement, en lui baisant la main. La jeune fille avait rougi, avant de s'éclipser précipitamment et aujourd'hui encore, le comte se demandait si elle était informée de leur union future, ou si cet émoi lui était coutumier. Ce jour-là, en prenant à son tour congé de la régente, le jeu auquel il était forcé de se livrer lui était apparu dans toute son horreur, d'autant qu'il y prenait goût.

Un attroupement bloquant la ruelle arracha le comte à ses pensées. Pour ce qu'il en voyait, l'âne d'un Syrien semblait avoir renversé l'étal d'un boutiquier grec et les deux hommes se querellaient en Dieu sait quelle langue, pour le plus grand plaisir de la foule. Derrière lui, Jeberron se rapprocha, mais presque aussitôt, des badauds s'interposèrent.

— Faites place !

L'hospitalier eut la vision fugace du visage de deux hommes qui se tournèrent vers lui, à l'instant même où leurs poignards le frappaient. Le premier ripa sur sa cotte de mailles et ne fit que déchirer son surcot noir. L'autre lui perça le flanc.

— Monseigneur, prenez garde !

Jeberron ne pouvait dégainer dans cette presse. Il ne put que sauter à la gorge de l'un de ses agresseurs, en roulant avec lui dans la poussière de la rue. Alors que la foule s'écartait, Raymond découvrit deux autres hommes qui lui faisaient face, le bas du visage masqué par leurs turbans, brandissant eux aussi des poignards. D'une main, il attrapa un vase de cuivre sur un étal et frappa le plus proche en plein visage, tout en pivotant sur lui-même, le temps de dégainer son sabre. L'autre abattait déjà sa main armée, et dans son élan s'entailla le poignet sur la lame qui n'avait pas encore tout à fait quitté le fourreau. Raymond poussa l'homme du plat de la main puis abattit son sabre avec une force telle que le fer s'enfonça profondément à la base du cou en l'éclaboussant de son sang. Alors que le premier, que le vase n'avait qu'étourdi, attaquait à son tour, Raymond parvint à arracher son arme du cou de sa victime et recula dos au mur.

La foule s'était écartée, mais personne, pas même des gardes d'Antioche dont il reconnaissait la livrée, ne semblait vouloir intervenir. D'un coup d'œil, il vit Jeberron, à terre, luttant encore avec l'un d'eux. Les enfants avaient disparu. Tant mieux. L'homme qu'il avait abattu agonisait dans une mare de sang, les deux restants s'écartaient l'un de l'autre pour l'attaquer de deux côtés. Il hésitait encore lorsque celui qui s'était déplacé sur sa gauche se jeta sur lui en hurlant. Raymond leva le bras et poussa aussitôt un hurlement de douleur. Le poignard lui avait lacéré l'épaule, et déjà l'autre se ruait pour frapper. De toutes ses forces, le comte empoigna son agresseur par le col et le projeta vers son compagnon. Dans le mouvement, il perdit l'équilibre et tomba à terre, contre le mur, lâchant son arme.

Lorsqu'il se redressa, une frêle silhouette s'était interposée entre lui et les tueurs. C'était Fahd.

— Pousse-toi, gamin ! cria l'un d'eux.

— Non.

Raymond vit les deux hommes échanger un sourire méprisant. Puis une autre silhouette, tout aussi chétive et leste, jaillit d'on ne sait où en se jetant dans leurs jambes. Il y eut un bref éclat d'acier et l'un des tueurs s'écroula en hurlant, le jarret tranché. Dans le même temps, Fahd dégaina le couteau qu'il portait au creux du dos et frappa l'autre au pli de l'aine. À peine avaient-ils touché le sol que les deux enfants, en un ensemble saisissant, leur tranchèrent la gorge.

Un silence ébahi s'était abattu sur la foule. Raymond se releva, ramassa son sabre dans la poussière, et le posa sur le cœur du dernier assaillant, enserré sous l'avant-bras puissant de Jeberron. Celui-là non plus ne parlerait pas. Malgré sa blessure, l'hospitalier lui avait brisé la nuque.

— Tu peux le lâcher, mon ami, il est mort.

Après avoir repoussé le corps, Jeberron accepta avec reconnaissance la main que lui tendait le comte, et se releva en grimaçant. Autour d'eux et des cadavres de leurs agresseurs, le vide s'était fait.

— C'est grave ? demanda Raymond en désignant son flanc ruisselant de sang.

— J'ai connu pire… Je vois qu'heureusement, messire, vous vous êtes débrouillé sans moi.

— Ne crois pas ça. Sans ces deux-là, je ne serais plus de ce monde.

L'hospitalier suivit le geste de son compagnon, vers les enfants qui s'étaient postés face aux deux issues de la ruelle.

— Je ne comprends pas. Vous voulez dire que…

— Je ne suis pas certain d'avoir moi-même compris ce qui s'est passé, coupa Raymond avec un grand sourire. Et pourtant, crois-moi, j'étais bien placé pour tout voir !

D'un sifflement bref, le comte attira l'attention de Martin, et lui fit signe de rejoindre son ami, de l'autre côté.

— Ouvrez la marche, on rentre !

— Fahd ouvrira la marche, répondit l'enfant. Je reste en arrière.

Raymond sourit en secouant la tête d'un air amusé. Drôles de pages, en vérité, que cette Malaïka lui avait assignés... Il rengaina son sabre et soutint son compagnon pour l'aider à marcher.

— J'aurais aimé en garder au moins un en vie, murmura-t-il lorsqu'ils se mirent en route. C'étaient des Turcs, non ?

— Des Turcs ou des bédouins, mais ça ne veut rien dire. Tous les États, y compris la princée, ont des corps de turcopoles, des infidèles mercenaires passés à notre service.

— Si bien que ces tueurs peuvent avoir été envoyés par n'importe qui.

— Turcs, Arméniens de Cilicie, comté d'Édesse ou de Triple, peut-être même notre ami Raoul de Domfront, voire la princesse Alix, qui sait ? Je vous l'ai dit, monseigneur, votre venue à Antioche contrarie beaucoup de monde.

13. LES NOCES D'ANTIOCHE

— Laissez-moi.

Alix attendit que ses servantes aient quitté la pièce avant de contempler son reflet imprécis dans un miroir romain, fait d'un alliage de cuivre et d'étain. Elle avait choisi l'une de ses plus belles robes, faite d'un voile bleu nuit tissé de fils d'argent, dont la transparence était en partie masquée par une grande cape de brocart d'un rouge sombre, brodée de fils d'or, de perles et de petits miroirs, retenue aux épaules par des fibules ornées de rubis. Avec ses chaussures à talons et la haute tiare d'or incrustée de pierres précieuses que ses servantes avaient fixée sur ses cheveux nattés en un savant chignon, elle paraîtrait sans doute aussi grande devant l'autel que le seigneur Raymond. Un détail qui avait son importance, afin que le peuple d'Antioche, et le comte Raymond lui-même, comprennent qu'elle restait la maîtresse de la princée. Sans doute éprouvait-elle quelque attirance pour le Provençal, après tant d'années de solitude. Peut-être même plus que de l'attirance… Il serait bon de pouvoir enfin partager le fardeau, mener la ville et les âmes tandis que lui mènerait la guerre. Mais il n'était qu'un étranger sur cette terre, et s'il venait un jour à l'oublier, elle saurait lui faire voir sa vraie nature…

En bougeant la tête pour mieux voir les longs pendentifs fixés à ses oreilles, l'image trouble renvoyée par le miroir lui évoqua fugacement le visage d'une vieille femme, auquel le khôl et la poudre de craie faisaient des orbites creuses et la peau grisâtre. Une morte. Un spectre. Instinctivement, elle porta les mains à ses joues, et ce contact la rassura. L'espace d'un instant, une pensée affreuse lui avait traversé l'esprit. Ce visage hideux était celui de son âme, depuis que le djinn en avait pris possession.

Le battement régulier d'une cloche chassa cette image lugubre. Ce devait être celle de la cathédrale Saint-Pierre, appelant les fidèles à sa messe de mariage. C'était l'heure. D'un instant à l'autre, ses dames de compagnie viendraient lui faire escorte, depuis le palais jusqu'à la basilique où l'attendait toute la noblesse de la princée, à travers le peuple en liesse auquel ses suivantes jetteraient des poignées de pièces. La princesse se redressa et croisa les mains devant elle, mais la porte ne s'ouvrit pas. Du dehors, elle entendit d'autres cloches se mettre à battre, une, deux, dix, ainsi que la rumeur croissante d'une foule joyeuse. Ce n'était pas ce qui avait été prévu avec les officiers du palais, mais après tout, la cérémonie n'en serait que plus triomphale. Lentement, elle s'avança vers la terrasse, jusqu'à la balustrade qui dominait les jardins et toute la ville. Dehors, le vacarme des cloches et des vivats était assourdissant. On entendait même de la musique et des chants en tête de la longue procession qui se frayait un chemin vers le palais. Lorsqu'ils atteignirent le cardo menant à la citadelle, Alix discerna en tête un groupe de cavaliers portant au bout d'une forêt de lances les bannières d'Antioche et le lion rouge des comtes de Poitiers. Elle sourit en secouant la tête. Une telle sarabande était bien de l'exubérance des Provençaux ! Sans doute était-il coutume, au pays d'Aquitaine, d'aller chercher sa promise dans tel tumulte. Tandis qu'elle observait le cortège, son sourire se figea soudainement et elle poussa un cri d'horreur.

Elle venait de distinguer Raymond, chevauchant de conserve avec Raoul de Domfront. Et Constance, à son côté, tenant sa main sous les acclamations de la foule.

D'un brusque élan, elle quitta la terrasse à grandes enjambées, traversa sa chambre et en ouvrit la porte à la volée. Une femme se tenait dans l'encadrement. Une Orientale, d'une beauté parfaite, entourée de deux garçons de l'âge de sa fille. Derrière elle, un groupe de chevaliers hospitaliers en livrées noires à croix blanche barraient le passage.

— Écartez-vous ! hurla-t-elle en essayant de la repousser.

— Non.

Alix tenta encore de l'écarter, mais ce fut comme si elle s'attaquait à une colonne de marbre.

— Je suis la princesse Alix, souveraine de la princée d'Antioche et je vous ordonne de me laisser passer ! Messires de l'Hôpital, intervenez, au nom de Dieu !

Parmi les hospitaliers, Jeberron eut un sourire sans joie, avant de s'avancer jusqu'à elle.

— Vous faites erreur, dame Alix. Tendez l'oreille, vous entendrez le peuple acclamer les véritables souverains d'Antioche. Monseigneur Raymond et la princesse Constance, que le patriarche Raoul de Domfront vient d'unir par les liens sacrés du mariage, en l'église Saint-Jean.

Alix réprima un nouveau hurlement de rage. Elle avait été jouée, de la plus simple et la plus abominable manière. Trahie par ce chien de Raoul, trahie par la séduction de Raymond, trahie par sa propre fille.

Ce n'est pas Constance qui t'a trahie, c'est toi qui n'as cessé de vouloir la déposséder.

Les yeux écarquillés d'effroi, la princesse dévisagea tour à tour cette femme impassible et les deux garçons qui l'encadraient.

— Qui es-tu ? cria-t-elle en reculant. Et qui sont ces enfants ?

— Mon nom n'importe pas, murmura Malaïka. Mais il est juste que tu connaisses le nom de ces garçons. Celui-ci est Fahd, et Fahd a voué sa vie à Dieu. Celui-là se nomme Martin, fils de Renaud.

Alix recula encore. L'enfant ne la quittait pas des yeux, sans manifester la moindre émotion. Les mots prononcés par la jeune femme s'insinuaient en elle, malgré sa colère et sa rancœur. Martin… C'était le nom que le connétable lui avait révélé, des mois avant sa mort. Le nom du nouveau-né marqué à la nuque par cette sorcière. Le nom de l'enfant dont elle avait voulu se débarrasser et qu'il avait sauvé. Le nom de son fils.

Tu as compris. C'est bien ton fils.

D'un brusque élan, Alix se porta jusqu'à Martin et ploya sa nuque d'un geste brutal. La marque était là, à la base du cou. La marque du djinn. Jeberron et ses chevaliers étaient entrés à leur tour dans la chambre d'Alix. En la voyant se ruer ainsi sur Martin, l'hospitalier l'attrapa par le bras.

— Emparez-vous d'elle !

— Non !

Le cri de Malaïka fut recouvert par une déflagration semblable au craquement du tonnerre, et la pièce balayée du sol au plafond comme par un ouragan. Tous avaient été jetés à terre, le souffle coupé. Au centre se tenait Alix, le corps tordu et le visage ravagé par une sorte de lutte intérieure qui la rendait hideuse. Sur son bras, là où Jeberron l'avait saisie, la peau était grisâtre et parcheminée. D'un bond, Malaïka se remit sur pied et s'agrippa à elle.

— Je te conjure, Satan, retire-toi de cette femme ! hurla-t-elle, alors qu'une clameur aiguë envahissait la pièce et qu'une bourrasque soudaine plaquait de nouveau tous les hommes au sol. *Bismi Allahi alrrahmani alrraheemi, Qul a'oothu birabbi alfalaqi, Min sharri ma khalaqa*[1] *!*

Martin leva les yeux et frémit d'horreur. La princesse était secouée de tremblements d'une puissance inouïe, qui faisaient voler autour d'elle ses riches vêtements brodés et les mettaient en pièces, mais Malaïka se cramponnait toujours à elle, hurlant à pleine voix ses incantations divines.

— *Athah Gabor Leolah Adonai*[2] *!*

Il parvint à se relever, alors qu'un halo aussi sombre que la nuit commençait à émaner d'Alix, suintant de

1. Sourate 113 : *Al-Falaq* (« L'aube naissante »), versets 1-5, servant à exorciser les djinns. « Au nom d'Allah, le Tout Miséricordieux, le Très Miséricordieux. Dis : "Je cherche protection auprès du Seigneur de l'aube naissante, contre le mal des êtres qu'Il a créés." »

2. Formule hébraïque kabbalistique d'exorcisme : « Tu es puissant et éternel, Seigneur. »

ses yeux, de sa bouche, de chaque pore de sa peau. Malaïka était tombée à genoux, malmenée comme une poupée de chiffons, mais sa voix dominait encore le tumulte.

— *Vade retro, Satana, et da locum Spiritui Sancto*[1] !

Soudainement, tout s'arrêta. Alix s'effondra sur elle-même, exsangue et vide de toute force, alors que Malaïka tombait à genoux, le corps tremblant. Au-dessus d'elles planait une ombre grise, répugnante et informe, et l'enfant sut que cette chose sans nom allait la tuer. Alors il s'avança, pas après pas, jusqu'à sentir sur sa peau un crépitement pareil à une bruine de givre. Les yeux fermés, le corps tout entier enserré dans un carcan d'angoisse, il tendit les mains au travers de cette brume insane.

— Va-t'en !

La journée touchait à sa fin lorsque Raymond de Poitiers pénétra dans la chambre d'Alix. La pièce semblait avoir été frappée par la foudre. Partout, des corps inanimés, des meubles renversés, des tentures déchirées, battues par le vent. Le cœur serré, le comte se baissa vers Fahd, qui gisait en travers de la porte, et le souleva doucement dans ses bras. L'enfant gémit. Il était vivant. Martin aussi. Ils étaient tous vivants. Inconscients, couverts d'ecchymoses mais vivants.

Seule Malaïka avait disparu.

Et au centre de la pièce, agenouillée sur ses talons, sa robe en lambeaux, la princesse déchue était prostrée,

1. Exorcisme latin : « Va-t'en, Satan, et fais place au Saint-Esprit. »

le regard vide. Elle se laissa faire lorsqu'il la saisit doucement par les épaules pour la relever, mais ne semblait pas même entendre ses questions.

Alix avait perdu l'esprit.

ÉPILOGUE

Aux pieds des remparts de Jérusalem, la nuit étirait déjà ses ténèbres. Les derniers feux du soleil couchant baignaient de la même pénombre grisâtre le cimetière juif du mont des Oliviers, les routes poussiéreuses et le paysage aride, de rocaille et de maquis. Les doubles battants en cintre de la porte Dorée avaient été fermés dès la tombée du jour, et ceux qui n'avaient pu entrer à temps s'étaient réfugiés dans les villages alentour, car seuls des fous auraient pris le risque insensé d'errer parmi les tombes, à l'heure où rôdaient les créatures de la nuit.

Seule sur le chemin blanc, une vieille femme marchait avec difficulté. Le vent d'automne soulevait sa robe noire en sifflant lugubrement entre les mausolées, agitait les frondaisons des oliviers et ployait la haute cime des cyprès. Sans hâte, elle avança ainsi jusqu'à la porte qu'elle frappa de son bâton.

Les gardes de la porte Dorée avaient suivi sa lente progression et prévenu leur sergent.

— Passe ton chemin, la vieille ! cria-t-il en se penchant au créneau. Les portes sont fermées et le resteront jusqu'à l'aube !

— Tu m'ouvriras pourtant, mon fils ! répondit-elle en levant un bras décharné. Tu ne vas pas laisser une pauvre vieille dormir dehors parmi les tombes !

Le sergent d'armes inspecta les alentours. Il n'y avait personne, pour autant qu'on puisse voir.

— Qu'est-ce que tu viens faire à Jérusalem ?

— J'ai servi autrefois au palais, auprès de Morfia de Malatya, l'épouse du roi Baudouin, et j'ai élevé ses filles ! J'ai fait un long chemin pour revenir voir Mélisende, avant de mourir.

Dans le halo des torches fixées sur les murs, la voyageuse semblait épuisée, d'une pâleur effrayante. Les consignes étaient formelles, mais il n'aimait pas l'idée de devoir s'expliquer auprès de la reine, si jamais ce qu'elle disait était vrai.

— C'est bon, on va t'ouvrir ! Et demain, je t'escorterai moi-même jusqu'au palais, alors gare à toi si tu as menti !

— Je ne mens pas, mon fils ! Mon nom est Païtsare, la reine se souviendra de moi !

— Ça va, ça va ! Ouvrez les portes, vous autres !

Lentement, Païtsare baissa le bras et recouvrit de sa longue manche la marque hideuse d'une brûlure parcheminée, là où autrefois elle portait le tatouage d'un khatchkar, la croix arménienne.

Et lorsque la porte s'ouvrit, ses yeux jaunes brillèrent dans la nuit.

TABLE

Composition et mise en pages
FACOMPO, Lisieux

Imprimé en Espagne par
Liberdúplex
à Sant Llorenç d'Hortons (Barcelone)
en mars 2020

S28654/01